La Condena del Restaurador

Cezilla Lontrato

dNX

Cezilla L. Lontrato

La condena del restaurador / Cezilla L. Lontrato. - 1a ed . - Ciudad Autónoma de Buenos Aires : Del Nuevo Extremo, 2018.

248 p. ; 23 x 15 cm.

ISBN 978-987-609-726-0

1. Narrativa Argentina. I. Título.

CDD A863

A. J. Carranza 1852 (C1414 COV) Buenos Aires Argentina
Tel / Fax (54 11) 4773-3228
e-mail: info@dnxlibros.com
www.delnuevoextremo.com

Imagen editorial: Marta Cánovas
Corrección: Diana Gamarnik
Diseño de tapa: Leo Perrotta
Diagramación interior: Dumas Bookmakers

Primera edición: mayo de 2018
ISBN 978-987-609-726-0

A mi amor, Adrian

A mis viejos, Noemí y Mario

Gracias, siempre

Capítulo 1

Treinta años y una revelación sin sentido

EL DÍA QUE CUMPLÍ treinta años había amanecido caluroso y húmedo. No habría un festejo en sí mismo; pasaría el día trabajando y solo cenaríamos en casa de mi padre con mi hermano, su mujer y Wayne, mi sobrino de dos años. Después, saldría a tomar unas cuantas rondas de alcohol con mis amigos en el bar de Warren y ahí terminaría todo.

Esa mañana hice lo de siempre: me duché, me cambié de ropa, y el espejo me devolvió la misma imagen de todos los días: un tipo alto, grandote, de pelo largo y barba, con varios tatuajes y un anillo de plata con la cabeza de un jabalí en la mano derecha. Ese anillo había sido un regalo de mi padre cuando cumplí dieciocho. Él y mi hermano Lee tenían uno igual, que también habían recibido al cumplir esa edad, siguiendo con la tradición familiar.

Recordando mi imagen a los dieciocho años, se podía decir que había cambiado bastante físicamente. Mis manos, por ejemplo, no eran las mismas; me había ganado algunas marcas originadas por el trabajo y otras por algunas peleas (si estoy borracho o pierdo los estribos, se me afloja la lengua, no lo voy a negar), de las cuales estaba bastante orgulloso. Mi mirada también había cambiado; ahora estaba algo cansada y algunas veces rozaba la desconfianza, aunque no había perdido la costumbre de mirar de frente y a los ojos.

Pero, dejando de lado lo anterior y, a pesar de algún otro cambio que se pudiera notar desde afuera, en esencia era el mismo de siempre. Hacía lo que tenía que hacer y trataba de pasarlo bien. Era un tipo simple, que no tenía complicaciones para nada y, en general, casi ninguna situación lograba que mi vida se desordenara y se saliera de su foco. Ese foco, para mí, era trabajar todos los días, darle vida a las cosas, hacer que mi trabajo fuera de calidad y lograr una sonrisa de satisfacción en las personas cada vez que veían la pieza restaurada.

Desde que tengo memoria soy restaurador (también construyo cosas y puedo hacer cualquier tarea que requiera un par de manos artesanas) y eso siempre ha sido mi motor para levantarme todos los días y salir al sol. No necesito nada más. Con lo cual, para mí, no era nada pomposo pasar de tener veintinueve a tener treinta años, *cambiar de década* o *pisar los treinta*, como se dice comúnmente. Eran solo frases hechas, sin demasiado sentido. Si tienes algo que te mueve, que te quema desde las entrañas y que no puedes evitar hacer, eso es lo verdaderamente importante, no tener un año más.

Cuando estuve listo, me subí a la camioneta para empezar la jornada. Los talleres del negocio familiar se encuentran en la casa de mi padre, donde se han desarrollado nuestras actividades desde los tiempos de mis abuelos e incluso tatarabuelos, con lo cual nunca trabajé en otro lugar que no fuera Restauraciones Davis. La casa está ubicada en las afueras del pueblo, hacia el norte, donde viven las familias más tradicionales de St. Philippe. Es conocida como *la casa del jabalí* porque al frente hay un cartel bastante grande que asoma de una de las puertas con la cabeza de un jabalí pintada a mano. También es usada como referencia geográfica: "Ve dos kilómetros luego de la casa del jabalí", "busca la casa del jabalí, cincuenta metros más allá y has llegado".

El jabalí ha identificado a la familia y al negocio desde siempre. Según mi padre, la expansión de la caza del animal a lo largo del estado coincidió con el momento de fundación del negocio por parte de los primeros Davis. Así, decidieron que sería perfecto para representar el espíritu de los hombres de la familia: el jabalí se adapta a todo tipo de hábitat mientras haya algo de alimento, detecta enemigos a más de cien metros, embiste cuando se siente amenazado, corre muy rápido y soporta los inviernos muy crudos sin dificultad gracias a su piel dura y a su pelaje grueso. En resumen, mis ancestros han querido decir que los Davis somos tipos duros, curtidos y de temer. Actualmente, se lo considera una plaga y la gente no busca otra cosa más que deshacerse de ellos, pero intuyo que en aquellas épocas no era tan así. De todas formas, si le veo el lado bueno, una plaga se reproduce como pan caliente y si es difícil deshacerse de sus miembros es porque saben muy bien cómo preservarse.

Hacia el suroeste, donde vivo, existe una zona amplia de casas pequeñas; como una especie de condominio expandido. Hay algunos pocos negocios y tiendas dispersos por la periferia, pero todo lo referido al comercio se encuentra en el centro, con lo cual no hay mucho que hacer allí, salvo tomar aire en los parques o salir a la puerta de las casas a beber cerveza y pasar el tiempo. Me mudé a esa zona cuando tenía diecinueve años, y no la elegí por nada en particular; solo quería alejarme de mi padre y del clima que se vivía en la casa desde la muerte de mamá. Jamás hablamos demasiado con el viejo, y menos cuando ella nos dejó. La casa se volvió triste, sombría, y mi padre lanzó al abandono algunos lugares particulares en donde mamá pasaba la mayor parte de su tiempo, como la salita de arriba, que tenía una pequeña biblioteca y era donde ella leía y nos contaba cuentos cuando éramos pequeños; o la cocina, que permanecía siempre ordenada y limpia. Desde su muerte, la salita se llenó de humedad y polvo; y la cocina se volvió caótica e impersonal. Y eso, solo por mencionar dos lugares emblemáticos para mi madre. Ni hablar de su ropa, que quedó intacta en su parte del ropero y mi padre se negó rotundamente a querer sacar de allí; no con intención de conservarla como un buen recuerdo, sino para evitar el dolor. Por mi parte, no volví a entrar al cuarto de mis padres en años.

Al llegar a la casa aquel día, estacioné la camioneta, crucé el parque delantero y, mientras me acercaba a la puerta, vi por la ventana de la cocina a mi padre sentado a la mesa con las manos entrelazadas, como esperando algo. Me resultó raro porque el viejo empezaba a trabajar desde muy temprano y nunca desayunaba. Cuando entré me saludó seco, lo cual sí era habitual, pero no me dijo "feliz cumpleaños" ni nada parecido. En su lugar, me indicó que me sentara porque tenía que hablar de un asunto importante conmigo. Preparó dos tazas de café y me pidió que lo escuchara sin interrumpirlo; las preguntas vendrían luego.

Desde la muerte de mi madre no recordaba ningún *tema importante* que hubiera hablado con el viejo, solo el clima, algún chisme del pueblo o alguna nueva travesura de mi sobrino Wayne. Así que podía esperar cualquier cosa; quizá quería vender la casa y quedarse nada más que con los talleres, ya era demasiado grande para él solo, o quizá pensaba retirarse a un lugar alejado y dejar todo en manos de mi hermano y yo. Se me ocurrieron las cosas más descabelladas, pero jamás lo que mi padre me reveló ese día.

Al viejo se lo veía nervioso. Tamborileaba los dedos sin parar y pude notar que una de sus piernas se movía a un ritmo demasiado acelerado debajo de la mesa. Me senté y estiré las piernas, relajando el cuerpo en la punta de la silla.

Finalmente, me miró fijo a los ojos y habló.

—Tanner, sabía que este día llegaría, pero incluso luego de treinta años… aún no estoy listo. —Me hablaba entre dientes y algo pausado, era raro porque cada vez que tenía algo que decir, lo hacía rápido y al punto—. No pensé que sería tan difícil decirte esto, pero… no creo estar seguro de poder encontrar las palabras justas ni explicártelo con la claridad que merece. No soy hombre de muchas palabras, ¿sabes?

Hizo un gesto que pareció ser una sonrisa y emitió un soplido. Levanté las cejas. Sí, claro, sabía que no era un tipo de muchas palabras porque nunca me hablaba de nada por más de cinco minutos seguidos. Levanté los hombros, no sabía qué decirle. Tomó aire.

—Hoy cumples treinta años, hijo. Y a partir de hoy, debes dejar el trabajo y delegar las restauraciones a otros.

Hizo una pausa y se me quedó mirando. Otra vez, suspiró largamente, como si se hubiera sacado un gran peso de sus espaldas. Lo miré, algo incrédulo ante lo que acababa de escuchar y en sus ojos vi preocupación y abatimiento, cansancio y hastío. Nunca lo había visto así desde que mamá había muerto, y eso era preocupante porque mi padre era un tipo huraño y nunca le veías en la cara una expresión lastimosa. Ese día la tenía.

—Cuando los restauradores de nuestra familia llegan a los treinta años —prosiguió—, dejan de poner las manos sobre las piezas y contratan aprendices por fuera, a los que entrenan y supervisan. Pero no vuelven a meter mano en los encargos de los clientes, bajo ninguna circunstancia. No ha sido común en la historia familiar que se retiraran del todo y cambiaran de rubro, pero han existido casos en los que, por miedo o precaución, sí lo han hecho.

Cada vez entendía menos.

—La razón de todo esto, hijo, es que los hombres de nuestra familia tenemos algo que cumplir. Si cada uno de nosotros sigue restaurando luego de cumplir los treinta años, comienzan a suceder cosas y... su vida se transforma en un infierno. No se puede escapar, Tanner. Todo el que intentó romper las reglas murió. Incluido tu abuelo, mi padre.

—No te entiendo una sola palabra, viejo —dije, con mucha honestidad y poca paciencia—. ¿De qué reglas hablas? ¿Escapar de qué? Lo siento, pero no lo capto.

Yo aún estaba tranquilo y relajado, esperando comenzar el día de trabajo, pero el viejo suspiró con sonoridad, ofuscado. Luego, negó con la cabeza.

—Solo debes dejar el trabajo. Será difícil, lo sé, pero es la única solución. Es la única manera de que tu vida sea una vida normal.

—¿Pero qué sucede exactamente? ¿Podrías ser más claro? —Mi padre me miró, pero no me respondió—. Mira, no sé qué es todo esto, pero es estúpido. ¿Cómo pretendes que deje de hacer lo que siempre hice? Solo por... ¿unas reglas? ¿Qué reglas?

Mi padre dejó de golpear los dedos en la mesa y todo quedó en silencio. Yo, mientras tanto, lo miraba fijo y sin entender. Lo único que estaba logrando era retrasarme el trabajo y ya me estaba alterando.

—¿Piensas explicarme o...? —Silencio. Emití un bufido—. Debo irme a trabajar, no tengo tiempo para esto.

—Es una maldición —dijo, al fin.

Lo que más temía oír, lo dijo. Lo más ilógico, estúpido, fuera de lugar e irracional, lo dijo. No supe cómo reaccionar ni qué contestarle, porque la verdad era que no tenía una respuesta prefabricada para algo así. Mi padre, como él bien había dicho, era un tipo de pocas palabras y solía expresar las cosas sin anestesia y sin demasiada introducción. Pero ¿una maldición? Una maldición era una estupidez, algo que no tenía pies ni cabeza para mí. Si bien tenía algunas preguntas que se me ocurrieron, no las pude formular porque eran tan descabelladas como la idea en sí misma de que los Davis estábamos malditos.

Mira, te diré algo para que puedas tomar dimensión de cómo me cayó aquello cuando lo oí. Para mí, la religión y las creencias basadas en algo que no es palpable son una construcción del hombre para hacerle frente al dolor, a la desesperanza, a la desolación, a la tristeza o a la soledad. Nadie hace lo que tiene que hacer cuando las brasas queman a su alrededor. Es más fácil pensar que un dios o cualquier cosa que se haya elegido venerar solucionará el problema por nosotros mientras perdemos el tiempo llorando o lamentándonos. Nadie tiene las pelotas para accionar y tomar el control de su vida cuando todo estalla y cuando estamos pasando por una racha difícil. Pero, dejando de lado las religiones, que son una construcción llena de reglas y de preceptos y tienen todo un aparato económico por detrás, lo que más me enerva son las creencias periféricas a la religión, esas que van por fuera porque no están avaladas por nadie. Y, claro, cuando no hay reglas que cumplir, todo se vuelve difuso y cualquiera que esté un poco débil de temple y voluntad se deja embaucar por esta gente.

Las curanderas, las brujas, los videntes, todas esas personas que aseguran mejorar la salud, atraer el dinero, unir o destruir parejas, provocar o deshacer embarazos, han sido unos mentirosos profesionales que lo único que han hecho fue quitarle dinero a la gente a lo largo de los siglos. Digo, ¿cómo se puede creer que una mujer o un hombre, con todo un arsenal esotérico comprado en cualquier tienda por unos pocos billetes, puede tener la capacidad para crear o destruir algo que depende de las voluntades ajenas? ¿Cómo se puede confiar en alguien así?

No entendía cómo la gente era tan estúpida como para creer en esas cosas. Para mí, todo lo que sucedía en la vida de alguien era producto de alguna decisión. El problema es que cuando las cosas van mal, nadie se hace cargo de las decisiones propias. Todas esas ideas sobre la mala o la buena suerte, el azar o el destino imposible de torcer eran pura mierda. Mi padre tenía muy en claro mi postura frente a las supersticiones, las maldiciones o las brujerías, pero, sin embargo, allí estaba, desafiándome y afirmando que los Davis estábamos malditos.

Por otro lado, según tenía entendido, el abuelo Bill había muerto de un infarto. Nunca nadie había hablado de su muerte de forma extraña o por lo bajo en el pueblo. Vamos, esos chismes corren rápido y nadie se hubiera perdido la oportunidad de esparcir la noticia de que Bill Davis había muerto maldito. No, nada tenía sentido. No creía en nada de esa basura y mucho menos lo aceptaba.

—Viejo, no sé qué decirte. Me esperaba cualquier cosa menos un disparate como el que me acabas de contar. Es que… ¿cómo es posible que nunca me haya enterado de nada?

El viejo calló.

—Yo seguiré con mi trabajo —continué, ofuscado—. No tengo miedo de una superstición, sabes que no creo en esa mierda. ¿Qué esperabas que te dijera? ¿Para qué me lo cuentas siquiera?

Cuando mi padre oyó la palabra *superstición*, se puso blanco como la leche y le tembló la voz al hablar.

—Yo sé que no crees en esto, Tanner. Sé que no crees en nada. Pero te aseguro que yo he visto las consecuencias de la maldición. Carajo, hijo, he visto cómo mi padre se consumió por haber seguido trabajando cuando no debió hacerlo. Es mi obligación ponerte en alerta.

De un momento a otro se quedó callado y la mirada se le perdió por unos instantes. Luego bajó la voz.

—Desde que tengo memoria, recuerdo a mi padre como un tipo destruido, vencido. Nunca vi una sonrisa genuina en él. Nunca. Lo único que recuerdo es que era un hombre sombrío, consumido y triste. Luego vi cómo su cuerpo se fue deteriorando. Sus manos estaban retorcidas. Pero eso no era lo peor, ¿sabes? Lo peor era verle la mirada. Cuando no tenía la mirada perdida y fija en un punto, tenía una mirada de terror, y ahí yo sabía que esas *cosas* que lo perseguían todo el tiempo estaban ahí, incluso cuando estaba postrado a punto de morir, tenía esa mirada. Él no murió de un infarto, Tanner, murió por todo lo que esas *cosas* le hicieron. Murió por no cumplir las reglas.

Ante semejante revelación, no pude más que deducir que mi padre había dejado su profesión a los treinta también por la maldición y no por aquella restauración de no sé qué objeto al cual se le cayó una máquina encima y lo destruyó. Supuestamente, el objeto era de muchísimo valor para el cliente (económico y sentimental) y mi padre había quedado tan deprimido que su decisión fue retirarse *por un tiempo*. Nunca volvió.

Le eché en cara que si lo del accidente con el objeto era una mentira, había sido un cobarde. Si tanto creía en la maldición, ¿cuál era la razón para no confesar que se había retirado por miedo?

—El accidente fue cierto. Pero no fue exactamente un accidente. Yo lo provoqué, yo descargué la máquina sobre la caja de música.

Mi indignación ya era visible. Luego vino la carcajada de incredulidad.

—Es que no podemos decir nada de esto a nadie, Tanner. ¿No te has puesto a pensar por qué nunca te dije nada hasta ahora? ¡Esto debe mantenerse en absoluto secreto dentro de la familia, y solo debemos contarlo a quien corresponda cuando sea necesario! Si decimos a cualquiera que estamos malditos, nadie volverá a traernos trabajo. ¡Quedaríamos en la ruina! —El viejo estaba cada vez más nervioso—. Verás, al principio cuesta dejarlo, pero luego te acostumbras, contratas empleados, podrás supervisar los trabajos… no es lo mismo, pero…

Pero nada. Yo ya estaba negando con la cabeza y abriendo la boca para hablar.

—¡El problema es que aquí vivimos atrasados, como en la época de los esclavos, viejo! —No podía guardarme la opinión—. ¡Ese es el problema, carajo! Mira, lo que dices de la quiebra si habláramos de esto es cierto. Pero eso no es lo peor, lo peor es que la gente no nos traerá nada más ¡porque creerá la maldición, no porque piense que estamos locos! ¿Cómo es posible que crean en semejante mierda? ¿Cómo sabes que el abuelo Bill estaba maldito? ¿Cuál es la prueba? ¿Tú veías esas *cosas* que él veía?

Mi padre calló. Luego me dijo que no, que nunca había visto nada, pero que no era tan simple como yo creía. De todas formas, ya era demasiado para mí; demasiada estupidez en solo una mañana. Lindo cumpleaños.

Lo que siguió lo recuerdo muy bien. Me levanté de la silla y fui a buscar una cerveza a la heladera. Nada tenía sentido y no podía creer que una superstición dominara el destino de una familia. ¿En qué cabeza cabe que a alguien le pasen cosas malas por hacer su trabajo? Solo porque a alguien se le había ocurrido maldecirlo no significaba que... En ese momento, mientras bebía mi cerveza, se me ocurrió pensar a quién carajo se le había ocurrido maldecir a la familia de una forma tan específica. Claramente era alguien muy hábil, o alguna de las tantas embusteras que habían existido en el pueblo (aún existían) y que se hacían llamar brujas. Otra pregunta era de cuándo databa todo aquello. ¿Quién había sido el primer desdichado de la familia que había creído esa basura?

—No lo sé... —prosiguió mi padre—. La realidad es que no se sabe mucho de la maldición porque data de casi dos siglos atrás; somos una de las familias más antiguas aquí y, al guardarse el secreto por tanto tiempo y durante tantas generaciones, se ha ido perdiendo precisión sobre los detalles. Lo que sí puedo decirte es que las consecuencias son nefastas. Las conozco y son tan reales como tú y yo. Es un hecho que esas consecuencias vienen cada vez que un Davis rompe las reglas. Mi padre tampoco me contó nada, jamás. Cuando cumplí treinta, él ya había muerto y fue mi madre la que me lo dijo. Ella tampoco sabía demasiado, solo me habló de dos reglas: no volver a restaurar nada bajo ninguna circunstancia, y no hablar con nadie del asunto, para preservar la familia. Y eso es lo que hoy te pido a ti, Tanner.

Mi padre estaba derramando lágrimas mientras hablaba. Eso sí me pegó duro. Jamás lo había visto llorar después de la muerte de mamá.

—Lo siento, hijo. Siento no poder decirte más, siento no poder revertirlo.

Así empezó mi cumpleaños número treinta. Y así empezó mi pesadilla.

Capítulo 2

Las razones para seguir adelante y hacer oídos sordos

SI BIEN PUEDE resultar duro y hasta estúpido dejar un arte u oficio de tan jóvenes, la realidad era que, en un pueblo supersticioso, una maldición pesaba más que la propia vocación. Verás, la mayoría de los habitantes de St. Philippe son personas religiosas, pero también habituadas a prácticas basadas en la creencia popular: visitar una vidente cuando se dificulta encontrar el camino a Dios, seguir las antiguas recomendaciones para que la buena fortuna y la salud no abandonen a la familia, protegerse de los malos espíritus o acudir a una curandera cuando la medicina no puede hacer lo suyo o cuando hay algo que esconder, como un aborto o una relación incestuosa (en todos los pueblos pasa esto y sabemos que las brujas no delatan a nadie porque no les conviene).

Esa mezcla de religión monoteísta con brujería tiene un porqué y un origen. Si buscas en cualquier libro, verás que St. Philippe tiene una historia de esclavitud muy marcada. El pueblo está minado de creencias propias de los esclavos como la magia negra, las supersticiones, los rituales a múltiples dioses y la confianza en un brujo o bruja con respuestas para todo. Y, a veces, cuando alguien está desesperado, la fe se le afloja hasta al más ferviente religioso. Y con culpa, intuyo, se buscan soluciones alternativas a las que la religión que se profesa puede ofrecer.

Una de las razones que hacía tambalear la fe de los dueños de los esclavos era que una simple plegaria a su Dios no bastaba para interrumpir embarazos, pero unas infusiones con hierbas sí podían. Infusiones acompañadas, por supuesto, de un ritual hecho por una bruja o incluso por una criada experta (haciendo creer a la víctima que el poder estaba en el ritual y no en las hierbas). Así las cosas, fue cuestión de tiempo para que las habitaciones de las grandes haciendas se vieran ocupadas por esclavas embarazadas de señores de alta cuna que no tenían interés alguno en que un hijo bastardo y mestizo llegara a su vida. De ahí en más, la mezcla entre un Dios único con las prácticas de brujería fueron moneda corriente para las siguientes generaciones.

A pesar de vivir en un pueblo lleno de esas creencias, yo nunca estuve arraigado a la religión o lo espiritual, y mucho menos a las supersticiones. No me culpo por eso, y es una mierda para mí tener que hablar de esto, pero mi descreimiento hacia cualquier tipo de religión tiene una razón.

Tenía dieciséis años. Después de meses colmados de visitas de médicos y enfermeros permanentes en casa, mi madre (apenas pasaba los cuarenta) murió de un cáncer que acabó por dejar su cuerpo cadavérico y deshilachado. En paralelo, tenía que ir a la escuela para terminar mis estudios a los tumbos y en soledad, porque mi padre se encontraba absolutamente ausente y absorto, y mi hermano Lee era muy chico.

La noche en la que mi madre murió, nadie la vio en su lecho de muerte excepto yo. Lee tenía diez años y estaba corriendo por la casa de manera frenética (como si eso hubiera servido para hacerle olvidar que en pocos momentos mamá nos abandonaría para siempre) y mi padre permanecía sentado en la cocina rezando como un poseso y derramando lágrimas desde hacía dos días, en la misma posición. Parecía ser que yo era el único que iba a enfrentarse a la imagen de mi madre moribunda. Pero a mí no me importaba su aspecto demacrado, su boca pastosa, sus ojos hundidos o el olor a enfermedad y medicamentos que había permanentemente en el cuarto. No la dejaría sola.

Recuerdo que en ese momento mi madre, con todo el esfuerzo que le suponía, estiró su brazo y me despejó un mechón de cabello de la cara para verme mejor entre las sombras de la habitación. Las luces estaban bajas por recomendación de los médicos para que estuviera relajada. *Relajada.* La muerte estaba con su mano en el picaporte de la puerta, pero los médicos estaban convencidos de que poca luz significaba relajación. Si hubiera sido por mí, hubiese mantenido el cuarto más iluminado; me resultaba demasiado opresivo entrar allí todos los días, sentía el aire denso y era como si la habitación estuviera a punto de caerse sobre mí a cada minuto. Imagínate cómo se sentía ella encerrada ahí todo el día; pero daba igual, ya no tenía fuerzas ni estaba en posición de decidir nada. La cuestión fue que mamá frunció el ceño, arrugó su frente calva y sudorosa, y pronunció sus últimas palabras.

—Nunca dejes de creer —me dijo en un susurro.

Cuando me di cuenta de que ya no respiraba, salí en silencio del cuarto, crucé toda la casa sin prestar atención a mi padre ni a mi hermano y me dirigí hacia el monumento del fundador de St. Philippe, donde nos reuníamos a menudo con mis amigos a beber cerveza y fumar marihuana.

Esa noche ya era muy tarde y no había un alma en la plaza principal. Me senté en la base del monumento, entre los pies de cemento del militar, y entre lágrimas ahogadas pensé en lo que mi madre me había dicho. Era evidente para mí que tenía intención de convencerme de que no me alejara de Dios, porque ya me había notado escéptico y falto de fe desde que había enfermado, y le preocupaba que no tuviera un apoyo religioso cuando me encontrara solo. Porque (mi madre lo sabía bien) yo me quedaría solo en cuanto ella muriera.

Sus últimas palabras aún resuenan en mi cabeza, hasta recuerdo el volumen y el susurro de su voz casi imperceptible. Pero a la vez, en ese mismo momento, supe que nunca podría seguir aquel consejo. Me costaba entender que la gente fuera tan imbécil como para tomar por misericordioso a un dios que permitía que una persona pasara por tanto sufrimiento antes de morir. A partir de allí dejé de creer en cualquier cosa que estuviera relacionada con algo que no podía ver.

Mi padre llevó el duelo de una manera muy distinta. Al contrario de mí, un chico descreído, él se aferró a las imágenes religiosas en la casa y a la foto de mi madre sobre una mesita en el comedor, rodeada de flores y estampitas de la Virgen y de no sé qué santo de turno. La enorme cruz de madera con plata incrustada seguía en la habitación matrimonial, pero ahora tenía enganchada la foto de casamiento de mis padres. Reemplazó el alcohol por el café y concurría todos los domingos a misa. Con los años, mantuvo la costumbre del café y las fotos de mi madre rodeadas de religión, pero abandonó las visitas a la iglesia cuando notó que varias viudas del pueblo se le acercaban en plena misa para coquetear con él. La fortuna de los Davis era considerable y mi padre gozaba de buen porte, dos características nada despreciables para las damas en apuros que veían en ello una oportunidad.

Mi vida luego de la muerte de mamá fue más o menos parecida a la de cualquier chico: salía con mis amigos a buscar mujeres, fumaba marihuana, tomaba cerveza, me tatuaba y tocaba la guitarra. La diferencia era que, una vez que terminé la escuela, las borracheras no se daban solo los fines de semana. Todas las noches, cuando mi padre se iba a dormir, yo seguía sentado en el porche tomando whisky o cerveza. El viejo nunca me recriminó nada, porque yo durante el día era una máquina de trabajar, pero la realidad era que mi aspecto estaba cada vez peor, hasta que decidí calmarme un poco.

Con el tiempo fui dejando la costumbre de beber todos los días; cuando tenía alrededor de veinte años ya era cosa de los fines de semana y alguna que otra vez durante la semana. El resto de mis costumbres también fue cambiando: dejé la guitarra guardada y me dediqué a restaurar motos clásicas como pasatiempo cuando el trabajo me lo permitía. Compraba y vendía las partes y armaba de a poco una pieza de calidad que luego solía vender. Solo me quedé con una moto con la que salgo a la ruta bastante seguido y que considero como una extensión de mi propio cuerpo.

La única costumbre que mantuve desde la adolescencia fue la búsqueda de chicas fáciles. Y ahora, con el tiempo, entiendo la razón. Nunca quise pasar por lo que pasó mi padre cuando mi madre enfermó. Nadie se merece algo así, ¿sabes? Y lo digo también por mi padre. El tipo pasó por algo que ni siquiera puedo imaginar. La muerte de la persona con la que has elegido pasar el resto de tu vida, sin nadie que te haya obligado, debe ser una de las cosas más terribles que puede vivir una persona. Por eso, nunca lo culpé por haberme dejado solo el día de la muerte de mamá. Él tenía sus propios problemas y yo no tenía idea de lo que podía estar sintiendo. Pero no debía ser nada agradable.

Así, sin intención de comprometerme por miedo a sufrir, mi campo de acción más frecuente eran las "amigas del pueblo" (así las llaman las señoras mayores) y las turistas ocasionales que buscaban diversión en antros de mala muerte regalándose a tipos como mis amigos y yo. Me había llegado a ganar el mote de "caso perdido" entre las ancianas del pueblo, pero honestamente, me importaba un carajo. Nunca me metí en la vida de nadie, así que me daba igual lo que pensaran de mí. Este pueblo se caracteriza por hablar sin saber, y eso siempre lo tuve claro.

Debo hacer una salvedad y decir que no todo es tan malo en St. Philippe, no me malinterpretes. El estado al que pertenece St. Philippe es uno de los más grandes del país: desértico al norte, pantanoso y boscoso al sur, y llano hacia el este y oeste. Nosotros estamos al sur del estado, con lo cual nos han tocado los pantanos y los bosques en el reparto geográfico. Y lo bueno de este lugar es que es moderno y tradicional a la vez. Tiene todas las comodidades tecnológicas y de confort de la actualidad, pero mantiene muchas costumbres históricas (religiosas o no). Y cuando digo "tradicional" me refiero, por ejemplo, a las formas de diversión: aquí las familias se divierten asistiendo a las fiestas nacionales o del estado, por ejemplo, reconstrucciones de batallas, día del nacimiento del fundador, fiesta de la flor del lugar, elección de la reina del estado, desfiles militares y demás. Y, por supuesto, asistiendo a misa. Por mi parte, y gracias a que St. Philippe es un pueblo que se basa en la industria ganadera y maderera (en el noventa por ciento de las vidrieras verás una vaca, un accesorio en cuero o un tronco), prefiero divertirme de esa manera, con campeonatos de tiro o exhibiciones de tatuajes o motos. Aunque, de un tiempo a esta parte, elijo lo más simple: un bar en donde pasen buena música, sirvan buenos tragos y haya gente con la que valga la pena conversar.

Cobarde. Esa es la palabra que siempre me ha perseguido mientras pasaba por mis lapsos de reflexión. Era de cobarde no haber tenido nunca una mujer seria y bien plantada en quien apoyarme. Pero lo peor era jamás haber intentado nada, porque el problema era yo, no las mujeres. Sí, a veces me sentía solo, pero me concentraba en el trabajo y todo pasaba. Mis manos se ponían en movimiento, comenzaban a modelar, a sentir la veta de la madera o la textura del cuero y todo se disipaba. Y como mi padre barría el polvo de la entrada de su casa todas las mañanas, yo había barrido mis pensamientos una y otra vez, aislándome en el taller y haciendo trabajos de una calidad muy superior en cada ocasión.

Así, pese a todo, logré hacerme de un nombre en St. Philippe y pasé a ser considerado incluso mejor que mi abuelo por los clientes. Restaurar cualquier cosa que viniera a mis manos, me pagaran o no por eso, se había convertido en mi motivación y sostén personal. Lo tomaba como una reivindicación, como una venganza contra el supuesto Dios universal. Mientras Él no podía devolverles la vida a las personas, yo podía devolverle la vida a los objetos que eran amados por aquellas.

Mi hermano Lee resultó ser lo opuesto a mí. Estudió en la universidad y se dedicó a llevar la contabilidad y las finanzas del negocio. Prolijo, jamás se lo veía sudar a pesar de los cuarenta grados a la sombra que suele haber en verano, y su cabello estaba siempre corto y peinado hacia atrás. Ni hablar de sus manos, alargadas y sin marcas, casi como un recordatorio constante de que la única herramienta que había tocado en su vida era un lápiz mecánico de punta fina. Él pertenecía a ese aburrido ejército de hombres-número (los contadores) y vestía acorde con su profesión. Cuidado, no era un ñoño ni mucho menos, el muchacho era apuesto, pero imagínatelo como un superhéroe de la contabilidad: siempre vistiendo camisa a cuadros metida dentro de su pantalón caqui planchado con raya por delante. Así y todo, Lee se casó con Tori, una joven rubia y aniñada, un poco sosa a veces pero buena madre y persona; y juntos tuvieron al pequeño Wayne.

La conclusión es que llegué a mi cumpleaños número treinta sin esposa y, según las ideas descabelladas de mi padre, sin trabajo. Sin trabajo, mis pelotas. Mi padre podía ir olvidándose de eso. Si él había dejado su trabajo por semejante estupidez a los treinta años y hoy era solo el jefe cascarrabias de sus empleados (a los que gritaba a viva voz cuando algo no salía como él lo había pensado en su cabeza), allá él. Yo seguiría.

Pero, de todas maneras, no lograba entender cómo mi padre había podido dejarlo. Los Davis venimos haciendo esto desde siempre y lo hacemos con pasión, es algo a lo que no podemos renunciar porque lo llevamos en la sangre, viene con nosotros y... simplemente no puedes dejarlo así como así. Ha habido casos en los que algunos miembros de la familia se dedicaron a otras actividades (como mi hermano, por ejemplo), pero son contadas excepciones. Y, más que restauradores, somos artesanos. Cualquiera que nos conozca te dirá que nuestros trabajos son de otro nivel, y no lo digo en un sentido figurado.

Objetos que se encontraban prácticamente destrozados, irrecuperables para cualquiera que los viera, fueron dejados como nuevo por nosotros. Trabajos grandes, pequeños, en lote, piezas exclusivas, de mucho o poco valor económico, pero siempre de gran valor sentimental para los clientes; todo lo que nos trajeran lo recuperábamos. No creo tener recuerdo de que mi padre o yo hubiéramos devuelto un objeto a un cliente habiéndole dicho que no pudimos restaurarlo. Hemos hecho trabajos para casas enteras, para personas que venían por su cuenta, para escuelas, restaurantes, museos, hoteles, bares, edificios públicos... y no solo dentro de St. Philippe, sino para otros pueblos y estados. Hemos participado en cientos de ferias, eventos, subastas, exposiciones y convenciones.

A lo que quiero llegar con toda la perorata anterior, sin intenciones de aburrirte, es a que los Davis no vemos esto solo como un negocio. Es nuestra vida, nuestra motivación para levantarnos todos los días y simplemente no podemos estar sin crear, reparar o restaurar algo. Porque morimos por dentro, nos consumimos. No podemos estar sin nuestras herramientas, sin nuestro taller cerca, sin nuestros objetos esperándonos. Al menos, yo no puedo.

Recuerdo que cada vez que cumplía años y mi madre me preguntaba qué quería, yo elegía una herramienta diferente cada vez. No me importaba que mi padre me las diera o que trabajara con las suyas, yo quería las mías propias. Así, me fui armando mi propio arsenal desde que tengo uso de razón. Luego, me fui comprando más y pude construir mi lugar en el mundo. Y no solo usaba el taller para trabajar, sino que pasaba mucho tiempo allí haciendo otras cosas: armando muebles para mi casa, reparando algún que otro objeto de mis amigos, construyendo mis propias herramientas, probando diferentes técnicas. Tampoco recuerdo haberle regalado nunca nada a mi madre que no hubiera sido construido por mí mismo. Ella vivió hasta que cumplí dieciséis años, así que tenía dieciséis regalos míos; los primeros fueron hechos por mi padre en mi nombre hasta que pude manipular una herramienta por mi cuenta.

En mi taller soy yo completamente, sin ataduras, sin restricciones, sin nadie que me mire raro, sin nadie que me cuestione o me juzgue. Allí encuentro libertad, aire puro, motivos. Eso es, motivos. Y si debía dejar todo aquello, ya no tendría motivos… para nada. Pero, a la mierda, todo eran mentiras y estaba tranquilo de que lo que decía mi padre era producto del miedo. Quizá alguien les había metido en la cabeza todo el asunto de la maldición y vivieron aterrados por años. No lo sabía ni me importaba.

Así que arrojé la lata de cerveza vacía en el cesto de basura y le hice saber mi postura. Sin más, salí por la puerta trasera hacia el taller como todas las mañanas. El viejo me siguió a los gritos, pero no lo escuché. Él se metió en su taller y yo en el mío, fin de la discusión. Básicamente, así eran las conversaciones desde que había muerto mamá. Por eso, si de sostén familiar hablamos, no contaba con ello y solo me tenía a mí mismo.

Capítulo 3

Algo cambia en el aire

MIS PADRES, BURT y Martha, se habían casado cuando eran muy jóvenes y tenían la suficiente experiencia como para criar no más que a un hámster. Se habían conocido en una fiesta del pueblo, pero mi padre le había echado el ojo mucho antes. El viejo sabía que tenía las de ganar, porque era un joven muy bien posicionado dentro de la comunidad y tenía varias chicas que esperaban que las invitara a salir. La posición económica de los Davis siempre ha sido holgada, y la familia era muy respetada por todos. Con lo cual, mis abuelos maternos dieron el visto bueno enseguida cuando mi padre pidió su mano.

Formaban la pareja perfecta a los ojos de los demás: ella era una muchacha tierna, pero con ideas firmes y un carácter formado bajo la rectitud de un padre militar. Él, un joven apuesto y bien plantado, con un oficio y un apellido respetado por todos, y una posición económica sólida. Pero lo mejor de todo era que *realmente* estaban enamorados. Mamá siempre decía que si mi padre hubiera sido un tirado sin un billete, mi abuelo materno no lo hubiese aceptado y de seguro se hubieran tenido que escapar para poder casarse y estar juntos. Pero, como todos ganaban, el matrimonio se llevó a cabo en la iglesia de St. Philippe y se dio una gran fiesta en casa de la novia.

De mis abuelos maternos recuerdo poco y nada porque murieron cuando era muy pequeño. Y los paternos murieron mucho antes de que yo naciera, con lo cual mis padres habían heredado la casa (que también había sido de mis tatarabuelos en la línea familiar). Gracias al fruto del trabajo, luego de un tiempo de comenzar a vivir allí, lograron ampliarla y hacer de ella una respetada casona con un parque amplio que resaltaba en el pueblo. La *casa del jabalí* está construida enteramente en madera y tiene varias habitaciones en el piso superior; abajo se encuentran el comedor, la cocina, una oficina pequeña con todo lo referido al negocio y una cómoda sala de estar con un hogar a leña. Cruzando el parque se encuentran los talleres: dos grandes instalaciones conectadas por un corredor cubierto y equipadas con infinidad de máquinas y herramientas.

Mientras mi madre vivía, la casa siempre olía a flores que decoraban cada ambiente, excepto la cocina, en donde resaltaba el olor a especias y a café. Por las tardes, el aroma a pastel horneado lo inundaba todo, y por las noches la carne asada, en general, llenaba el espacio y generaba un clima acogedor. Eran habituales las carnes asadas en el verano; muchos vecinos y clientes venían a casa y el parque se llenaba de gente. La casa se veía plena y reluciente. Pero luego de su muerte, los aromas a flores y comidas exquisitas fueron reemplazados por el olor acre de productos de limpieza que lo tapaban todo y por el humo de las hamburguesas o salchichas que hacíamos mi padre y yo cuando me quedaba a cenar. El menú cambiaba solo con la visita de Lee y Tori, quien se encargaba de cocinar.

Con los años, el polvo se fue notando cada vez más y la humedad comenzó a filtrarse caprichosa por los recovecos de las paredes de madera. Era lógico, porque el mantenimiento estaba a cargo de la Sra. Gibbons, una mujer viuda descendiente de esclavos y un poco loca, que se ocupaba de limpiar algunas casas de los vecinos de St. Philippe por unos pocos billetes. La Viuda Gibbons, como se la conocía en el pueblo, iba a casa de mi padre los martes y los jueves con lo cual una casa tan grande siendo aseada solo dos veces por semana por una anciana bastante achacosa no se mantenía ni cerca en un estado óptimo.

La Viuda Gibbons nunca me había caído demasiado bien porque era una vieja chismosa y supersticiosa. Siempre andaba con algún amuleto distinto colgado del cuello, que cumplía diferentes funciones según fuera el caso. Lo peor era que intentaba a toda costa convencer a cualquiera de que usara las mismas cosas o probara tal o cual hierba con tal o cual curandera que conocía. Mi padre declinaba sus invitaciones a ver brujas con educación y decoro; yo le decía que saliera de mi vista y que no me hablara más de esas estupideces. Todo terminaba con la vieja persignándose (mira qué incongruencia) y conmigo largando una carcajada burlona.

Volviendo a mi padre, si bien cuando era pequeño pasaba gran parte de mi tiempo con él en los talleres, solo se limitaba a enseñarme el oficio. Ponía mucho empeño en ello, sí, pero no era lo que se decía un padre demostrativo. Más bien era taciturno y estricto. Siempre callado, concentrado en su trabajo y con el ceño fruncido. De vez en cuando, viendo el resultado de alguno de mis primeros trabajos, me echaba una mueca torcida que yo interpretaba como una sonrisa, pero no iba más allá de eso. Era así de huraño y punto. Con mi madre tampoco era muy expresivo, pero sí un poco más que conmigo. Siempre le dedicaba un elogio a su manera de vestir, de peinarse y a sus comidas. Nunca lo oí quejarse de un almuerzo o una cena preparados por mi madre, más bien todo lo contrario.

Mamá había sido lo opuesto; muy protectora y pendiente de Lee y de mí hasta que murió. Estaba sonriendo todo el tiempo y nunca se la veía cansada o triste. O, al menos, no lo demostraba. Cuando creces y te das cuenta de que la vida te puede golpear muy duro, entiendes que tus padres también han sufrido y que aquellas sonrisas permanentes ocultaban, quizá, algún sufrimiento o preocupación, pero jamás te lo iban a hacer notar porque eras su hijo y estabas primero que todo. Así era mi madre; nunca vi en ella malhumor o malas formas hacia nadie.

Así, a los dieciséis años, yo había perdido a la única persona que me generaba la confianza necesaria para hablar de cualquier cosa y me ayudaba en los momentos difíciles. Solo me quedaba el que había sido mi maestro en el oficio de la restauración. Y con él no podía hablar demasiado de nada. Y menos, de una cosa tan descabellada como una maldición familiar. No se sostenía.

Con las cosas tal y como estaban, después de discutir con el viejo aquella mañana, me encerré en el taller y me concentré en un trabajo que tenía pendiente. Se trataba de una estatuilla de madera bastante grande que representaba un esclavo negro alzando una lanza en posición de guerra. Pertenecía a los Djambé, una antigua casta de esclavos que, con el tiempo, se había transformado en una familia mestiza de hombres libres y reconocidos en el ambiente político del pueblo e incluso del estado. Quien me había traído la estatuilla era Tina, una joven de veintidós años a la que tranquilamente hubiese intentado llevar a mi cama si no hubiera sido porque su padre era un político con conductas bastante turbias y yo no tenía el menor interés en aparecer muerto en la zona de los pantanos. Ha sucedido, créeme.

Joe y Charlie, dos de los empleados de mi padre, ya habían llegado y estaban en el otro taller con él haciendo un trabajo importante para un restaurante, así que el viejo tendría en qué ocuparse y no me molestaría. La pieza de los Djambé estaba bastante deteriorada y tuve que luchar para quedar conforme con cada avance. Se me fue toda la mañana en eso y para el mediodía aún no la tenía lista. Cuando mi padre dio dos golpes en la puerta de hierro del taller, anunciando que el almuerzo estaba listo, me resigné a dejar el trabajo a medio camino y continuar por la tarde.

Era un día bastante caluroso por ser abril; estaba húmedo y el aire olía a mojado; con lo cual antes de sentarme a la mesa subí a mi antiguo cuarto, en donde tenía algo de ropa, y me dispuse a cambiarme. Al terminar de subir la escalera y dar el primer paso en el corredor, me frené de golpe. Algo había *cambiado*. Algo había *sucedido*. Miré alrededor, pero todo estaba igual; sin embargo, sentí el aire mucho más pesado. No era por el calor, era como si la densidad del aire hubiese aumentado. En el mismo momento, fue como si el tiempo se hubiese detenido. Créeme que no era una sensación agradable. Era como si todo hubiese quedado suspendido allí, como si todo lo que conocía se estuviera preparando para algo que venía.

Traté de volver a la realidad, no quería que la sugestión me ganara. Le echaba la culpa a mi padre, que ya me había arruinado el día con toda esa mierda de la maldición. Pero ya le diría que podía ir retirando lo dicho porque había estado trabajando toda la mañana con la estatuilla y nada había sucedido. Me cambié, salí de la habitación y esa pesadez en el aire se había disipado, pero de todas maneras aún recordaba la sensación y el pecho comenzaba a oprimirme nuevamente. Tratando de olvidar el asunto, bajé y mi padre me estaba esperando. Joe y Charlie siempre comían con nosotros, pero, convenientemente, el viejo los había despachado a comer en un restaurante cercano.

—Te sientes diferente, ¿verdad? —fue lo primero que me dijo, luego de un silencio prolongado.

Me habló con un tono que no era de enojo ni de confrontación. Estaba preocupado y triste. Me miraba con compasión, pero aquello, lejos de ablandarme, me enervaba aún más. Obstinado, le dije que no tenía idea de qué estaba hablando. Resopló y su bigote blanco se movió hacia adelante.

—Tanner, debes entrar en razón. Esto no es una broma y no quiero fastidiarte, pero es algo más grande que tú, más grande que yo. Mira, si continúas devolviéndole la vida a todas las piezas que lleguen a ti, serás un alma en pena, vivirás atormentado todos los días de tu vida.

Yo permanecía mudo y concentrado en mi hamburguesa. Mi padre no se detenía en sus súplicas, hasta que de una vez le dije que cómo era posible que hasta el mediodía hubiera estado trabajando en la estatuilla de los Djambé y nada había sucedido.

—Es que tú aún no has nacido. Tú naciste a las 07:14 p. m. del 7 de abril. Hoy es 7 de abril, pero aún no ha llegado la hora.

Era demasiado. A la hora de mi nacimiento, según el viejo, se desataría el infierno. No me interesaba escuchar más del asunto, con lo cual me levanté de la silla resuelto a terminar con la estatuilla.

Al ver que no podía hacer nada para detenerme, mi padre hizo un último intento tomándome de un brazo. El gesto me tomó por sorpresa y me di la vuelta para mirarlo. Su rostro estaba impregnado de desesperación, tenía los ojos muy abiertos por el miedo y la frente le sudaba.

—Hijo, no quiero perderte, por favor. Esto no es un capricho, Tanner, debes escucharme.

Seguía aferrado a mi brazo y cada vez me lo oprimía más. Por un segundo pensé en hacerle caso y, al menos por ese día, no trabajar y calmar las aguas. Pero, al carajo, era mi vida y no me veía haciendo otra cosa. No podía. Y no era una frase hecha. Realmente, cuando pensaba en todo ese disparate, algo que venía directo de las entrañas me impedía siquiera pensar en abandonar. Me resultaba *físicamente* imposible. Imagínate que alguien te pidiera que te cortes la cabeza y sigas caminando. ¿Podrías? Bien, así era mi situación. Así era lo que sentía.

Suspiré, no respondí nada para no herirlo (era evidente que la situación lo afectaba mucho) y con lentitud me deshice de su mano, que aún sostenía mi antebrazo. Creo que mi mirada le bastó porque me soltó, pero en cuanto vio que me dirigía hacia el taller, se tomó la cabeza con las manos y no supe más de él hasta que cayó la tarde.

Capítulo 4

La estatuilla de los Djambé

CUANDO VOLVÍ al taller, eran poco más de las tres. Hacía demasiado calor allí dentro, bastante más que en el exterior, con lo cual encendí el ventilador y saqué de una pequeña heladera una cerveza fría. Puse música a un volumen relativamente alto y me recosté un poco en un sillón antes de comenzar con el trabajo de los Djambé. Toda la parafernalia de la música, la cerveza y el descanso en el sillón tuvo lugar aquella tarde porque estaba inquieto y necesitaba relajarme. Mi padre había logrado ponerme de un humor de perros con aquella mierda de la maldición, y además estaba el asunto de lo que había sucedido escaleras arriba. Creo que eso era peor que la estúpida maldición. Esperé un rato para sacarme esas ideas de la cabeza y poder concentrarme en lo importante: mi trabajo.

Te diré algo más a propósito del trabajo de un restaurador: una buena restauración no solo implica emplear bien un conjunto de técnicas, sino también saber qué quiere ver el dueño del objeto. Cada vez que un cliente viene a verme, suelo hacerle una serie de preguntas sobre la pieza: a quién perteneció, cuánto tiempo estuvo en la familia, y por sobre todo, qué quiere el cliente con ese objeto, por qué lo quiere restaurar, por qué quiere devolverle la vida, ¿entiendes? Según lo que me responden, empleo una técnica u otra.

Cuando Tina me trajo la estatuilla del esclavo y le pregunté qué quería ver en ella, me respondió: "Quiero ver a mi abuela". Esa estatuilla había pertenecido a su abuela y la muchacha quería recordarla a través de la pieza. Le pedí que me mostrara fotos, si tenía, del estado de la estatuilla en el momento en que su abuela estaba viva. Me trajo las fotos y me contó que su abuela valoraba mucho la pieza porque representaba una parte muy importante de la historia de la familia. La chica recordaba la estatuilla de una forma en particular, no reluciente ni nueva.

¿Nunca te ha pasado que recuerdas objetos de tu niñez con marcas particulares? La rajadura de una pata en tu silla favorita, la esquina de la mesa con esa grieta en donde se quedaban atascadas las migas de pan, la manija floja del armario por la cual el abuelo o la abuela siempre protestaban (pero nunca arreglaban). ¿Lo ves? Por eso siempre he tratado de dejar en la pieza algunos rasgos que resultaran distintivos para el cliente. Al tocar su fibra sentimental, todo cobra sentido para mí como restaurador. Verás, la mayoría de los clientes viene con la idea de restaurar el objeto y verlo como nuevo, pero cuando les pido que me lo describan en detalle siempre mencionan las marcas características de la pieza que, claramente, no estarían si fuera nuevo. Allí se dan cuenta del valor sentimental que eso tiene para ellos y me piden que no borre esas marcas, porque son marcas del corazón, más que del objeto. ¿Comprendes? Ese tipo de trabajo suele tomar más tiempo del considerado normal, y también suele requerir más concentración, no hay nada mecánico allí.

Todo esto venía porque, luego del intento para recuperar la concentración (que incluyó la cerveza que me tomé en el taller, la meditación sobre el asunto y el esfuerzo para calmar mi humor), me puse a trabajar alrededor de las seis de la tarde. En un momento dado, pasado un buen rato, comencé a sentir lo mismo que había sentido en el corredor de arriba. No, lo mismo no, esto era más intenso, más aterrador. El aire se puso pesado, mucho más pesado, y todo se detuvo otra vez. Saqué la vista de la estatuilla e instintivamente puse la mano en el cuchillo que siempre llevo conmigo. Miré hacia afuera con la cabeza, sin mover el cuerpo. Ya estaba oscuro y no se oía más que el rumor de los árboles, cuyas hojas se movían con el viento.

Además de aquella sensación de densidad, me di cuenta de que no estaba solo porque oí un ruido que provenía de una de las esquinas, en la otra punta del taller. En realidad, era una voz. Una voz de anciana que sonaba rasposa y quebradiza, como si no se hubiese usado en mucho tiempo. Estaba tarareando una vieja canción de cuna que se cantaba a los niños de color cuando no podían dormir y que se había extendido como costumbre también entre los blancos con el correr del tiempo. Para alejar a los malos espíritus y hacer que el niño durmiera en paz, decían. Se me enfrió el cuerpo al escucharla.

Salí de detrás de la mesa y saqué el cuchillo, por si acaso. Inspeccioné con la vista el taller, pero no vi nada porque solo estaba iluminada la mesa de trabajo, con lo cual no podía distinguir muy bien a los lados ni delante.

No quería encender más luces para no ahuyentar a la intrusa, así que tuve que salir de detrás de la mesa y caminar en dirección al sonido. A medida que me acercaba, un olor como a mierda (era más fuerte que eso, más picante, pero igualmente asqueroso) comenzó a invadir mi nariz hasta que resultó casi insoportable. A la vez, la voz sonaba más y más baja, transformándose en un susurro casi inaudible. Luego calló. Lo único que oía ahora era la respiración de la mujer, tan solo a unos metros de mí. Escuchaba que respiraba con sonoridad, en forma entrecortada, y que le silbaba la garganta en cada exhalación. Ahora sí, encendí una lámpara que tenía cerca y esperé.

La figura permaneció allí, inmóvil, dejándose ver. Era una anciana de color, encorvada y con una joroba en la espalda, que vestía los restos de lo que parecía un camisón blanco hasta los pies y una mantilla negra que la cubría casi en su totalidad, incluso su cabeza. No era más que una pobre vieja. Quizá era de la calle y se había colado en la casa al ver salir a Joe y Charlie. El miedo que tenía (porque lo tenía, no lo voy a negar) se disipó un poco y le dije a la vieja que podía darle algo de comida, pero que debía decirme cómo había entrado. Allí todo se puso feo.

La anciana se quitó la mantilla de la cabeza y levantó el rostro. Era calva y tenía la cara y el cráneo cubiertos de trozos de piel que parecían escamas desprendiéndose. Pero lo peor fue mirarla a los ojos. Los ojos eran dos globos blancos, secos, y a pesar de no tener iris ni pupila, fue la mirada más penetrante que sentí en mi vida.

El espanto que me provocaron esos ojos me hizo echar hacia atrás y casi tropiezo. Me agarré de una silla que estaba cerca y, cuando logré estabilizarme, la estudié unos segundos porque me resultaba conocida de algún lugar. Hice un esfuerzo mental bastante grande para, finalmente, descubrir con horror que la mujer que tenía frente a mí era la anciana que Tina Djambé me había mostrado en sus fotos. Su abuela.

No puedo decir que tomé conciencia inmediatamente de que estaba frente a un… lo que fuera. La imagen que yo tenía de algo así era algo muy diferente. Es decir, sabía lo que era, pero mi conciencia no lo había asimilado de ninguna manera. Yo solo conocía lo que veía en las películas: una figura diáfana que flotaba en la oscuridad, que susurraba con un silbido, que arrastraba cadenas y que era transparente. Esto era todo lo contrario, y era mucho peor porque era *demasiado* real. Su voz, su imagen, su ropa, todo era muy físico, muy terrenal. Incluso, cuando se quitó la mantilla negra para descubrirse, pude distinguir cómo una escama de su cabeza se enganchó en la tela y quedó adherida allí luego de un tironeo.

Mi pulso se aceleró y me comenzaron a sudar las manos. No era ningún idiota, pero no quería reconocer lo que tenía enfrente. La vieja permanecía en silencio y me observaba. Sostenía la mantilla con unas manos artríticas, que parecían estar fijas en una única posición. Me costaba horrores subir la vista hacia sus ojos, pero cuando pude hacerlo, la anciana movió sus labios blanqueados por la muerte.

—Tú me llamaste, chico —me dijo, finalmente, arrastrando las palabras y frunciendo el ceño. Me sonrió. En esa sonrisa no vi más que satisfacción. Maligna, pero satisfacción al fin.

—Qué bien se siente volver. Soy la primera, ¿verdad? No te pediré nada hoy, pero llegará el momento en el que tendrás que cumplir con lo que te pida. Por ahora, me conformo con haber vuelto.

Hablaba lento, con dificultad. La voz le seguía raspando en la garganta. Seguía sonriendo.

—Y espero que sepas obedecerme, aunque no has sabido obedecer ni a tu propia madre en su lecho de muerte, por suerte… para mí. Eres imprudente, Tanner Davis. *Por suerte para* mí.

Cuando oí la referencia a mi madre, sentí frío. Se me puso la piel de gallina y me enfrié, por dentro y por fuera. Sentí como si la tumba de mi madre hubiese sido abierta y los recuerdos hubieran salido por ella, reptando bajo la tierra y haciéndose presentes allí, en la boca podrida de una anciana muerta hacía años. Una completa desconocida estaba trayendo a mi casa paterna las últimas palabras de mi madre, que me había dicho solo a mí y que yo jamás había compartido con nadie. Nunca le había contado nada a mi padre ni a mi hermano sobre aquel día en el que cerré sus ojos con mis manos y, con la lucidez perdida, la cubrí con una manta para que no tuviera frío. Pero claro, estúpido, estaba muerta, ¿cómo va a tener frío si está muerta? Todos esos pensamientos se instalaron en mi mente cuando la vieja nombró a mi madre.

Luego vino la indignación. La vieja sabía cosas. Conocía cosas mías que solo yo tenía guardadas, y había elegido presentarse con uno de mis recuerdos más privados y dolorosos. No tenía derecho. No tenía ningún derecho de hacerlo. Y, al pensar en ello, escupí las palabras sin filtro y llenas de odio. El miedo hizo que mi tono no fuera el de siempre; tenía la voz un poco apagada y algo ahogada, pero hablé.

—No te obedeceré. No seré como mi abuelo ni como mi padre ni como ningún otro idiota de la familia. No dejaré mi vida, ni por ti ni por ninguna otra… *cosa* como tú. Cueste lo que cueste. Vuelve por donde viniste.

La vieja me miró y sonrió con la boca torcida, en una mueca burlona, como si no creyera que mis palabras pudieran hacerse realidad. Y no respondió. Permaneció con esa sonrisa en la cara por unos segundos, sin dejar de mirarme. Finalmente comenzó a moverse. Se dirigió hacia la pared y la atravesó. También allí dejó restos de piel. Miré a través de la ventana cómo se alejaba medio cojeando, a un ritmo bastante lento, y caminaba en dirección al Cementerio de St. Philippe luego de atravesar el alambre que indicaba el fin del terreno.

En silencio y con los ojos demasiado abiertos (algo me impedía ejecutar el mecanismo para cerrarlos) observé la pared y el piso para comprobar que los restos de la vieja se habían ido con ella. Pero seguían ahí, despidiendo ese olor a podrido que jamás podría sacar de mi nariz. No sabía qué hacer ni para dónde mirar. Me volví hacia la ventana y aún continuaba viendo la figura, alejándose cada vez más. Me quedé ahí parado, sin poder quitar la vista de la anciana que daba un paso, otro, otro, otro. Imaginaba su pie muerto aplastando la hierba y pensaba en su respiración sonora, tornándose dificultosa mientras trataba de caminar con esfuerzo para no tropezar.

En aquel instante, con la mirada perdida y sintiéndome en un estado similar a la ebriedad, me centré en algo totalmente estúpido y fuera de lugar para la situación, pero ya sabes cómo es la mente humana, que se mete en detalles innecesarios en el peor momento. Pensé "¿ese cuerpo muerto respira realmente o es solo un truco que usan para sentir que son humanos? ¿Sus órganos funcionarán? ¿Serán iguales a nosotros, los vivos?". Volví en mí, si es que puede decirse de ese modo, y cerré la boca. Se me había abierto sin querer y ese movimiento me hizo aterrizar a la realidad. Fui perdiendo de vista a la mujer, pero, luego, un terror que se sentía en la carne me invadió cuando dos puntos blancos brillaron en la oscuridad a lo lejos y me apuntaron directo.

Agitado y envuelto en sudor, cerré las cortinas y le puse llave a la puerta del taller. Respiraba rápido, tenía las palmas de las manos empapadas y el calor me subía por la cara. No pude más que reconocer que la maldición era cierta. La puta maldición era real. Era cierto que si restauraba algo, cualquier cosa que hubiese pertenecido a un muerto, me vendrían a buscar. Y, qué casualidad, un alto porcentaje de las cosas que restaurábamos habían pertenecido a alguien que ya no estaba en este mundo.

—Esto es una mierda, una verdadera y repulsiva mierda. Malditos hijos de puta —murmuré entre dientes, a nadie en particular. Me rasqué la cabeza compulsivamente, con movimientos repetitivos—. No, no puede ser. No puede…

Seguía con los ojos muy abiertos y miraba hacia todas direcciones. No tenía del todo claro si esperaba que la vieja volviera, si estaba tomando coraje para buscar la moto y conducir miles de kilómetros hacia ningún lado, o si sentía que debía ir con mi padre y gritarle en la cara una catarata de insultos para descargar la furia.

Mi vista se cruzó con la estatuilla del esclavo negro. Estaba casi terminada y se veía bien. Era un buen trabajo.

—Ah, muy bien, mira quién me está observando, ¿eh? Pequeño hijo de puta.

Caminé hacia la pieza, tomé un martillo y lo descargué sobre la cabeza del esclavo. Luego, continué con el resto, una y otra vez, un golpe tras otro, hasta que los pedazos quedaron desparramados en la mesa de trabajo.

Me quedé de pie, con el martillo en la mano, otra vez en silencio y sin saber qué hacer. Jamás había hecho algo así con un encargo. Ni con nada que hubiera restaurado o construido. Y me arrepentí al instante de haberlo hecho. Tomé un pedazo que había caído al piso y lo puse con el resto sobre la mesa. Ya no había nada qué hacer. En todo sentido, no había nada que pudiera hacer.

Volví hacia el lugar en donde había estado la vieja. Miré la pared y la mugre orgánica seguía allí. Observé por la ventana otra vez; no había nada más que árboles y oscuridad. Cerré los ojos, los apreté y volví a abrirlos. Respiré hondo.

Tratando de recuperar la calma, no me quedaba otra alternativa más que limpiar. Fui hasta el cuartito de limpieza, tomé un estropajo y un balde, y saqué toda la inmundicia de allí, aunque la mancha musgosa que había quedado en la pared que traspasó no se borraba con nada. Mientras intentaba limpiar la suciedad, se me venían a la mente imágenes mezcladas de la vieja Djambé, su aspecto, sus ojos y su hedor; a la vez que recordaba a mi madre en su lecho de muerte pidiéndome que nunca dejara de creer. En aquel momento entendí que sus palabras no hacían referencia a un dios o a una religión, como yo siempre había pensado. Hacían referencia a la maldición que pesaba sobre la familia.

Cuando me dirigía a guardar las cosas de limpieza, algo sobre la mesa de trabajo captó mi atención. La estatuilla del esclavo estaba intacta. Como si nada le hubiera sucedido. Como si hubiera vuelto.

Capítulo 5

Se me suelta la lengua en el bar de Warren

LUEGO DE LIMPIAR los restos de piel de la pared y el piso, con la espantosa visión del esclavo erguido sobre la mesa, fui a ver a mi padre, quien ya había cerrado su taller y había dado por terminado el día de trabajo. Durante todo el trayecto, no pude cerrar los ojos ni por un segundo y me mantuve más alerta que nunca. Pero no era un estado de alerta consciente, sino más bien visceral, mecánico, como de supervivencia. El viejo estaba sentado a la mesa de la cocina tomándose un té. Parecía tranquilo, como si hubiese aceptado el hecho de que su hijo conviviría con muertos por el resto de su vida. Apenas me vio, me sirvió un vaso de té y me indicó que me sentara.

—¿Limpiaste los restos? —dijo, sombrío.

No respondí. Noté que me temblaba la mano derecha y estaba sudando. Como si hubiera recibido un pase gratis para hablar del tema, el viejo se convirtió en una catarata de palabras que le salían de la boca con un tono monocorde y bajo.

—Siempre quedan restos, ¿sabes? Cuando atraviesan una pared, cuando intentan tomar un objeto, siempre algo queda. Cuando cumples treinta y restauras algo que fue de ellos, es como un llamado. La descomposición se revierte, y vuelven, y nunca lo podrás evitar. Por eso no se ven diáfanos. No son fantasmas tal como se los conoce en el imaginario popular. Son muertos que retoman su forma física y vuelven. El cuerpo se reconstituye, los huesos, los tejidos, todo. Pero siguen estando muertos y su cuerpo no tiene la misma fuerza ni composición... por eso dejan piel (y a veces carne) por donde pasan. Pero las manchas en la pared nunca se pueden quitar, nunca. Eso sí lo he visto, Tanner. Y no tuve a nadie que me advirtiera. De niño veía esos restos, veía cómo estaba mi padre y pensaba que era un problema mental de él, algo que él hacía. No sabía la verdad. Pero lo he visto todo. He visto a escondidas los restos de los muertos que cargaba mi padre.

Me froté la cara con las manos, ya no temblaba, pero estaba muy perturbado, como en otra realidad. Mi padre calló, pero luego de unos segundos siguió.

—¿Te ha dicho algo? Te van a manipular, hijo, van a jugar contigo y te van a engañar.

Recordé que, hacía solo unos instantes, la anciana había insinuado que conocía las últimas palabras de mi madre hacia mí.

—Por todos los cielos, déjalo ya, antes de que sea tarde. ¿Qué más necesitas para darte cuenta? —Hizo otra pausa, esperando mi reacción. Pero nada sucedió. Negó con la cabeza; resignado—. Sé que estás confundido, pero también sé que no eres tonto y sabes que lo que viste es un muerto que volvió a la vida. Mira, más que decirte lo que se avecina no puedo hacer. Pero como sé que eres demasiado testarudo y no te retirarás por más pruebas que tengas frente a tu nariz, está bien, adelante. Yo te seguiré de cerca, estaré contigo mientras trabajas si es necesario y ya veremos cómo nos enfrentamos a lo que nos espera. Pero realmente, hijo, apelo a que te retires cuando te convenzas de que no es posible revertir la maldición y de que terminarás en la locura y a merced de los deseos de los muertos. Y no me cansaré de repetírtelo, si es necesario, mil veces más. Estoy desesperado por ti, Tanner. Quizá no te des cuenta, pero no quiero perderte. ¡Eres mi hijo!

Sus palabras fueron fuertes para mí, porque nunca antes había dicho que me ayudaría en algo o que estaría conmigo a sabiendas de que me mandaría la gran cagada de mi vida. Pero no podía aceptar la idea de abandonar, y no lo haría. Sabía que el viejo tenía razón en todo, me había convencido luego de ver a la anciana Djambé, pero como él mismo había dicho, ya vería cómo me enfrentaría a aquello. La diferencia era que yo creía que debía existir alguna forma de acabar con la maldición, así que no expresé nada de todo lo anterior y seguí adelante.

Esa noche, luego de una lúgubre y silenciosa cena de cumpleaños con mi padre, me encontré con mis amigos para salir a beber y olvidar el día que había tenido. Ni siquiera había tenido la oportunidad de ver a mi sobrino Wayne; mi padre había llamado a Lee para que no viniera a cenar. Al no tener nada mejor que hacer, la única opción era el bar de Warren.

El bar estaba bastante vacío, aún era temprano, pero no faltaría mucho para que Warren estuviera ocupado con los tragos, así que le pedí una ronda de cerveza para mí y para mis amigos que estaban en camino. No es mi costumbre tomar tragos preparados, prefiero las bebidas que provienen de una sola botella, pero debo reconocer que Warren es el mejor preparando tragos y siempre es solicitado por todos. Es por eso que su bar es el más concurrido de St. Philippe, sin mencionar el hecho de ser uno de los bares que elige la música con un criterio específico y determinado, sin una pizca de azar. Comenzó siendo un sitio muy pequeño y oscuro, casi un antro, pero luego se expandió al adquirir el local contiguo, aunque Warren atestó el salón de mesas y se dificulta un poco pasar entremedio. Las paredes están cubiertas con afiches de bebidas alcohólicas, mujeres semidesnudas, autos, motos e imágenes emblemáticas de varias bandas.

Al ser un lugar tan concurrido, tiene un plantel de camareras fijo y un encargado en la caja. En algunas ocasiones, sobre todo cuando hay alguna fiesta del pueblo y el bar se llena por demás, Warren contrata algunas chicas extra y al *gigante* Budd (un grandote de movimiento lento, conocido por su fuerza bruta), quien se encarga de pararse en la puerta con los brazos cruzados, vigilando que la noche no termine con alguna pelea de borrachos o de pareja (en donde, seguramente, al menos uno de los dos está borracho). Así que, con todo su personal en funciones, Warren tiene tiempo para hacer lo que más le gusta: preparar tragos.

—Oye, Tanner, ¿qué haces aquí tan temprano? —me preguntó mientras dejaba las cervezas en la mesa.

Warren es un hombre enorme, tanto de ancho como de alto. Cuando te habla parece que te ladrara, pero es un gran tipo, y le dije la verdad. Un poco porque ya tenía encima casi toda mi petaca de whisky y se me estaba yendo la lengua. Otro poco, porque me importaba una mierda lo que la gente pensara y algo (no sabía bien qué) me empujaba a continuar mi vida como si nada sucediera.

—Cumplo treinta años, viejo, y verás… una terrible maldición empieza a tener efecto cuando cumplimos treinta —remarqué mucho la palabra *terrible*. Warren me miró y no dijo nada—. Tenemos una maldición, ¿sabes? Y te juro por estas cervezas que están aquí, que hoy lo comprobé. Vi un fantasma, hermano. No, no, perdona. Se dice *muerto que volvió*, según mi padre. Vi a la vieja Djambé dentro de mi taller. Así que comprenderás que necesito mucho alcohol.

Según mi padre, nunca antes ningún Davis había hablado de la maldición con nadie, pero yo lo había hecho y había roto la primera regla. La había cagado. No por mí, sino por él, porque no quería hacerle daño al viejo. Pero no tuve reparos en decirlo, estaba convencido de que nada pasaría o que encontraría un modo de acabar con ello o que no me visitaría ningún otro muerto y todo quedaría en la nada. La realidad era que no tenía fundamentos para afirmar nada de lo anterior, pero no quería darle mayor importancia de la que tenía para mí.

Es que, en aquel momento, con la visita de la vieja Djambé tan reciente, mi manera de pensar no era clara. Todo era confuso y tenía una maraña de pensamientos que llegaban a la vez a mi cabeza, apretados e intentando pisarse unos con otros. Pero, más allá de todo, no se había cruzado por mi mente dejar de trabajar, de restaurar o de lo que había sido mi vida hasta ese momento. Todo era demasiado fresco como para hacer nada más que pensar mil cosas a la vez. Recordé cómo me sentí los primeros instantes luego de ver a mi madre morir, y esto me hacía sentir casi de la misma manera. Confundido, perdido, lleno de negación y descreimiento.

Luego de escuchar lo que había dicho, y a juzgar por su expresión, Warren me creía. Sonreía inseguro y sus ojos estaban muy abiertos. Parecía como si mi sola palabra le hubiese bastado para tomar como verdadero lo de la maldición. Se había cagado en los pantalones. Finalmente, se persignó y me habló con voz temblorosa.

—Hermano, anda con cuidado. No jodas con esas cosas… vamos, de verdad, Tanner. —Ahora estaba serio, pero a mí me dio gracia y solté una clásica carcajada de borracho.

No entendía cómo la gente era tan supersticiosa. "¿Será porque tienen fundamentos? Acabas de ver un muerto, idiota —me dije—, un cuerpo que atravesó la pared dejando restos de piel y se fue hacia el cementerio caminando".

Warren me observó con un gesto de preocupación mientras mi carcajada se iba apagando, luego se retiró en silencio.

Mis amigos llegaron justo antes de que comenzara a tomarme sus cervezas.

—Todavía están frías, ¿verdad? ¡Feliz cumpleaños, hermano! —Dan encabezaba el grupo. Joe y Aaron lo seguían y pude ver que ya venían algo alegres.

Varias horas y rondas después, con el bar ya bastante colmado, recibí una llamada de alguien inesperado. Tina Djambé me preguntaba dónde estaba porque quería verme.

Mis amigos escucharon la conversación y se empezaron a reír.

—¿Tina? Amigo, no pensé que eras tan arriesgado. Si te llevas a la cama a esa chica, su padre se enterará y te desollará vivo. Si quieres una mano con su madre, yo me apunto. —Aaron era el que más comentarios del estilo hacía, tenía debilidad por las mujeres de color, por decirlo de una manera decorosa.

Sin dar demasiadas explicaciones a mis amigos, salí del bar y me encontré con la muchacha, que me estaba esperando en la plaza dentro de su auto. La acompañaba su madre, pero solo Tina se acercó a hablarme. Borracho como estaba, le solté que cómo era posible que una chica tan joven estuviera dando vueltas a esas horas. No me escuchó y empezó a hablar con altanería, pero se la veía muy inquieta. Pude ver el miedo en sus ojos.

—Oye, mira, te cité aquí porque quise venir en persona a decirte que ya no queremos esa estatuilla en mi familia ni tampoco queremos saber nada de ti ni de tu padre. Mi madre ha transferido a tu cuenta bancaria el doble del monto que nos has indicado por tu trabajo.

Allí estaba. Allí estaba, pero no lo había visto venir y me puse furioso.

—¿Qué carajo les pasa a ti y a tu familia? —Sabía la respuesta—. La estatuilla ya está lista, la puedes retirar cuando quieras.

Se ha levantado sola luego de que le haya dado una docena de martillazos, pero eso es un detalle sin importancia.

—Te he dicho que no queremos la estatuilla, y es definitivo. Me voy ya.

—¡Dime qué es lo que ha pasado, Tina! ¡Algo te han dicho! ¿Qué es lo que sabes, carajo?

La muchacha corrió a su auto, pero la tomé de un brazo y la atraje hacia mí, imposibilitándole el movimiento. Me miró espantada. Era una chica menuda y muy pequeña comparada conmigo. Me relajé un poco y la solté, pero seguía con esa expresión de miedo en la cara.

—Un amigo estaba en el bar cuando tú dijiste algo y él lo escuchó —me dijo con la cabeza gacha—. Él me llamó.

Lo que mi padre más temía había sucedido. Un cliente me había cancelado un pedido por la maldición. Era cuestión de horas para que todo el pueblo lo supiera. El muy bocón del amigo de Tina había escuchado mi conversación con Warren y se había tomado el asunto demasiado en serio. Tanto, que se cagó lo suficiente como para llamar a la chica en plena madrugada y advertirle que Tanner Davis, el restaurador, estaba maldito.

Me quedé de pie en silencio y la miré a los ojos. En el fondo, la entendía. La muchacha no tenía la culpa de haber crecido en un pueblo como St. Philippe, en donde la palabra *maldición* era mala palabra. Me hubiese gustado explicarle que... ¿qué podía explicarle? ¿Le diría que la maldición era toda una farsa? ¿Podría negar ya que *realmente* había visto un cadáver en mi taller? El dolor de cabeza comenzaba a acecharme.

—Haz lo que quieras con la estatuilla. Si fuera por mí, tírala al pantano —prosiguió la chica—. Pero jamás vuelvas a contactarme, ni a mí ni a mi familia.

Sin más, se alejó hasta su auto mientras yo le gritaba, borracho y furioso.

—¡Qué pena! ¡Me hubiese encantado invitarte un trago, pero no se lo digas a papi! Si te arrepientes, llámame, puedo invitarte a conocer mi taller, donde tu abue...

No pude terminar lo que estaba diciendo. Cuando estaba a punto de lanzarle la catarata de eventos con su abuela muerta, escuché pasos que hacían crujir las hojas secas sobre el pasto. Y sentí el olor. Me di la vuelta lo más lento que pude, sin hacer ruido. A unos metros estaba la vieja otra vez, entre las sombras, con sus ojos blancos brillando en la oscuridad y un dedo cruzando su boca indicándome que me callara. Sin pronunciar una palabra más, tomé el camino más directo a casa. Esa noche no dormí, a pesar del dolor de cabeza y de la borrachera.

Capítulo 6

Como el jabalí, embisto ante la amenaza

LOS DÍAS SUBSIGUIENTES los pasé prácticamente encerrado en mi casa, la mayoría del tiempo en el garaje, ordenando cosas, limpiando herramientas y terminando proyectos personales que no implicaban un dueño muerto en algún lugar. Eso era lo único que me mantenía lúcido. No podía simplemente sentarme a leer, escuchar música, salir con mis amigos o dormir. No era para mí tener una vida de retiro. Yo necesitaba hacer cosas con las manos, no servía para estar sentado frente a una computadora viendo videos por horas o las mil temporadas de la serie de moda.

Como no trabajé en nada que tuviera que ver con una restauración, tampoco hubo visitas de ningún muerto. O al menos suponía que su ausencia se debía al cese de mi actividad. Aunque estaba asustado y me había vuelto algo paranoico... Era irónico, pero mi padre había conseguido indirectamente lo que quería: que su hijo no pusiera las manos en ninguna pieza. Lo que el viejo no sabía era que yo seguiría adelante de todas formas, solo me estaba tomando un descanso para ordenar mi cabeza.

Pensé bastante en el asunto, con mucho miedo en algunos momentos y más tranquilo en otros. Cuando el miedo se disipaba un poco, como suele suceder, veía las cosas más claras y comenzaba a pensar que quizá no se repitiera. Hubiera sido un idiota y un necio si no reconocía que lo que había visto era un cadáver hecho y derecho, porque no había mucho margen: la vieja que se me presentó era igual a la señora de la foto que me había mostrado Tina. No había muchas posibilidades para negarlo. Al recordar ese momento, en el que mi cabeza trazó la relación entre lo que estaba viendo y las fotos de Tina, se me erizaba la piel y el miedo volvía, implacable. Fue aterrador darme cuenta de que era ella, esa señora que había muerto hacía muchísimos años, la dueña original de la estatuilla.

Pero, además, había atravesado la pared y sabía cosas mías. Mierda, no podía pensar en aquello sin que se me enfriara el cuerpo. Pero nada me garantizaba que otro muerto me visitaría. ¿Y si nada más se producía con ciertas piezas? Quizá los muertos únicamente volvían si restauraba algo de madera. O solo estatuillas. Quizá no sucedía lo mismo con los muebles o con otros materiales. Lo que sí sabía era que, si me seguía quedando en mi casa encerrado como un delincuente, nunca podría averiguarlo.

No recuerdo bien si fueron tres o cuatro días, pero de lo que estoy seguro es que no llegué a pasar una semana entera en casa. Como si tuviera hormigas en el culo, después de pensar en todo aquello, me vestí y salí hacia los talleres, como todos los días. Como correspondía. Esa mañana mi padre no me esperaba y yo intuía que estaba feliz de que no estuviera yendo a trabajar. Quizá pensaba que había recapacitado y que me había dirigido allí para comunicarle que contrataría algunos muchachos para que comenzaran a hacer los trabajos por mí.

Encontré a mi padre en su taller, trabajando con Joe y Charlie. Los muchachos se miraron entre ellos y podría asegurar que ni respiraban. Mi padre se quitó los lentes y puso cara de incredulidad.

—¿Vienes a …? —El viejo no sabía cómo abordarme—. No te esperaba hoy.

—Lo sé, viejo. Solo…

Se acercó hacia mí y me susurró para que Joe y Charlie no oyeran.

—¿Lo has pensado al menos?

—¿Pensar qué? —resoplé—. Sí, lo he pensado. He pensado que no tiene sentido todo esto, no puedo abandonar mi vida. Lo siento.

Crucé la puerta y me encaminé hacia mi taller. El viejo me siguió.

—¿Es que no tienes ni un poco de miedo, carajo? ¿Qué te corre por las venas, por todos los cielos?

—¡Sí, tengo miedo! Más específicamente, cuánto más pienso, más aterrado estoy. Pero ¿qué hay con eso? ¿Dejo que el miedo gane y ya? —dije, entre dientes—. Además, ¿qué sabes tú, si te has acobardado y has abandonado todo? Has abandonado tu vida, tu razón para levantarte todos los días. ¿Sabes si siempre vienen? ¿O si sucede con todas las restauraciones? Vamos, viejo, tú no sabes nada de esto. Solo me has tirado una noticia encima, me has dicho que veías restos de cadáveres cuando eras pequeño, y me lo has dicho sin preparación alguna, sin anestesia. No has tenido el valor de decírmelo con ninguna anticipación. Y sabes que no creo en nada de esto.

—¡Necio! ¡Mientes! ¡Sé que ahora lo crees porque lo has visto! ¡Tanner, ven aquí, carajo!

Llegué a la puerta de mi taller y el viejo me seguía como si fuera un niño. Nunca se había comportado así conmigo ni con Lee. Se lo veía impotente y asustado.

—Papá, realmente, dejemos las cosas seguir su curso. Mira, no sé si esto es cierto o no. Lo que vi allí, no lo sé, es… —Mi padre negó con la cabeza—. Escucha, debes calmarte un poco, no sirve de nada ponerse así. Lo digo en serio, dejemos pasar un tiempo y veamos qué pasa. ¿No te parece que merezco una oportunidad? Te lo pregunto sin segundas intenciones: ¿tan seguro estás de que esto se repetirá? ¿Y si es solo una vez y ya? Quizá ya terminó, quizá es aleatorio. ¿Cómo puedes saberlo?

El viejo calló por unos segundos y pareció tranquilizarse. Sabía que yo tenía un punto. Él sabía de la maldición tanto como yo.

—Tanner, solo… ten cuidado. Estaré por aquí, ¿está bien?

Asentí con un movimiento de cabeza y me metí en el taller. Era extraño volver luego de la visita de la vieja. Lo primero que observé fue la mesa de trabajo. Como si no hubiese tenido suficiente con la visita de un muerto, noté que la estatuilla del esclavo no estaba. Alguien había entrado y se la había llevado. Mierda.

Con lo asustado que estaba mi padre, era imposible que hubiera sido él. Luego de unos segundos comprobé que, efectivamente, no había sido él. Enganchado a un clavo que sobresalía de la mesa, reposaba un pedazo de la mantilla negra que cubría a la vieja Djambé cuando se presentó allí. Desenganché la tela y reparé que tenía piel adherida. Por supuesto. La vieja se había llevado la estatuilla, vaya uno a saber dónde, quizá al cementerio, quizá la había dejado en casa de Tina y la muchacha me acusaría a mí de haberlo hecho. No quería pensar en que las cosas se estaban torciendo demasiado para mi gusto.

En el taller tenía varios trabajos pendientes. Observé cada uno de ellos con detenimiento y, al contrario de provocarme aprehensión o rechazo, tenía ganas de retomarlos todos. Había una mesa ratona, una biblioteca, dos mesas de noche, un juego de ajedrez, la réplica de un auto de colección, un escritorio y una cama. Todo tenía madera, algo de metal, y cuero en el caso del respaldo. Y nada era moderno. Si bien no todos los clientes me habían dicho a quién había pertenecido aquello, todo era antiguo y lo querían preservar. Podría haber afirmado que, de seguro, todo eso había pertenecido a alguien que ya no estaba vivo.

En algunas ocasiones, la gente me traía alguna pieza moderna, sobre todo muebles, porque habían sufrido un golpe o algún daño particular y había que repararlas. Pero, en general, las piezas eran antiguas y provenían de alguna herencia familiar. En el pueblo, la mayoría de las familias no eran nuevas, así que había muchas probabilidades de que el mobiliario de las casas tuviera muchos años. Distinto era el caso de los establecimientos que nos encargaban trabajos, pero se trataba de proyectos grandes donde todo era más impersonal y era dudoso que hubiera pertenecido a alguien más que a una tienda de muebles nuevos.

No tenía ningún patrón para elegir con qué pieza empezar (porque había vuelto, a la mierda con todo). Me refiero a la maldición, claro. Bajo otras circunstancias, hubiera elegido la que mi cronograma de trabajo me indicaba, según tiempos de entrega establecidos. Pero estaba intentando fijar un criterio para la elección, aunque fuera totalmente infundado. La estatuilla del esclavo era toda de madera, incluso la base. Tomando eso como criterio inicial, el material *madera* estaba descartado. La clasificación *estatuilla* también. Luego pensé que era totalmente idiota mi comportamiento. Podía elegir lo que quisiera, ¿no? Me estaba rebelando contra algo *superior* a mí. Supuestamente, estaba *desafiando* a... lo que fuera. ¿Qué diferencia había en que eligiera una u otra pieza?

"¿Lo has pensado al menos?".

Las palabras de mi padre resonaban en mi cabeza. Al carajo, viejo. Si tú, el abuelo Bill y los demás fueron unos cobardes, yo no lo sería. ¿Qué más tenía en la vida que no fueran mis manos? Nada, ¿comprendes? Nada. Sí, mi padre, mi hermano, mi sobrino. Pero ellos no eran mi vida. Eran parte de ella. Una parte y ya. Mi motor, como ya he dicho, era otro. Y la cuestión era que tampoco *necesitaba* nada más. Para que se entienda, yo tenía una vida resuelta y tranquila. Por más que mi padre pensara que debía casarme, formar una familia y todo eso, a mí me llenaba lo que tenía, porque yo era eso. Mi esencia y mi felicidad no dependían de tener una familia o no, dependían de que mis manos pudieran crear, transformar, construir, reconstruir. Si no podía hacerlo, daba igual que tuviera una esposa y mil niños a mi alrededor.

Finalmente, me decidí por la cama; la primera en las prioridades de mi calendario de trabajo. La estructura era de madera oscura y tenía florituras en las terminaciones de las patas. No tenía dosel, pero las gruesas patas sobrepasaban lo que podía llegar a medir el alto de cualquier colchón. El respaldo era un capitoné tapizado en un cuero grueso, verde oscuro, con tachuelas de bronce cada varios centímetros.

La cama pertenecía a una familia que no conocía muy bien, los Walder, y me la había traído un tal Daniel. No me había caído bien el tipo, traía una actitud soberbia, y una cara de oler mierda todo el tiempo. Parecía no estar demasiado interesado en la cama, quizá había sido un capricho de su mujer adquirirla, con lo cual no ahondó mucho en los orígenes. De hecho, no lo sabía, porque la habían comprado en una venta de garaje fuera de St. Philippe, junto con una cómoda, dos mesas de luz y un armario. Según el tipo, el resto del mobiliario estaba en buen estado de conservación, pero la cama se encontraba deteriorada. En efecto, el capitoné estaba desgastado, la madera se veía resquebrajada en algunos puntos y la estructura en general estaba bastante descangallada.

Comencé a trabajar en la cama, pensando que el dueño original podía ser cualquier persona, de cualquier otro pueblo, un total desconocido en St. Philippe, incluso para los Walder. Después de un rato de haberme puesto a trabajar, ya era otro tipo. Mejor dicho, era el mismo de antes. Estaba otra vez en contacto conmigo mismo. Había vuelto a mi vida y me sentía un poco mejor. Cada tanto, reconozco, frenaba el trabajo y miraba con recelo alrededor o me acercaba a la ventana y contemplaba el parque en búsqueda de no sabía bien de qué.

Trabajé en la cama varios días y nada sucedió. Ningún muerto había vuelto, ni yo había experimentado nada fuera de lo habitual. De vez en cuando, mi padre pasaba por mi taller y observaba todo como buscando algo. Yo lo miraba y seguía en lo mío. Parecía no creer que no hubiera sucedido nada y se sorprendía de verme animado.

De todas formas, luego del incidente con Tina, las cosas habían cambiado en St. Philippe para conmigo. Cuando salía a alguna tienda o a hacer algo en el centro, ciertas personas que me conocían me evitaban o, por el contrario, me miraban fijo pero de reojo, como desde abajo. No me miraban a los ojos. Y, para mí, la gente que no mira a los ojos no es de fiar. Simplemente, es así. Por más de que el miedo te gane, por más de que estés enojado con cierta persona o le tengas aprehensión, la mirada hay que mantenerla y sostenerla. De frente. Y la mayoría de los que me miraban así en el pueblo era gente que yo conocía desde pequeño, que me habían regalado dulces en Noche de Brujas. Sí, soy el mismo de aquella época, idiota, mírame a los ojos.

Un ejemplo de lo anterior era la Viuda Gibbons. Un martes, mientras la vieja hacía la limpieza, noté que evitaba a toda costa cruzarse conmigo. Y cuando me miraba, lo hacía con odio, con rencor. Luego se persignaba. En un momento de la tarde, mientras se tomaba un descanso en la cocina, aparecí en silencio y la abordé antes de que huyera como rata escurridiza. Le pregunté cortésmente cuál era su problema conmigo y qué podía hacer para solucionarlo.

—¡Ya la cagaste, muchacho! —ladró—. ¡No hay nada que puedas hacer! Hablaré con tu padre para que se consiga otra que limpie. Yo renuncio.

Se quitó el delantal y, efectivamente, se dirigió al taller de mi padre y se fue. Ese fue el último día que vi a la Viuda Gibbons. Warren, Tina Djambé, la Viuda Gibbons y varios más en el pueblo. El asunto era que el chisme sobre la maldición de los Davis se había esparcido como un virus y los que me conocían me evitaban porque había roto una regla importante para un pueblo supersticioso: *no atraigas a los muertos*. Los únicos que no me evitaban eran mis amigos (lo hacían por amistad, justamente, no porque no estuvieran igual de cagados que yo) y mi padre, aunque no sabía cuánto me duraría su apoyo teniendo conocimiento de que el secreto familiar ya era público.

En verdad, nadie en el pueblo sabía a ciencia cierta qué sucedía con nosotros (ni siquiera nosotros mismos lo sabíamos), pero preferían no arriesgarse. Solo sabían que los hombres Davis estábamos condenados a retirarnos de la profesión a los treinta años porque, de lo contrario, cosas terribles sucederían. El punto era que las *cosas terribles* nos sucedían a nosotros, no a ellos. Pero el miedo paraliza y aleja. Y además, los pueblos como St. Philippe se alimentan tejiendo historias, sacando conjeturas sin fundamento y hablando sin saber.

Así las cosas, pasaron varias semanas en las cuales mi vida fue totalmente normal. Al finalizar la cama, llamé a su dueño para que fuera al taller a ver el resultado final y esperé una reacción parecida a la de Tina, pero el tipo aceptó sin chistar. Luego entendí por qué no me rechazó el trabajo: su esposa había ido con él a ver la cama y, cuando la vi, comprendí que el tipo era un dominado. La única que habló fue ella: de las terminaciones, del precio, de la calidad, del clima. Se notaba que no era oriunda de St. Philippe (no tenía el acento) ni de ningún pueblo cercano. Quizá había nacido bajo otras costumbres, más de ciudad, y le importaban un carajo la maldición o los chismes. Como fuera, parecía ser que no todo estaba perdido. Punto para mí.

Capítulo 7

Llegan los nuevos Wright

ESTABA ENTUSIASMADO. Tenía esa excitación que te atrapa cuando estás mucho tiempo sin hacer algo que amas o que te gusta mucho y de un momento a otro lo retomas. Era como una bestia liberada, con el doble de fuerza, de ganas, de buen humor.

Lo próximo que debía restaurar, según mi lista de prioridades, era el juego de ajedrez. Tenía, como mínimo, cien años y era una pieza realmente hermosa. El tablero estaba forrado en cuero por fuera, y por dentro estaba pintado a mano. Las piezas eran de madera tallada y bastante grandes, aproximadamente de diez centímetros cada una. No estaban tan deterioradas como el tablero, pero igualmente se notaba que le habían dado un uso intensivo.

El juego lo había traído Jake Flint, un tipo que había ido a la escuela conmigo y del cual no supe nada más hasta muchos años después, cuando volvió a St. Philippe convertido en abogado. Había ejercido la profesión en la ciudad durante algún tiempo y allí era un "prestigioso abogado", pero luego de perder un caso gordo y poner al borde de la quiebra al estudio donde trabajaba, volvió al pueblo siendo tan solo un abogado. El prestigio le había durado poco. El resultado fue que abrió un pequeño estudio privado, dedicándose a casos más típicos y poco riesgosos como divorcios, herencias, demandas entre vecinos y demás.

Jake no era lo que se decía un tipo con estilo. Era un hombre nervioso, que no tenía una vida social conocida, y solo lo veías salir a la hora del almuerzo. No miento cuando digo que jamás lo he cruzado en ningún bar, cine, restaurante o siquiera en algún café. No tenía mujer o hijos y tampoco un grupo de amigos.

—Esto perteneció a mi abuelo y a sus hermanos —me había dicho—. Mi bisabuelo lo trajo de un viaje como regalo para sus hijos y, según me ha contado, jugaban mucho al ajedrez. Los hermanos de mi abuelo murieron de tuberculosis, muy jóvenes, y él fue el único que no cayó enfermo. Lo único que tenía de sus hermanos era este juego. Por eso, Tanner, quiero que tú lo restaures. Él no se encuentra muy bien y me gustaría regalárselo para que, antes de morir, pueda verlo como nuevo.

El tono solemne del tipo me causaba gracia, pero, cuando abrí la caja, la sonrisa contenida se me borró ante lo bello de las piezas. Con lo cual, le prometí a Jake un plazo de entrega y él, nuevamente serio y formal, me dijo que me tomara el tiempo que necesitara.

Recuerdo que me puse especialmente meticuloso con esa restauración. Quiero decir, con el resto de mis trabajos también era muy exigente, pero con este se me fue un poco la mano. Algunas veces me sucedía que los encargos lograban hacerme quedar después de hora en el taller, cenar rápido y continuar toda la noche, para evitar tener que retomarlo al día siguiente habiendo cortado la inspiración y el ritmo.

Esa noche fue una de las mejores que pasé con un trabajo. Y, para mí, trabajar de noche era muy placentero y reconfortante. Lo disfruté, lo saboreé. Afuera hacía calor, sin embargo, corría una brisa que volvía al ambiente cálido pero fresco. Y las noches en casa de mi padre, sobre todo en el taller, tenían unos sonidos maravillosos. Si había algo que extrañaba de mi casa paterna era eso, los sonidos. Cuando te quedas allí de noche, escuchas las hojas de los árboles moverse con el viento, los sapos y ranas cuando salen, los grillos cantando. En cambio, en mi casa, las cosas son algo diferentes porque se encuentra bastante cerca del centro y siempre hay algún auto que rompe la magia de la noche con el ruido del motor (y te lo dice alguien que ama los motores). Como fuera, restaurar el juego de ajedrez me había devuelto la vitalidad, energía o como quieras llamarlo.

Parecía ser que la cosa iba mejorando con el correr de los días, pues no había recibido ningún tipo de visita desde el otro lado y, además, le pude entregar sin problemas el juego a Jake. Cuando lo vio, el tipo se quedó perplejo.

—¡Tanner, no tengo palabras! ¡El trabajo que has hecho es simplemente de otro mundo! —Me dio un abrazo como si fuera un amigo de toda la vida—. Mi abuelo no lo podrá creer cuando lo vea. ¡Eres un maldito genio!

Realmente, dejando de lado cualquier modestia o pudor, te aseguro que el trabajo había quedado muy bien y me había dejado más que conforme luego de ponerle mucho ojo crítico al asunto. Siempre trataba de hacer lo mejor en cada pieza, pero en este caso, había dado más que mi máximo. Había logrado superar una marca de calidad, el cliente había quedado satisfecho, y eso me hacía sentir orgulloso.

Los días seguían pasando y todo estaba como siempre. Ni rastros de la vieja Djambé o de cualquier otro. Mi vida estaba volviendo a ser la de antes y había recuperado algo de la tranquilidad que me caracterizaba. Quizá debía comenzar a pensar que todo el asunto de la maldición había sido real, sí, pero había terminado. Aunque la vieja me había advertido que vendría a comunicarme su pedido, aún no lo había hecho y la esperaba de vez en cuando, sobre todo en los momentos que recordaba lo sucedido con la estatuilla. También temía encontrar al esclavo en mi casa, en mi habitación, en el taller o en cualquier lugar que pudiera pisar. La realidad era que la pieza había desaparecido y estaba seguro de que había sido la anciana quien la había quitado de la mesa.

Siempre digo que uno debe enfrentar los problemas, sin importar cuán graves sean. No sirve de nada hacerse el idiota y mirar para otro lado. Pero, en mi caso, si yo quería enfrentar la maldición, no sabía cómo hacerlo. No podía *llamar* a la vieja y decirle "bien, mire, pídame algo y terminemos con el asunto". Así que solo me quedaban dos opciones: esperarla y enfrentarla cuando llegara el momento (si llegaba) o fingir que nada había sucedido. Mi mente se movía sobre una delgada línea entre esas dos posibilidades; era como un acróbata. A veces, me olvidaba de todo y seguía como si nada. Otras tantas, recordaba la visita de la mujer, su olor, sus *ojos*, y todo se volvía difuso. Así y todo, le ponía el pecho a las cosas y seguía adelante.

Pasaron varias semanas hasta que, una mañana soleada de junio, arribó a casa de mi padre un hombre menudo y transpirado, de esos que sudan la frente y tienen las manos húmedas todo el tiempo, hiciera calor o frío. El tipo tendría unos cuarenta años, se presentó como Trevor Wright, "el descendiente más joven de la familia Wright con autoridad para decidir algo", así dijo, y necesitaba que hiciera un trabajo. En vez de negarme y decirle que se buscara un restaurador sin una maldición encima, lo invité a pasar a la oficina y le ofrecí algo para beber (aunque parecía ser que ninguna bebida fría haría que aquel tipo dejara de sudar). Tenía el cabello rubio y exageradamente engominado, llevaba lentes grandes y vestía como un ñoño. Así y todo, su mirada era aguda y transmitía seguridad.

Los Wright eran oriundos de St. Philippe, pero su fortuna traspasaba las fronteras del pueblo hacia el resto del país por ser los dueños de uno de los frigoríficos más importantes. Theodore Wright había sido uno de los primeros en fundar un frigorífico industrial en St. Philippe, varias generaciones atrás. Y había construido una casa de un tamaño desproporcionado para lo que era el pueblo en ese momento, llenándola de lujo puertas adentro; todo para que su mujer y sus dos hijas pequeñas pudieran tener una vida cómoda.

La felicidad no les duró mucho a los Wright porque Theodore murió en un accidente, dentro de uno de los mataderos. Hoy en día ese accidente no podría ocurrir porque las medidas de seguridad lo impedirían, pero más de doscientos años atrás había que caminar con cuidado dentro de un matadero si no querías acabar resbalando con la sangre que manaba de los animales degollados, como le pasó al buen Theodore. Al caer, golpeó su cabeza contra un desnivel del piso y murió en el acto. Parece ser que, luego de eso, su mujer no soportó la ausencia de su marido y mató a sus dos niñas con un veneno que mezcló con la comida, para luego suicidarse arrojándose al vacío desde la ventana de su habitación.

Como Theodore ya no tenía herederos directos vivos, sus hermanos fueron los que quedaron a cargo de la fortuna. Si bien los primeros años después de la tragedia fueron duros y las ventas cayeron, el resto de los Wright supo remontar los números y el negocio volvió a ser tanto o más próspero que antes. Pero olvidaron el pequeño detalle de la mansión de su hermano muerto. Nadie de la familia quería entrar allí porque había demasiada tragedia y muerte detrás de aquellas puertas. Y era natural, primero había muerto Theodore (y lo velaron allí, hay que ser hijo de puta) y luego sus hijas habían sido envenenadas durante la cena por una madre depresiva y desequilibrada, quien se arrojó desde la ventana del cuarto matrimonial. ¿Quién tendría ganas de volver a habitar esa casa o de mantenerla siquiera?

La cuestión fue que pasaron las décadas y cada Wright que heredaba la propiedad retenía el título sobre ella, pero ni siquiera se atrevía a pasar por allí o a intentar venderla a pesar de saber que tenía un valor muy elevado (tampoco creo posible que nadie del pueblo se hubiese aventurado a comprarla con tres muertes dentro de sus paredes). Les alcanzaba con la cadena de frigoríficos, la cual dejaba un margen de ganancia alto y les permitía ampliarse cada vez a más rubros relacionados con la industria de la carne y el cuero. Así, la casa quedó cerrada y abandonada hasta que los *nuevos Wright* se reunieron y tuvieron la idea de convertirla en museo junto con la alcaldía de St. Philippe. *Nuevos Wright* era la expresión que usaba Trevor para referirse a él mismo, sus hermanos y sus primos, básicamente cuarentones que querían lucrar con el apellido y con la historia macabra de la casa. Con una buena promoción de la alcaldía, el turismo podría aumentar y los Wright tendrían otro negocio para sumar a su haber. Y, según palabras de Trevor, "tú serás la persona a cargo de la restauración de la casona. Además de un dinero muy jugoso, ganarás aún más prestigio del que tienes".

Vaciló unos instantes mientras me miraba fijo. El tipo había llegado a mí porque tenía muy buenas referencias, pero había algo que lo hacía dudar. Y yo sabía lo que era.

—Mira, yo no vivo aquí —dijo con franqueza—, pero cuando empecé a preguntar por tus referencias, me han dicho que eres el mejor, pero que ya no estás en la actividad o algo parecido. Y la gente de aquí se pone extraña cada vez que habla de ti... No sé exactamente qué pasa contigo, amigo, solo sé que tengo las mejores referencias de tu familia. Pero debo aclararte que si no vas a ser tú el que lleve a cabo las principales restauraciones de la casa, dímelo y me marcho ahora.

Por la ventana de la oficina que daba al parque, vi que mi padre daba la vuelta por un lateral y traía una cara de velorio que no podía disimular. La puerta estaba abierta y se quedó parado allí sin entrar, arqueando las cejas y mirando por encima de sus lentes a Trevor Wright. Miré a mi padre y Trevor se dio la vuelta. Enseguida se puso de pie y se saludaron con formalidad. El viejo preguntó qué estaba sucediendo y Trevor le relató brevemente el motivo de la visita.

—¿Lo harás? —Viejo descarado, se había animado a preguntarlo.

"Tú me llamaste, chico". Gracias, señora Djambé, descanse en paz.

"Ya la cagaste, muchacho". Gracias, señora Gibbons.

"La descomposición se revierte, y vuelven, y nunca lo podrás evitar". Gracias, papá.

Finalmente, en lo que quedaba de aquel microsegundo, recordé todas las restauraciones que había hecho, mis primeras ganancias, con las que invité cervezas a mis amigos, las tardes en el taller con mi padre cuando era niño (silenciosas, pero educativas) y recordé a mi madre diciéndome que fuera a estudiar y que luego siguiera con aquel objeto en el que estaba trabajando. Sentí las texturas con las que trabajaba, la madera, el cuero, los tapizados. Percibí los olores de todo aquello. Miré mi anillo con la cabeza del jabalí que representaba a los restauradores de nuestra familia. Yo era eso. Y no pude imaginarme de otro modo. Lo que estaba mal era la maldición, no yo. Sería un necio si no reconociera que tenía miedo, pero ya vería cómo seguiría.

—Claro que sí —le dije a mi padre. Al carajo con todo. Al fin y al cabo, hacía semanas que mi vida había vuelto a la *normalidad*—. Estamos discutiendo con el Sr. Wright los términos de la contratación. Quizá necesitemos varias personas para hacer el trabajo.

Mi padre relajó un poco su expresión. Mientras necesitáramos más empleados, no todo estaba perdido para él. Pero, en el fondo, sabía que era una falsa esperanza pensar que yo no tocaría nada porque me había visto seguir trabajando luego de la restauración de la estatuilla.

La restauración de la mansión Wright comenzaría en septiembre de aquel año, con lo cual me quedaba un tiempo considerable para planificar el trabajo; estimar tiempos, fijar precios y conseguir el personal suficiente. Y a mi padre le daba el tiempo necesario para intentar convencerme (una vez más) de que dejara de lado el trabajo manual y solo actuara como jefe del proyecto. En su interior, el viejo sabía que yo no le haría caso, pues el trabajo para mí había mermado considerablemente (hasta reducirse a la nada misma) desde el incidente con Tina Djambé. Si bien tenía los trabajos pendientes previos, desde mi cumpleaños nadie había vuelto a traerme piezas para restaurar, y era una pena porque generalmente conseguíamos buenos trabajos de restaurantes, escuelas, o tiendas, pero ahora solo mi padre recibía los pedidos de los clientes, que manifestaban expresamente que el trabajo lo hiciera cualquiera menos yo.

Así las cosas, con la cantidad de pedidos en baja, el viejo no se arriesgaría a perder un proyecto tan rentable como el de los Wright, quienes confiaban en mí únicamente porque Trevor era de la ciudad y nunca había pisado el pueblo más que para visitar la casa, con lo cual no le interesaba nada sobre supersticiones o maldiciones, solo quería que la mansión quedara como nueva, y eso haríamos los Davis, incluido yo.

Capítulo 8

La anciana Djambé se me acerca demasiado

LA EXPOSICIÓN DE Motos Antiguas y de Colección del estado tiene lugar todos los años a finales de junio y se organiza en conjunto con el pueblo vecino de La Rosa. Mis amigos y yo asistíamos todos los años porque nos gustaban las motos, pero también para levantar mujeres y para hacer algunos negocios por mi parte. La EMAC se desarrolla en un predio al aire libre situado en las afueras de St. Philippe, en el límite con La Rosa. El lugar se encuentra a unos sesenta kilómetros desde mi casa, hacia el sur, y en aquella oportunidad había conversado previamente con algunos asistentes al evento, quienes me comprarían un número importante de partes almacenadas en mi garaje, por ese motivo, debía ir en camioneta y lamenté no poder ir con la moto. Cargué todas las partes y sumé algunas cervezas para el viaje.

El día estaba soleado y caluroso, húmedo como siempre por allí, y a la hora en que llegamos el lugar ya estaba colmado de gente que se había congregado desde temprano, mientras el humo de las barbacoas se iba adhiriendo a sus ropas. Dos grandes banderas de St. Philippe y La Rosa colgaban en la entrada y dentro todo estaba adornado con lazos y banderas nacionales, así como con emblemas de las marcas de motos que auspiciaban el evento (el cual se había vuelto bastante popular como para llamar su atención). Los puestos de comida estaban casi todos ocupados por familias que compraban refrescos o hamburguesas a sus hijos pequeños, y en las tiendas de accesorios y partes no cabía un alfiler entre los coleccionistas que aprovechaban para aumentar el rendimiento de sus motos o simplemente para modificarlas estéticamente.

Me gustaba mucho ir a ese tipo de encuentros; porque podía hacer buenos negocios, encontrar alguna parte que pudiera servirle a mi moto, comprar algún accesorio y escuchar buenas bandas que iban a tocar allí. Pero, más allá de todo eso, que también formaba parte de mis pasiones, el ambiente era de pura camaradería y hermandad. Los que íbamos a la EMAC éramos como niños en un parque de diversiones. Los niños suelen hacerse amigos muy fácilmente, en cualquier ambiente que los junte por un rato. Hay *algo* que los atrae entre sí y de inmediato comienzan a hablar. Cuanto más hablan, más cercanos se sienten. No preguntan nada a nadie, no les interesa qué hace el otro niño en su casa, ni quiénes son sus padres ni a qué escuela van.

Nunca comprendí por qué los adultos dejamos de hacer amigos de esa manera. De qué trabaja, cuánto dinero gana al año, dónde vive, qué hace en su tiempo libre, a quién votará en las próximas elecciones, qué religión profesa o qué deporte le gusta. No seamos hipócritas; porque así es. Dependiendo de las respuestas a esas preguntas, decidimos si seguimos hablando con esa persona o no.

Lo que sucede en cualquier encuentro de motos, autos, tatuajes o lo que fuera (te menciono estos porque allí me muevo, pero si quieres, ponle "encuentro de tejido a *crochet*" o "evento mensual de criadores de loros", da igual) es que no importa a quién hayas votado, qué empleo tienes o cuánto ganas, te une la misma pasión que al otro y eso basta. Estás en sintonía con cientos de personas que van allí a hacer lo que les gusta y a pasarla bien. No importa el resto, ¿entiendes? Esa sencillez me hace sentir cómodo porque no necesito ponerme ninguna careta allí. De todas formas, jamás me puse una careta para nada y nunca me callé una opinión, pero eso, en otros ámbitos, hace que la gente se aleje y forme un juicio demasiado prematuro de ti, sin conocerte realmente.

Ahora me toca a mí no ser hipócrita contigo: estos eventos servían, además, para buscar chicas que anduvieran por allí en grupo (siempre las había) y llevarlas a la cama en el mejor de los casos. Al menos para mis amigos y para mí, que siempre andábamos tratando de conseguir mujeres. Y eso es algo independiente de la EMAC; los muchachos y yo siempre estamos alerta, vayamos donde vayamos.

La mayoría de las chicas daban vueltas alrededor del predio central, en donde se exhibían las motos. Personalmente, me daba lo mismo irme con quien fuera porque todas estaban igual de buenas; y eran todas más o menos similares, de un estilo muy marcado: mucho maquillaje, labios muy rojos, camisetas cortas y pegadas al cuerpo (olvídate de que llevaran sostén), *jeans* cortados y demás, ya sabes. Pelirrojas, morenas, rubias, ¿qué más daba para mí? Distinta era la situación para Aaron, que buscaba una chica de color por sobre las demás en cada ocasión, aunque pocas veces lo conseguía. Al idiota su poco tacto no lo ayudaba, imagínate que frases como "tengo un fetiche con las chicas como tú, ese color carbón me la para más que cualquier otra cosa" no caían bien a las pobres víctimas de su acoso, por así decirlo.

Ya venía con algo de alcohol encima y me lancé a hablarle a una rubia que me había hecho un gesto con su vaso, como si estuviera brindando conmigo a lo lejos. Se llamaba Claudia, y no escuché mucho más hasta que la subí a la caja de la camioneta y le metí mano por debajo de la camiseta. No pretendo hablarte de mi vida sexual explícitamente, te aseguro que no quieres saberlo, pero es necesario que te describa ciertas cosas para que puedas darte una idea de lo que sucedió después. La muchacha me tenía agarrado del cuello y me rodeaba la cadera con las piernas. Yo estaba sobre ella y la estaba besando. Luego pasé a su cuello y finalmente a su lóbulo.

Comencé a morderle la oreja, hasta que, en determinado momento todo cambió y sentí como si estuviera mordiendo una tira de carne pasada. Ya no era suave y blanda, sino más bien una carne quebradiza y seca. Como si se hubiera cocido demasiado a las brasas. Finalmente, sin darme tiempo a ver lo que estaba sucediendo, el lóbulo se *desprendió* de su oreja y quedó dentro de mi boca. Me separé de ella de inmediato, con brusquedad, y vi cómo un hilo de sangre caía por su cuello. Eso no era nada bueno y creía saber por dónde venía el asunto.

Me alejé aún más, algo desconcertado porque la chica no gritó. Es más, no estaba emitiendo ningún sonido. Sin pensar, escupí la cosa que tenía en la boca, que cayó en la tierra del parque de estacionamiento. Me limpié con la manga de la camisa, pero la sensación metálica seguía en mi garganta. Al incorporarme vi que me miraba, y su cara no era la misma. Tenía la piel descamada, y su carne se veía a punto de caerse en cualquier momento, como su lóbulo. Al encontrarme con sus ojos, no vi pupila ni iris, solo los dos globos nacarados por completo. Y me sonreía de una forma que ya había visto antes.

—Hola, muchacho —dijo la anciana Djambé a través de Claudia, y luego soltó una risotada grotesca que reveló sus dientes.

Ante semejante visión, me alejé y golpeé mi cabeza contra la ventanilla. No podía ser real. Aquellos no eran dientes humanos. Eran grises, curvos y en punta. Parecían muy afilados y se veían aterradores. Los miré descaradamente, con horror.

—Te dije que volvería, ¿recuerdas? De ahora en adelante debes obedecerme, muchacho, de lo contrario con el tiempo me *iré deshaciendo.* No te dejaré en paz hasta que me obedezcas, y créeme, no te conviene que me deteriore porque eso le costará caro a tu cuerpo y a tu mente.

No podía dejar de mirarle los dientes mientras hablaba.

—¿Estos? —dijo mientras se levantaba el labio superior y me los enseñaba con insolencia—. Son picos de pájaros que tuve que recolectar para poder tener dientes nuevos. Es lo único que pude conseguir para sustituir los míos que se cayeron. ¿Lo ves? No puedes dejar que me muera *por segunda vez,* porque todo lo que me pase a mí… te pasará a ti.

Salté de la caja de la camioneta y me metí en la cabina. Intenté encender el motor, pero no respondió. Por supuesto, no esperaba menos. Mientras insistía, vi por el espejo retrovisor que la muchacha se acercaba por el costado del acompañante, abría la puerta y se metía adentro. Hice lo natural: intenté salir de la camioneta, pero las puertas estaban trabadas y la vieja ya estaba sentada a mi lado.

Me seguía mirando con fijeza desde el cuerpo de Claudia. El cuerpo permanecía casi igual al de su dueña, pero la carne parcialmente podrida, los ojos blancos y la boca llena de picos de pájaro habían reemplazado los ojos verdes y los dientes perfectamente alineados de la chica.

Intenté romper uno de los vidrios, pero tampoco lo logré. Era como si estuvieran blindados. Todo estaba sellado, y la cosa me seguía mirando fijo mientras respiraba sonoramente. Afuera parecía ser que nadie se percataba de la situación. Hasta que comprendí que si no hablaba, nunca terminaría esa escena espantosa.

—¿Qué quieres? —dije, finalmente.

—Ya sabes lo que quiero. Quiero que cumplas conmigo. Pero esto es solo un aviso, muchacho. Quería hacerte una visita solo para recordarte que te estoy observando *todo el tiempo*, en *todo lugar*. Ahora te dejaré y volveré a la medianoche. Deberás obedecerme, piénsalo bien, y no intentes tomarme el pelo o lo lamentarás. —Hizo una pausa y se relamió los labios con dificultad. Luego, me reveló lo que venía sospechando—. Por cierto, mi estatuilla ha quedado hermosa. Tu trabajo es maravilloso.

A partir de allí, Claudia volvió en sí lentamente y parecía ser que sus dientes y sus ojos eran los de antes, pero lo primero que revisé con detenimiento fueron sus orejas. Estaban intactas, no había sangre y podía distinguir perfectamente ambos lóbulos. La miré y la chica tenía la misma expresión caliente y lasciva de hacía unos momentos. Intuí que no se había percatado en lo más mínimo de que un muerto se había metido dentro de ella, pero de todas formas la miré expectante. Para mi alivio me lanzó la frase que toda mujer lanza cuando los hombres paramos con nuestra tarea, fue algo como "¿Qué pasa? ¿No te gusto?". Mierda, claro que me gustaba, pero mi pene estaba tan flácido como un pedazo de carne cruda y no pensaba que hubiese posibilidad de que se volviera a parar en días.

Sin dar explicaciones y de una forma bastante descortés, le dije que se bajara de la camioneta y me disculpara porque me tenía que ir. Me miró indignada y se bajó, no sin antes dedicarme un rosario de insultos relacionados con mi virilidad, pero me importaba una mierda, por lo menos la vieja Djambé había tenido la deferencia de hacer olvidar de todo a la muchacha.

No sabía dónde estaban mis amigos, pero no me acordé de ellos en ese momento. Solo quería largarme de allí cuanto antes. Puse las manos sobre el volante y me di cuenta de que sudaba como un cerdo. Eché una mirada a los asientos de la camioneta y comprobé que no había restos de la mujer muerta. Quizá era porque había estado alojada en el cuerpo de Claudia, pero el tapizado se veía despejado (esperaba que, por su bien, los restos no hubieran quedado en el cuerpo de la muchacha cuando la vieja se retiró de ella). Todo parecía estar en orden, pero cuando intenté tomar una bocanada profunda de aire, me percaté de que el habitáculo olía pésimo, como mi taller la primera vez que la vieja me visitó. Olía a muerto.

Capítulo 9

El primer pedido emerge desde la tierra con dientes puntiagudos

VIENDO EN PERSPECTIVA, no tomaba *real* dimensión de la situación. Estaba siendo acechado por un espectro que se alimentaba de mi capacidad para obedecer. No sabía qué había querido decir la vieja Djambé en la camioneta, pero a la medianoche me enteraría de qué se trataba. Quizá ese pedido que debía hacerme por haberla *llamado* se manifestaría y al fin podría terminar con sus acosos. La visita de la vieja a través de Claudia había logrado inquietarme por demás; en cuestión de minutos me había puesto muy nervioso e incómodo, como la primera vez que se había aparecido en el taller. Demasiado había durado la tranquilidad.

Mientras conducía, sin rumbo fijo, miré el reloj y ya había pasado la hora del almuerzo. Le envié un mensaje a Lee para ver si podía pasar por su casa y jugar un rato con el pequeño Wayne, pero me dijo que se encontraba en lo de mi padre y que sería fantástico que fuera. Antes de quedarme en mi casa encerrado, acepté su oferta y me dirigí hacia allí.

Al cruzar el parque delantero de la casa, divisé a mi padre en el porche jugando con Wayne. Tori y Lee tomaban algo que parecía refrescante mientras descansaban en una hamaca de lona, al sol. Era la imagen de la familia perfecta. Salvo por el tipo sudado y con la cara desencajada que se acercaba caminando pesadamente, como si algo terrible le hubiese sucedido. Los *jeans* me quemaban en las piernas, la camiseta se me había pegado al torso y mi cabello estaba completamente mojado. Si la situación hubiese sido otra, mi padre me hubiese preguntado de qué publicidad de desodorante había salido, pero en su lugar me miró y bajó la vista rápido para no arruinar la situación familiar.

El pequeño Wayne me vio y se paró para salir corriendo a saludarme, pero Tori lo atajó para que no bajara los escalones solo y lo alzó en brazos para acercarlo a mí. En cuanto mi cuñada observó mi aspecto, retuvo a Wayne, y se le dibujó en el rostro una expresión de asco sin ningún tipo de sobreactuación; fue tan genuina que Lee largó una carcajada y me preguntó si venía del pantano.

—La EMAC —fue lo único que atiné a decir mientras mi hermano levantaba las cejas sin entender.

Continué la explicación diciendo una estupidez como que se había realizado la selección de la reina de la EMAC y me habían elegido como jurado. Luego, le habían pedido a la reina que subiera al escenario y le habían tirado agua encima. Dije que me había puesto delante de ella para protegerla de los energúmenos que le tiraban agua y cerveza.

Mi hermano estalló en carcajadas y Tori no pudo más que relajar su expresión de asco y sonreír también, accediendo a que Wayne fuera cargado por su tío. Estuve jugando con el pequeño mientras todos reíamos, menos mi padre. Él sabía que no había existido ningún concurso para elegir a ninguna reina. No obstante, continué jugando un rato más con Wayne y eso me había subido mi nivel de energía a niveles que nunca hubiese podido lograr solo. Pero, finalmente, elegí dejarlo en el parque e ir a ducharme porque estaba incómodo y me sentía mal. Aunque nadie lo manifestó (quizá por educación), temía tener impregnado aún el olor a tumba que despedía la anciana.

Desde que esa sensación de densidad y de que todo se iría a la mierda me había invadido en el corredor que daba a mi antigua habitación, cada vez que subía, me frenaba en la punta de la escalera y esperaba. Por fortuna, nada había sucedido desde entonces, pero con el encuentro con la vieja Djambé en mi camioneta esperaba que algo de ello volviera a presentarse. Nada. Me metí en la ducha y mientras el agua me caía por la cara, la calma volvió momentáneamente.

Mi padre sabía que algo estaba cavilando y me preguntó si me quedaría a cenar. Me negué, ya que la vieja me visitaría esa noche, pero no se conformó y me preguntó si necesitaba su ayuda. Le dije que no, que todo estaba bien, y cambió de tema (aunque no del todo) para hablarme de la cantidad de empleados que contrataríamos para el proyecto de la Mansión Wright.

—Deberán ser, como mínimo, quince tipos —estimó mientras se rascaba la barbilla—. Ten en cuenta que el proyecto abarca todo lo que hay dentro de la casa menos las paredes, pisos, mampostería y aberturas, eso queda en manos de los arquitectos que trabajan con Trevor. Deberíamos dividirlos por grupos, según se trate de muebles, piezas de arte y decoración; y a la vez según el tipo de material. Quizá deban ser alrededor de veinte. ¿Qué opinas tú como jefe del proyecto?

Me sonrió a medias, pero yo sabía hacia dónde estaba yendo el viejo. Cuantos más tipos fueran para trabajar, menos tendría que poner yo las manos encima. Le seguí la corriente, al fin y al cabo tampoco era mi intención tenerlo preocupado, con lo cual le dije que quizá fueran veinte o menos. Debía reunirme nuevamente con Trevor Wright para que me diera los planos y un detalle de todo lo que había para restaurar.

Una vez que volví a casa, me recosté en la cama y me quedé dormido hasta la cena. Mientras comía, intenté ver una película, pero mi cabeza solo pensaba en la vieja Djambé. Finalmente, a las once salí al porche a beber unas cervezas para esperar la medianoche. Por suerte era tarde y no había ningún vecino merodeando o bebiendo. El cielo estaba despejado y se veían las estrellas. Corría una brisa reconfortante y lo único que se oía era el canto de los grillos y el rumor de las hojas de los árboles al moverse. Había pensado en esperar a la vieja Djambé en mi habitación o en la sala, pero decidí que si tenía que dejar sus restos podridos en algún lugar, no lo haría dentro de mi casa. Al menos en el pasto serían absorbidos por la tierra y volverían adonde habían salido. Confieso que miraba el reloj a cada rato, estaba nervioso y tenía miedo.

No había pasado un minuto completo después de la medianoche cuando observé que el pasto se movía unos metros delante. Las farolas del pequeño jardín estaban encendidas, pero de todas formas prendí la linterna que había llevado conmigo y alumbré. La tierra se abría hacia los costados y se removía para dar paso a dos manos que emergían de a poco. Divisé la tela blanca del camisón, ahora con tierra húmeda adherida, y la cabeza calva y escamosa de la anciana Djambé. No me figuraba cómo haría para salir de allí sin desintegrarse en el proceso, pero lo hizo. Una vez que tuvo medio cuerpo fuera de la tierra, apoyó las manos a los costados, sacó una pierna y luego la otra. Las dobló de una forma imposible para un cuerpo vivo. Una rodilla había emergido a la altura de su cabeza y luego la pantorrilla y el pie. Luego, un *crac* muy sonoro y seco interrumpió el silencio de la noche y la otra pierna salió a la superficie. Intuí que alguno de sus huesos se había quebrado. Así, quedó como una rana a punto de saltar, llena de tierra mojada y con los ojos aún cerrados. Iluminé toda la escena, pero la vieja no se percató de ello. Una vez que se puso de pie, se alisó el camisón y abrió con dificultad sus ojos blancos.

No sé por qué dejé de iluminarla, quizá había sido por los ojos. Me costaba mirarla directamente. Al quedar iluminada solo por la luz de las farolas, verla entre la penumbra venir cojeando hacia mí me hizo revolver en la mecedora. Se me aceleró el corazón y se me cerró el pecho. Me parecía imposible, pero ahí estaba el cuerpo muerto de la anciana erguido frente a mí.

—Muchssachsso, tengo tu misssión —habló de una forma extraña, marcando la letra *S* particularmente. Sus dientes seguían siendo picos de pájaro, pero ahora le dificultaban la modulación.

Esa noche, el olor del cadáver era más fuerte, estaba claro que la fetidez de la muerte nunca la abandonaría. Y al oírla decir esa frase fue cuando comprendí realmente que estaba agarrado de las pelotas. La maldición existía, se había materializado inevitablemente y mi padre siempre había tenido razón.

"Apelo a que te retires cuando te convenzas de que no es posible revertir la maldición y de que terminarás en la locura y a merced de los deseos de los muertos".

Eso había dicho mi padre, y ahí estaba la mujer, fuera de su tumba, haciéndose presente para venir a buscar lo que le correspondía. Ese pensamiento me aterró porque nunca me había detenido a pensar en ello, pero las cosas estaban sucediendo tal como mi padre lo había expuesto.

La vieja respiraba fuerte mientras hacía una pausa, como las demás veces que me había visitado. Yo no podía hablar todavía, simplemente no estaba preparado, y la situación se puso tensa. El cuerpo de la mujer convulsionó levemente y se fue acercando a mí, despacio. Parecía ser que la lentitud con la que se movía era por su propio bien, no para asustar. Se cuidaba de hacer movimientos bruscos o de correr. Si lo pensaba con sentido común, era lógico: el cuerpo de un muerto que vuelve es eso, carne muerta. Es como una marioneta, movida por *algo* que los impulsa. Así, los movimientos pesados y torpes podían deberse a que cuidaban que la cáscara que los sostenía no se desmoronara, no se *deshiciera.*

La expresión de su cara era de furia. Yo permanecía sentado y tenía las manos pegadas a los brazos de la mecedora. Se acercó tanto que casi rozamos nuestros pies. Luego se inclinó hacia mí y siseó.

—Tu missssión es hacerle llegar essto a mi hijo Tandell. —Cerró la boca y apretó los dientes.

Sentí un pequeño *crac* de algún pico que se había quebrado con la fuerza de su mandíbula. Pero no se inmutó ni se apartó de mí. Sus ojos blancos estaban muy abiertos y pude ver debajo unas diminutas venas ennegrecidas y estáticas, por las que alguna vez había pasado sangre. El olor era insoportable. La imagen también. Cerré los ojos y los volví a abrir. Quizá desaparecía si lo pensaba con fuerza. Claro que no. Esto era algo muy físico. No era una aparición, era un alma *encarnada* nuevamente en su envase, o eso suponía.

Me entregó un objeto que parecía un pequeño cuaderno o diario viejo, con tapa de cuero y muy maltratado. Intenté quitarle la cinta que lo sujetaba, pero no pude. Por más esfuerzos que hice, el diario no se abrió. La vieja sonrió con malicia.

—No lo podráss abrir nunca. Lo único que podráss hacer con él es que llegue a manos de Tandell. Contiene loss hechosss más importantesss de mi vida. Esss hora de que mi hijo losss conozca. Él entenderá.

Se quedó callada, pero me miraba como esperando algo de mí.

Sin saber bien por qué y, claramente, sin pensar, no pude contener el impulso de arrojar el diario sobre la mesita del porche. Una fina capa de polvo junto con un fuerte olor a humedad salió a flote desde el objeto. La vieja no podía dar crédito a mi descaro y acercó su rostro al mío. Parecía que iba a comerme. Aparté mi cara de la suya y vi que mis nudillos estaban blancos, había tomado la mecedora con demasiada fuerza. Aflojé la presión y relajé el torso. La vieja se apartó y lanzó un alarido agudo al aire con la boca muy abierta. Los dientes quedaron expuestos, puntiagudos y desproporcionados. Estaba furiosa. Luego se quedó de pie allí y volvió a mirarme con desdén.

Me habló en un susurro cargado de odio, apretando los dientes que iban estallando uno a uno en sucesivos *crac*.

Crac. Crac. Crac. Crac. Crac.

—Qué mal has hecho en ssubestimarme. No podráss liberarte de mí hassta que cumplasss con lo que te ordené.

Se dio la vuelta y comenzó a caminar hacia el agujero que había quedado en la tierra. Antes de meterse, me lanzó una última advertencia:

—Volveré a mi tumba, ssí. Reptando por debajo de la tierra, tal como llegué hassta aquí. Pero te visssitaré otra vez, y te conviene que para entonces hayass cumplido con lo que ssse te ordenó.

Sin más, se metió en el hueco y desapareció bajo la tierra, tal como había salido.

Me metí dentro de la casa; agitado, perturbado, desenfocado y en estado de confusión. El miedo me estaba enceguecïendo la razón otra vez. Me desvestí por inercia, caminé hasta el baño y me miré en el espejo. Estaba hecho polvo. Me refiero a que me veía realmente mal, no es solo una frase hecha. Tenía el rostro de alguien que no había dormido en días, que había estado muy preocupado, muy nervioso o muy asustado.

¿Has oído hablar del *rostro del perseguido*? Te contaré. En la zona de St. Philippe y alrededores solía haber muchos bandidos y forajidos. Te estoy hablando de la época en donde la gente se trasladaba a pie o a caballo y la única agua disponible para tomar tenía el color de la primera orina de la mañana. En esa época, muchos hombres se dedicaban a robar sobre todo ganado y oro. Y los tipos tenían una habilidad especial para escapar de la ley y ocultarse por mucho tiempo. Pero cuando finalmente los encontraban y los metían en prisión, se decía que todos los exprófugos compartían la misma expresión, esa que solo la gente que había sido perseguida por mucho tiempo poseía. Lo llamaban *el rostro del perseguido*, el rostro de aquellas personas que viven con la mirada atenta a todo, paranoicos... *perseguidos*. Vivir así te consume, te carcome. Bien, esa cara tenía yo aquel día. Sin embargo, nada tuvo comparación con el horror que se me metió por los poros mientras cepillaba mis dientes y dos muelas se desprendieron de mis encías.

Durante aquel instante recordé todo: la vieja Djambé había perdido sus dientes a causa de mi acto de rebeldía al haberle dicho en su primera visita que no la obedecería. Si yo no hacía caso a sus órdenes, ella se *desharía*, su cuerpo no resistiría. Pero a la vez, yo sufriría las consecuencias, y su sentencia al respecto había sido clara: "No puedes dejar que me muera por segunda vez, porque todo lo que me pase a mí... te pasará a ti". Y allí entendí la razón por la cual debía obedecer. Mi obediencia sería su alimento, y ella me exigiría ese alimento; de lo contrario me castigaría con consecuencias como perder los dientes, entre otras que ni quería imaginar. Era yo era el que debía obedecer al muerto que volvía, era yo su esclavo y ya había comenzado a pagar el precio por no hacerlo.

Lo difícil de tener un problema tan grave, una aflicción o una desgracia continuada es que tu vida debe seguir. No puedes detener todo, solucionar el problema y luego oprimir *play* nuevamente porque no funciona así. Es notable cómo las personas seguimos adelante a pesar de todo, ¿no crees? Un buen ejemplo: se te muere tu madre cuando tienes dieciséis años, pero de todas formas terminas el colegio, vas a clases, estudias... a duras penas, pero lo haces. Otro buen ejemplo: te divorcias, tu esposa no te deja ver a tus hijos más que dos horas a la semana, eres un despojo, extrañas a los niños, pero vas al trabajo todos los días, escuchas los chistes idiotas de tus compañeros, te aguantas al hijo de puta de tu jefe, nuevamente a duras penas, pero lo haces. ¿Quieres más? Ahí te va: te advierten que no sigas con tu trabajo porque tienes una maldición encima, no haces caso. Finalmente, un muerto abandona su tumba, repta por la tierra hasta tu parque para exigirte cosas, no haces caso, pierdes dos muelas y la próxima semana tienes una reunión con el tipo que te encomendará el trabajo más importante de tu vida hasta ese momento.

Así fue que arrojé las muelas al cesto y cerré el asunto. Tenía un par de horas para dormir hasta que amaneciera, pero en lugar de ello me quedé pensando que no tenía otra opción más que obedecer si quería seguir conservando mis dientes, y mi vida.

Mi aspecto a la mañana siguiente era deplorable. No había dormido casi nada y tenía los ojos irritados e hinchados. Con el correr de la noche me había atacado un dolor punzante en el lugar en donde debían haber estado mis dos muelas perdidas. Al despuntar del sol, me tomé dos analgésicos y me dispuse a prepararme algo para desayunar; estaba muerto de hambre. No tenía nada en la alacena y no me quedó más remedio que ir a la tienda. Al salir, una imagen captó mi atención y me dejó helado: el diario de la vieja Djambé que había arrojado sobre la mesita del exterior había desaparecido.

Capítulo 10

La adorable ancianita y el cura que se creía exorcista

LOS DÍAS PREVIOS a tener la reunión con Trevor Wright fueron algo complicados para mí. Por empezar, había perdido dos muelas y no me ocupé del tema porque no había nada de qué ocuparse. ¿Qué podía hacer más que tirarlas a la basura? De todas formas, tenía un humor de mierda porque el dolor en los huecos de las encías no me abandonaba. Solo me aliviaba un poco cuando bebía alcohol o cuando tomaba analgésicos, pero era momentáneo. No tenía hinchazón ni sangrado; tan solo esas puntadas agudas que se sentían como latigazos y me azotaban cada vez más duro.

Por el lado del trabajo, recordarás que, además de la cama y el juego de ajedrez que había restaurado y que los clientes habían venido a retirar, tenía varios pendientes: una mesa ratona, una biblioteca, dos mesas de noche, un escritorio y la réplica del auto de colección. Pues bien, en pocos días todos esos clientes vinieron a llevarse sus encargos sin restaurar. Es más, me aclararon que se desharían de ellos.

Todos vinieron personalmente a llevarse sus cosas y, si bien agachaban la cabeza cuando me hablaban, lo hacían de manera cortés y con un dejo de culpa. También con miedo, para qué negarlo. Y me daba rabia saber que lo hacían por la maldición, pero había sido cuestión de tiempo que sucediera. Por el contrario, los trabajos de la cama y el juego de ajedrez habían sido las excepciones. Más allá de eso, hubo un caso particular, el de la dueña de la réplica del auto, que merece ser relatado por lo estúpido de su actitud y lo invasivo de sus formas.

La mujer que me había traído la pieza se llamaba Ernesta Fain y rondaba los setenta años. La familia Fain era muy respetada, pero, a la vez, una de las más prejuiciosas, pacatas y estiradas de todo St. Philippe. Siempre aportaban dinero a la iglesia y nunca faltaban a misa. Y no solo eso, sus miembros participaban activamente de la organización de cualquier actividad relacionada con la iglesia y se encargaban de que el padre Robbins estuviera enterado de todo, más allá de que el protagonista del chisme no estuviera enterado de nada. Eso era un detalle menor.

Ernesta era una mujer menuda y vital. A juzgar por las arrugas de su cara o la regresión cadavérica que apremiaba su cuerpo, se podía esperar que se cayera a pedazos en cualquier momento. Pero la realidad era que caminaba a velocidad cucaracha, con pasitos cortos y la espalda en línea recta. Siempre iba con la cabeza en alto y sin señales de joroba o renguera. Una anciana como esa no vacilaría en darte un golpe directo a la cara si cree que le faltas el respeto. Y créeme que te dolería.

El día que vino a traerme la pieza me habló como si yo hubiera sido uno de sus propios nietos. Tenía una voz grave, pero una cadencia que sonaba casi musical. Toda una viejecita dulce y agradable. Me había contado que la réplica del auto había sido de su marido, de cuando era niño, y que había sido un regalo de su padre. Había remarcado que él no quería restaurarla ("me da igual tenerla conmigo o no, ese cacharro viejo no me devolverá a mi padre, mujer", le había dicho), pero que ella lo había traído por su cuenta, sin que él supiera ("ya verás cuando se lo lleve terminado, se caerá de espaldas. Tú haces unos trabajos que son un sueño, querido mío, conozco a tu padre desde hace tanto tiempo que…", etc.). Repito, una anciana adorable.

Pero, desde que se había esparcido el rumor de la maldición, no iban a ser precisamente los Fain quienes seguirían confiando en mi trabajo. La que un tiempo atrás había sido una adorable anciana se presentó un día en mi casa con una actitud soberbia y agresiva. No tenía miedo, sino todo lo contrario. Estaba convencida de que yo era víctima de una jugarreta del diablo. Pero eso no fue todo. Cuando abrí la puerta, vi que la acompañaba el padre Robbins.

Mierda.

—Buenas tardes, muchachito —ladró, ya sin esa suavidad de su primera visita—. Vine porque alguien tiene que ayudarte, y ese es el padre Robbins. Realmente, no comprendo cómo no acudiste a él, que es tan bondadoso y es el intercesor del Señor.

Yo estaba apoyado en el marco de la puerta con un brazo cruzando la entrada. Había perdido dos muelas días atrás, aún me dolían las heridas y mi humor no era el mejor. La anciana amagó con entrar, pero la frené. Eso no sucedería bajo ninguna circunstancia. El padre era un anciano achacoso que pisaba los ochenta años, delgado y con gafas, pero su palabra era palabra santa (cómo no) para las señoras como Ernesta Fain. Era como si todas las mujeres religiosas del pueblo estuvieran perdidamente enamoradas del padre y, como no tenían oportunidad de hacer nada con él más que rezar, no desaprovechaban ninguna ocasión de complacer sus deseos. Siempre había considerado, como mínimo, raras ese tipo de relaciones.

—Ernesta, no sé si Tanner quiere... —dijo el cura.

—¡Padre, lo hemos hablado antes, por lo que más quiera! ¡Este muchacho está confundido por el mal! ¡Algo debemos hacer!

—Perdone, señora Fain —intervine, irritado—. ¿Usted no cree en la maldición? ¿Piensa que esto es obra de Satanás?

La mujer se persignó y se agarró el pecho, parecía que tenía un rosario o algo así.

—¡Muchacho, no puede haber maldición alguna! ¡Los hombres no tenemos esa capacidad!

No sé si lo mencioné, pero buena parte de la población de St. Philippe se mantiene en lo más ortodoxo de la religión y no cree en nada que se encuentre fuera de las Sagradas Escrituras. Los hombres no tenían capacidad para maldecir a nadie, porque el poder de recompensar o castigar estaba solo en el Altísimo. Cualquiera que dijera lo contrario era un mentiroso o alguien que estaba siendo manipulado por el Maligno.

La señora Fain era una de ellas. No tardó mucho en hacerle una seña al padre para que actuara. El cura sacó lo mejor que tenía en aquel momento y lo desplegó ante mis ojos: una biblia y un rosario que se descolgó de su cuello. Claro.

—Tanner, entiendo si no quieres dejarnos pasar, pero ven con nosotros a la iglesia. Podemos hablar tranquilos allí, puedes sacar todo tu dolor fuera. Sé que tu fe está guardada en algún rincón oscuro de tu alma, muchacho, pero eres un buen hombre. Tu padre siempre habla...

—Mire, padre Robbins —interrumpí, alterándome a medida que pasaban los minutos—, no sé quién le ha hablado de mi fe o de la falta de ella, pero le aseguro que no tengo ninguna intención de ir a la iglesia y me está haciendo sentir muy incómodo que estén parados aquí, porque si se quedan un minuto más, me veré obligado a decirles que se vayan.

La anciana se persignó nuevamente y lanzó un gritito de indignación. Pero no se daba por vencida.

—¡Se lo dije, padre! —La vieja agitaba los brazos mientras hablaba—. ¡Le dije que el muchacho ha abandonado la senda del bien! Nunca ha sido un muchacho de fe, desde que murió su madre se alejó de todo. Burt nunca lo ha admitido, pero el chico abandonó al Señor hace mucho tiempo. Así, era lógico que el Maligno intentara tomar su alma, y así es. ¡Mírelo! ¡Mire sus ojos!

¿Qué? ¿Qué tenían mis ojos? La vieja estaba imaginando cosas. Y yo ya estaba harto de ancianas. Era demasiado, demasiado para mi tolerancia.

—¿Sabe, señora Fain? No sé si estoy maldito o no, o si el diablo o quien fuera tomó mi alma. Puede creer lo que le dé la gana y hablar de mí lo que se le antoje. ¡Pero no permitiré que lo haga parada frente a mí y con un cura al lado! Lo que menos necesito ahora es un baño de religión, ¿me escucha? ¡Aquí tiene su auto, métaselo donde mejor le quepa y no vuelva por aquí! —Le entregué la réplica del auto. La vieja lo tomó, espantada. Yo estallé—. ¡Pero, mire qué huevos tiene! ¡Se atreve a venir a esta casa a imponerme su postura, creyéndose con autoridad porque viene acompañada de alguien que, supuestamente, tiene el poder de quitar el mal sobre otros! ¡Usted es una descarada, a la que le sobra el tiempo y lo único que hace es joder a los demás, como todos los estirados de su familia! ¡Ay, señora Fain, si usted supiera cómo me mira su nuera cada vez que me ve por el centro! ¡Pareciera ser ella la que tiene algo dentro que la posee, no yo! ¡Ocúpese de sus cosas y de su propia familia, haga el favor! ¡Ellos tienen más trapos sucios de los que se imagina!

La vieja quedó muda. Yo me sentía triunfante y rabioso, con lo cual no tardé en lanzarle una frase que bien podía haberme guardado, pero sabía que le provocaría más indignación. Se lo merecía.

—¡Y le advierto algo: si me llega a ver por la calle, crúcese de vereda porque el mal puede alcanzarla sin darse cuenta!

En ese momento, el padre Robbins abrió mucho los ojos y pareció darle la razón a Ernesta. Ahora fue él quien se persignó, se volvió a colgar el rosario y sacó una botellita con agua de su bolsillo. Con un movimiento rápido, alzó la cruz y comenzó a rezar, al mismo tiempo que me rociaba con el agua.

Mientras mi inconsciente buscaba una forma de reacción, pude escuchar una catarata de oraciones y palabras en latín que me revolvió el estómago. Todo aquello me recordó el entierro de mi madre (algo que no se me venía a la mente hacía tiempo) y a un padre Robbins más joven recitando cosas parecidas con la mirada hacia el cielo. No pude con esa imagen, con ese recuerdo. Cerré los ojos y los apreté. Me subió el calor por la cara. Pensé en lo invasivo de la situación y en lo descarado de la vieja y del cura. Mi cara estaba húmeda por el agua ¿bendita? No, no tenían derecho. La indignación me invadió y un renovado estallido de furia salió a la luz.

Le arrebaté la botellita de agua al padre Robbins y la estrellé contra el piso, haciéndola añicos. La vieja se escondió detrás del cura y este quedó expuesto ante mí. Lo tomé de la sotana y lo arrastré hasta la pared del frente mientras la anciana observaba todo, indignada y sin dejar de persignarse. Finalmente, lo arrinconé y me tocó el turno de lanzar mi propio rosario de amenazas para ambos.

—¡Váyanse ahora, malditos hipócritas! —grité—. ¡No tienen derecho a venir aquí a imponerme nada! ¿Quiénes creen que son? ¡Váyanse a la mierda! ¡Fuera de mi vista, carajo! ¡Fuera!

Solté al cura y lo empujé hacia la calle. La vieja lo atajó y, ahora sí, me miraba con miedo. El cura no decía nada e intentaba alejarse de allí lo antes posible.

—¡Y si me entero de que están merodeando para intentar hablar con mi padre, los sacaré a tiros! ¡No son más que perros rabiosos que no dejan de largar espuma por la boca! ¡Largo, carajo! ¡Vayan a tirar su mierda a otra parte!

Y así fue como salió disparada la señora Fain, quien había venido a traerme una pieza como una anciana adorable, pero que terminó transformándose en una arpía. Su plan macabro para exorcizarme con el cura del pueblo había fracasado estrepitosamente.

Cerré la reja y crucé el parque hasta mi taller. Mi padre no tardó en enterarse del asunto, pero jamás mencionó el tema. Él sí sabía que la maldición existía y que no había Satanás ni Dios que pudiera negarlo.

Capítulo 11

La imponente mansión Wright y una muy mala espina

LUEGO DEL TRAGO amargo que había pasado con la señora Fain y el padre Robbins, traté de enfocarme en lo que debía preparar para la reunión con Trevor Wright en la mansión. Hice una lista de preguntas, bastante extensa, que me serviría para poder estimar un cronograma de trabajo con cantidad de hombres y duración de tareas. Me había basado en la información que tenía de la visita inicial de Trevor y me había llevado bastante tiempo hacerlo, porque, cuando el dolor en las muelas atacaba, debía dejar todo y esperar el efecto de los analgésicos.

El día de la visita a la mansión había llegado. El camino sería largo y, esperaba, silencioso. Pasé a buscar a mi padre y tomamos la ruta en dirección noreste. Al poco rato de estar viajando, el paisaje comenzó a hacerse más boscoso. Si bien se pueden distinguir algunos ranchos grandes desde la ruta, bosque adentro no se logra ver casi nada por lo tupido de la vegetación. La zona de los bosques pantanosos se encuentra a unos cincuenta kilómetros desde casa y tiene una extensión bastante amplia, cubierta en su mayor parte por árboles llorones y grandes arbustos, además de la vegetación acuática que no se distingue a menos que te internes en el bosque.

Cuando era adolescente solíamos ir con mis amigos a acampar a la zona de los pantanos. Era toda una aventura pasar las noches allí entre los árboles y las alimañas, y más aún cuando teníamos la ocasión de llevar chicas. La estrategia que teníamos era contarles todas las historias de miedo que fuera posible, y cuando llegaban al punto máximo de pánico, consolarlas convenientemente; sabes lo que quiero decir. Era todo un desafío porque no debíamos llegar al punto de hacerlas llorar o enojar, y esa línea era muy delgada. Si alguna de ellas lloraba, todo estaba perdido para nosotros, ninguno podría acostarse con su chica porque hacían cofradía y todo se transformaba en una lucha de poder entre ellas exigiendo que volviéramos, y nosotros intentando convencerlas de que todo estaba bien. De todas formas, nunca nos adentramos demasiado en la zona, sino que tratábamos de acampar cerca de la ruta; tampoco éramos idiotas. Muchas de las historias que les contábamos a las chicas eran leyendas sobre hechos que habían sucedido (supuestamente) en aquellos lugares, y por supuesto las consideraba totalmente falsas, creadas por los guardabosques para que la gente no se metiera allí. Ahora bien, cuando eres atacado por el cadáver de alguien que murió hace años y lo ves salir de la tierra de tu propio jardín, empiezas a considerar que todo es posible.

Pasando los pantanos, el terreno se vuelve más despejado y se pueden ver las primeras tierras de la zona ganadera. Allí hay razas diferentes de ganado vacuno que pasta libremente dentro de los límites de los establecimientos, y en menor medida se pueden ver corrales de encierro. Más allá de las granjas se extiende una zona de numerosas hectáreas pertenecientes a los grandes frigoríficos, la cual fue inaugurada por la empresa Wright con el primer matadero de St. Philippe. El establecimiento aún permanece allí y es fácil de distinguir porque es el único que está abandonado y derruido por el paso del tiempo. Después de la muerte de Theodore y su familia, sus hermanos compraron varias hectáreas para levantar nuevas instalaciones (que mantienen hoy en día en funcionamiento), pero a pesar de que pusieron a la venta el establecimiento original, nadie lo compró, ni siquiera para demolerlo y construir otra cosa. Los *nuevos Wright*, con Trevor a la cabeza, habían remontado el proyecto de venderlo, pero nunca nadie había hecho una oferta. Al igual que con la casona.

Cuando vi el establecimiento abandonado, me percaté de que estábamos por llegar. Theodore había construido su casa a unos veinte kilómetros del antiguo matadero y se había establecido allí cuando aún no había miras de que aquella fuera a constituirse como la zona ganadera de St. Philippe. Seguimos por la ruta principal, hasta que doblamos hacia la derecha para tomar un camino irregular, empinado y pedregoso que conducía hacia la casona colina arriba. Se notaba que hasta ahí llegaba la intención del estado para mantener la estructura vial asfaltada, y la diferencia era muy contrastante con la ruta o los caminos anteriores a la propiedad de los Wright.

Debo reconocer que, a medida que subíamos, me iba invadiendo un sentimiento de negatividad acompañado del deseo irrefrenable de alejarme de allí. No ayudaba el hecho de que el día estaba muy nublado y que mi mente había perdido la claridad que la caracterizaba, todo esto sumado a la visita de la anciana Djambé en mi casa y la pérdida de dos muelas. Recordé la situación y, casualmente, un dolor punzante me caló en las encías.

Trevor ya se encontraba arriba, esperando impaciente frente a la puerta enrejada. Lo acompañaba una cuarentona rubia y de aspecto relajado, con un estilo *hippie* de ciudad. Parecía desarreglada, pero era obvio que todo lo que había sobre su cuerpo estaba puesto allí adrede. Era alta, delgada y con un par de tetas que se distinguía a kilómetros. En cuanto me vio, me sacó una radiografía y yo no me quedé atrás.

—Señores Davis, ella es Kate Wright, mi prima. Fue la única que pudo venir hoy, el resto se encuentra trabajando —comenzó Trevor, transpirado como de costumbre.

—Lo que mi primo quiere decir es que soy una mantenida y que era la única que estaba ociosa —dijo la mujer en tono desafiante mientras me miraba y sonreía. Luego se dirigió al pobre Trevor, que estaba rojo como un tomate—. Pero no es del todo cierto, primito. En realidad hoy tenía una cita con una amiga, y decidí cancelarla y ocuparme de este asunto para nuestra querida familia.

La tipa era altanera y eso me ponía caliente. Parecía ser que mi virilidad estaba intacta a pesar de los acontecimientos que me habían golpeado. Es notable cómo un hombre no puede frenar sus instintos frente a una mujer, por más adversas que sean las circunstancias, y eso fue algo que me cuestioné en aquel momento y me pareció curioso. Sentía que una buena revolcada me vendría de maravillas. Una revolcada memorable, de esas a los que se le dedica el tiempo necesario, sin prisas y con alcohol o marihuana de por medio. Necesitaba relajarme y no pensar en mucho más que en un par de tetas como las de Kate.

En silencio, atravesamos la puerta de rejas forjadas. La casona era descomunal, demasiado grande para la época en que había sido construida. Incluso resultaba demasiado grande para la actualidad. Enteramente de piedra, se notaba que los muros eran gruesos y que allí dentro todo era frío y húmedo. Las puertas y ventanas eran de madera, con bisagras de hierro, y se encontraban abiertas de par en par. Antes de entrar, Trevor nos indicó que diéramos vuelta a la casa, porque quería mostrarnos algo en el gran parque trasero.

El parque también era de proporciones colosales. Enorme. El terreno era despejado apenas terminaba la casona, pero tenía una especie de bosque de cipreses, varios metros hacia adelante. A mitad de camino entre la casa y el bosque, un espacio de juegos abandonado y antiguo se levantaba sobre el pasto, y a su lado había varias mesas y sillas para tomar el té al aire libre. Había columpios, toboganes y hasta un pequeño carrusel con cuatro caballos. Me acerqué a cada juego y sentí desesperación. Todo estaba oxidado, carcomido, descascarado. Pensé en niños de ojos blancos, con vestidos antiguos, correteando por allí, con la piel y la carne igual de carcomida que los juegos. Pude oler, incluso, a tumba y a chocolate frío y agrio, como si no se hubiera tomado en años. Me rasqué la nariz y tragué. Me dio una arcada.

Un sentimiento muy hondo, muy profundo, hizo que tuviera ganas de salir corriendo de allí una vez más. Aparté la mirada de los juegos y vi, un poco más alejado, un camión de limpieza de parques que permanecía estacionado, cargado con varias bolsas de hojas secas y mala hierba que había crecido durante años de abandono. Me lo quedé mirando como si el camión fuera la imagen más bella del mundo. Trevor se dio cuenta.

—Oh, el camión viene diariamente a quitar las malas hierbas. Ha tenido un trabajo arduo. Todo esto que ven aquí, despejado y con el pasto cortado, es un trabajo que se ha hecho en los últimos días. Todo estaba repleto de maleza y pastos altos. Pero, por fortuna, logramos descubrir el área de juegos al aire libre —sonrió y se me quedó mirando.

—Queremos restaurarlo para que no sea solo una atracción para mayores —interrumpió Kate—. Los niños podrán venir a jugar aquí mientras sus padres recorren la casa. Por supuesto, tendrán personal especializado para que los cuide y los guíe en los juegos. Trevor dice que hay que dejarlos pasar gratis, pero yo opino que los mayores de cuatro años deben pagar la mitad del boleto. También creo que debemos restaurar la zona del té al aire libre e instalar un bar para que la gente pueda sentarse y disfrutar de la vista del bosque, por una módica suma adicional.

Kate podía ser una mujer mantenida por su marido, pero era hábil y tenía visión de negocios; eso no se podía negar. Descubrí a Trevor mirando a mi padre y pasándose la mano por la frente mientras cerraba los ojos. Era obvio que no aprobaba ni una palabra de lo que decía su prima.

Mi padre sonreía algo divertido, pero luego miró hacia el bosque y su expresión de seriedad habitual volvió.

—¿Qué hay en el bosque? —preguntó—. Quiero decir, ¿lo dejarán crecer libre? Podría tratarse de una buena atracción adicional si se construye un camino y quizás algún lago artificial para pasear.

—¡Qué buena idea, Sr. Davis! —Por supuesto, era Kate la que hablaba.

—¡De ninguna manera! Si el bosque fuera una atracción, quedaría tal como está. Kate, no has hojeado los planos ni una vez, ¿cierto? —Trevor se estaba irritando con su prima y no lo ocultaba—. Allí se encuentra el cementerio familiar. Theodore usó muchos de sus recursos económicos para mover influencias y conseguir una orden estatal para trasladar aquí a sus padres y a sus abuelos, que estaban enterrados en otra locación, y así tener un lugar propio que albergara a los suyos.

En aquel momento, otra invasión de terror inexplicable me atacó. Tenía que preguntar.

—¿Theodore, su mujer y sus hijas están también enterrados en este cementerio familiar? —A pesar de haberlo preguntado, sabía la respuesta que Trevor me daría.

—Naturalmente. Primero murió Theodore, lo velaron aquí y recibió entierro como corresponde. Cuando murieron su mujer y las niñas, fue un engorro para los parientes más cercanos hacer la ceremonia aquí. Estaban aterrados porque había sido un suicidio y no querían ni pisar la casa, pero no les quedó más remedio ya que las presiones sociales eran muchas por aquel entonces y se veía con malos ojos velar a los muertos fuera de su residencia. Sí, todos están aquí enterrados.

Emprendimos el camino hacia el interior de la casa para comenzar con el inventario de todo el trabajo que teníamos por delante. Pero yo me sentía pésimo y tenía ganas de huir. El lugar de juegos y recreación, sumado al cementerio familiar, me dio muy mala espina. Era algo que jamás me había pasado, pero ahora estaba sucediendo y no me gustaba nada. Había estado en contacto con muchas casas abandonadas y olvidadas, heredadas por personas que ni sabían que aquello les pertenecía y nos pedían restaurar el mobiliario. Pero aquel lugar era distinto.

Miré una vez más hacia el área de recreación para niños. Sentía que todo ese moho que cubría los juegos desaparecería de un momento a otro; que la pintura descascarada de los caballos los cubriría de nuevo; que aquel óxido que corroía manubrios, manijas, cadenas y seguramente engranajes se diluiría para dar paso al brillo de los primeros días. Era extraño, imaginaba todo eso como si estuviera sin uso, esperando que alguna de las hijas de Theodore Wright se subiera allí a jugar. Y, paradójicamente, ese pensamiento me llenaba de horror.

Capítulo 12

Un muerto ya no sabe nada de la vida

QUIZÁ ERA POR el miedo (totalmente fundado, pero igualmente perjudicial) a encontrarme una fila de cadáveres detrás de la puerta del taller, o al mal presentimiento que había tenido al ver el parque y saber del cementerio; no lo sabía. En condiciones normales hubiera pensado mil ideas para restaurar los juegos de aquel parque y hubiera estado ansioso por entrar y ver todo lo que había por hacer. Luego llegaría a casa y diseñaría el plan del proyecto al detalle, con las respuestas a las preguntas que había formulado. Pero no era así, no pude formular casi ninguna de las preguntas que había preparado, y eso me hacía sentir miserable. Estaba desenfocado, ido, desnaturalizado; no sé cómo explicarlo mejor. Era como si el Tanner de siempre se hubiera esfumado, como si me estuviera transformando en otra persona; alguien gris, sin objetivos ni ambiciones. Alguien que vive en piloto automático sin siquiera esperar nada de la vida. Alguien roto. Y comencé a sentirme así, progresivamente, desde que la vieja se había metido en el cuerpo de Claudia. Desde allí, todo fue en picada.

Antes de entrar a la casa, mientras los demás se tomaban un momento para repasar el itinerario, me puse a pensar en lo paradójico de aquel momento. Había llegado la hora de conocer una de las propiedades más importantes del estado (la cual estaría en mis manos por un buen tiempo) y lo único que quería era ahogarme en una botella de whisky. Eso también lo había notado y estaba restándole importancia. Mis ganas de beber habían aumentado desde que la vieja se me había aparecido. No quiero decir que tomaba más; me controlaba, pero eso no quitaba que no quisiera estar borracho todo el día con tal de olvidarme de todo. Tampoco era un alcohólico, solo que el alcohol era lo que tenía más a mano. Si hubiera tenido más fácil acceso al *crack*, hubiera sido la misma mierda. Solo quería huir de lo que no aceptaba como mi realidad.

Permíteme ahora hacer una clasificación de las personas, porque sirve para ilustrar cómo me sentía a medida que pasaban los días y cómo me sentí antes de cruzar el umbral de la puerta de la mansión. Las personas responden de diferentes formas cuando les preguntas cómo están: está el que te responde que bien, feliz con su trabajo, contento con su familia. Luego tienes al que te dice que está como el demonio, furioso con la vida, inconforme con todo; un quejoso de la primera hora. Después viene aquel que siempre está deprimido, al que nada le sale bien, que tiene mala suerte. Son tres tipos de personas que saben cómo están y tienen un estado de ánimo muy definido y una actitud hacia la vida muy marcada. Pero hay un cuarto tipo de personas que, a mi entender, es el que más jodido está: antes de responderte antepone un gesto de resignación, que consta en bajar un poco las comisuras de la boca, levantar las cejas mientras se cierran ligeramente los párpados y elevar los hombros. Una vez hecho el gesto de resignación, suspira y, con un tono de voz totalmente neutro, carente de énfasis y de seguridad, te dice "todo igual". Con el gesto anterior ya te bastó para darte cuenta de que ese tipo está tan vencido que no pondrá el más mínimo esfuerzo de sí mismo para solucionar su vida. Porque cree que no tiene fuerzas. Porque cree que no le queda nada. Pues bien, así estaba yo. Pensando en lo iluso que había sido en creer que encontraría una solución a la maldición o en tener esperanzas de que todo hubiera terminado. Ya comenzaba a atisbar un pensamiento de encrucijada que me obligaba a rumiar en mi mente la idea de que la única salida posible era dejar de restaurar para tener a los muertos a raya. Pero, así y todo, todavía no estaba todo podrido. Me quedaban los recuerdos.

Recordaba lo feliz que me hacía mi profesión, lo acogedor de mi taller, los olores de mis herramientas, de la madera, del hierro, de los materiales. Y lo comparé contra lo que sentía en ese momento. Era nadie, un ser vacío, porque todo lo que yo era se había ido. Y comprendí aún más que la maldición era cierta. Si seguía mi vida como si nada, la maldición me lo quitaría todo: mi esencia, mi razón para vivir la vida. Yo era un restaurador, un artesano, yo era mi taller, mi mesa de trabajo, mi sillón de descanso y mis papeles desordenados en donde tomaba notas de cosas importantes que no debía olvidar.

No sé si alguna vez te has sentido perdido, sin rumbo. Hasta aquel momento, pensaba que esas eran puras estupideces, frases hechas de gente que no tenía ambiciones y ponía aquello como excusa para justificar su falta de ganas de trabajar o lo que fuera. Pero también dicen que siempre se aprende algo nuevo, y eso era lo que yo estaba aprendiendo. Por primera vez en la vida, me sentía perdido. Mi alma estaba comenzando a pudrirse, a carcomerse por el sentimiento de pérdida de lo que más amaba hacer; y a la vez era consciente de que no podía dejar que aquello continuara.

Temo no poder expresarlo bien, pero tenía una maldición encima que me obligaba a abandonar todo porque, de lo contrario, los antiguos dueños de los objetos que restaurara vendrían por mí a exigirme cosas y a castigarme si no cumplía. De hecho, el primer pedido de la vieja Djambé ya estaba en mi lista de pendientes y me negaba a hacerlo. Por otro lado, mi *yo* lógico me decía que no podía permitir que eso ocurriera. No me resignaba a perderme en un mundo de tormentos y oscuridad. Prefería morir antes que eso. A fin de cuentas, si no lograba cumplir con mi misión para la vieja Djambé o para cualquier otro, seguramente también acabaría muerto.

¿Quién me aseguraba que si cumplía con sus pedidos ellos me dejarían en paz? ¿Acaso tenía yo garantía de que un muerto podía cumplir algo? ¿Tenían conciencia los muertos? ¿La maldición hacía que los muertos que volvían se transformaran en seres oscuros? Y si así era, su alma negra y podrida no sabría diferenciar entre lo que estaba bien y lo que no. No podrían entender que si yo cumplía con ellos, ellos éticamente o por cortesía deberían cumplir conmigo dejándome vivo. ¿Qué saben los muertos de ética? Quizá se volvían envidiosos de que ellos estuvieran muertos y yo no. Quizá se habían olvidado de vivir y de todos modos me iban a llevar con ellos. ¿Qué sabe un muerto de vivir? ¡Al carajo, ahí estaba el nudo de la cuestión! ¿Qué sabe un muerto de vivir? Nada. Ya no.

De repente, todo tenía sentido. En ese segundo, parado frente a la mansión que me esperaba, lo comprendí del todo: no tenía nada que perder.

Lancé una carcajada involuntaria y algo histérica. Me importaba un carajo que el resto me mirara como si estuviera loco. El punto era que, finalmente, había encontrado la razón para seguir adelante haciendo lo que amaba. ¿Por qué razón iba a abandonar si era casi seguro que los muertos me llevarían con ellos? Mi padre no sabía nada sobre lo que le había tocado vivir a mi abuelo. No conocía nada de todo lo que el pobre viejo había tenido que hacer para los muertos con los cuales cargaba. Mucho menos, sabía si nuestros ancestros habían sobrevivido a la maldición a pesar de haber cumplido.

Nada que perder, ese era el punto. Y ahora sí, intuyo que alguna vez te habrá dado lo mismo hacer algo o no porque, al fin y al cabo, nadie te garantizaba el tipo de consecuencias que tendrían tus acciones o inacciones. Y sabes cómo se siente. Se siente libertad y poder. Estás muerto, me vienes a exigir cosas, pero ¿sabes qué? A la mierda con tu pedido, yo seguiré restaurando le pese a quién le pese. Eso pensé, y me sentí bien.

Con ese renovado sentimiento de euforia acompañado de la adrenalina corriéndome por el cuerpo, respiré hondo, sonreí como un idiota y seguí mi camino hacia el interior de la casa, convencido de que era la mejor decisión que podía haber tomado. Estoy seguro de que en ese mismo instante, en su tumba del Cementerio de St. Philippe, la vieja Djambé estaba riéndose a carcajadas de mí, pensando en lo diferente que actuarían los hombres si conocieran de antemano las consecuencias de sus decisiones.

Capítulo 13

Sucesos orgánicamente desagradables en medio de la noche

AL PASAR LA PUERTA principal, nos topamos en el enorme recibidor con no menos de cinco personas que efectuaban tareas de limpieza profunda en paredes, pisos, puertas y ventanas. El olor de los productos limpiadores se mezclaba con el de la humedad y el encierro. Observé que Kate arrugaba la nariz, incómoda, y pensé para mis adentros qué gesto hubiera hecho si le tocaba cruzarse cara a cara con la vieja Djambé y su olor a cadáver.

El estilo de la casona era victoriano, estilo que no abundaba en un pueblo como St. Philippe, en donde no solía construirse hacia arriba sino a lo largo. Las casas de las familias de dinero eran grandes, pero de una sola planta, y se asemejaban más a un rancho o una hacienda que a una casona victoriana. Seguramente, Theodore había querido construirla así luego de algún viaje por otros continentes cuyas construcciones se edificaban hacia arriba a falta de más espacio.

Con cautela, y con esa sensación todavía incómoda de querer irme de allí, comencé a observar lo que había por hacer. Solo en el recibidor conté varias mesas pequeñas, sillas, sillones, espejos, arañas, percheros y cómodas para restaurar. Los *nuevos Wright* querían que todo quedara tal y como se encontraba distribuido desde que la casa se había abandonado, con lo cual no desecharían nada de lo que allí había. Los muebles también eran de estilo victoriano, ornamentados con grabados y terminaciones onduladas. Estaban cubiertos de una capa de polvo bastante gruesa, ninguna persona los había tocado porque, según directivas de Trevor, eso sería trabajo de los restauradores y nadie tenía autorización para poner un dedo sobre el mobiliario.

Cuando pasamos al comedor, mi padre y yo soltamos un silbido de asombro. Las ventanas abiertas dejaban pasar la luz y todo estaba teñido de un halo fantasmal (muy apropiada la palabra, ¿no crees?). No había sol afuera, con lo cual solo entraba un reflejo que, mezclado con lo opaco de los muebles polvorientos, le daba un aspecto muy tétrico a todo. Más espejos, aparadores con puertas de vidrio, sillones y más arañas también polvorientas, dominaban la escena. Pero un restaurador sabe distinguir una buena pieza incluso debajo de mil capas de polvo y tierra. Aquellos muebles databan del siglo pasado y la calidad de su construcción era muy superior.

Desde que había entrado a la casa, trataba de ver con detenimiento cada pieza, y pude hacer un análisis superficial de cada uno, tratando de entender las razones por las cuales ciertas marcas estaban allí o algunos muebles se veían como nuevos. En el comedor se notaba que la familia había dado un uso intensivo al mobiliario. La madera de las puertas de los aparadores estaba más gastada, así como los picaportes, que presentaban un desgaste considerable. Aún se guardaba allí parte de la vajilla, seguramente sería la que se utilizaba a diario para las comidas. Pero lo que más me llamó la atención fue la mesa principal. Era una mesa de roble, rodeada de las doce sillas que pertenecían al juego, y tenía una de las esquinas visiblemente más desgastada que el resto. No era casual que las cuatro sillas que rodeaban la esquina también presentaran signos de haber sido usadas con asiduidad. Seguramente la cabecera era ocupada por Theodore y a los lados se ubicaban su mujer y las niñas.

Se me revolvió el estómago al pasar la mano por una de las sillas, cuyo respaldo parecía haber sido mordido una y otra vez por una boca pequeña y obstinada. Instintivamente retiré la mano de allí, me limpié el polvo en el pantalón y me quedé con la vista fija en la nada. Para peor, el dolor en los agujeros de las muelas volvió con fuerza, más punzante y agudo. Pero sirvió para sacarme de aquel sopor incómodo y continuar con el recorrido.

La planta baja se completaba con varias salas de estar, un cuarto de esparcimiento en donde aún se conservaban los juegos de mesa originales, una biblioteca, una especie de sala de música equipada con un piano de cola y varios instrumentos de concierto y, finalmente, un salón de fiestas en el cual, según Trevor, Theodore soñaba con presentar en sociedad a sus hijas algún día.

En los pisos superiores la cosa se puso peor porque en cada corredor había pinturas de la familia Wright, las cuales no quise ni mirar. Solo observé con el rabillo del ojo que eran muchas: cuadros de niños, niñas, de la familia completa, de los ancestros, de hombres o mujeres que habían sido pintados y permanecían allí colgados, mirando hacia el infinito. Agradecí que la restauración de cuadros no fuera mi especialidad y que se ocuparía de ello otro grupo de trabajo, con lo cual seguí adelante un poco más sereno. Pude contar no menos de ocho habitaciones en las plantas superiores, entre las cuales se encontraba el cuarto matrimonial (desde donde se había suicidado la mujer), los cuartos de las niñas, otra biblioteca, el estudio de Theodore, un cuarto de costura y algunas habitaciones para huéspedes.

En perspectiva, la casa era bellísima, pero en ese momento, el temor a vivir rodeado de muertos se mezclaba con las ganas de no abandonar; con lo cual mi criterio para admirar la belleza de una propiedad se veía opacado y no le di demasiada importancia a los detalles arquitectónicos, solamente me concentré en los muebles. Para cuando terminamos el recorrido, ya estaba más enfocado (sí, todo cambiaba en segundos en mí, y era una mierda sentirse así), tenía en mi cabeza el bosquejo de un plan de trabajo posible para comenzar en septiembre tal como Trevor pensaba. Y, tal como mi padre había anticipado, necesitaríamos un equipo de aproximadamente veinte hombres para finalizar las restauraciones a principio del año próximo.

Era difícil para mí dejar de pensar en la maldición, pero había breves lapsos en los que me olvidaba de ello y era feliz. Y mientras pensaba en el plan de trabajo, en contratar a la gente, en el proyecto en sí mismo, me sentí bien. Me olvidé de los muertos y estuve tranquilo. Hablo de esa felicidad efímera pero muy potente que viene en los momentos en los que uno se encuentra acorralado, esa euforia desenfrenada que hace que pensemos que está todo de maravillas y que somos poderosos. Si alguna vez lo experimentaste, sabrás también que dura un suspiro y luego vuelves a tu realidad de mierda.

Volví a tal realidad cuando salimos de la casona y mi padre me susurró que esperaba que no cayera en la tentación con todo lo que había allí para restaurar. El viejo siempre tenía la palabra justa para tirarte a la basura cualquier instante de felicidad, y lo hacía con un profesionalismo envidiable. Bastaba que te viera entusiasmado con algo para que, con alguna ironía o con un comentario al pasar, se te cayera el buen humor al piso. No le respondí, no valía la pena porque, en el fondo, yo sabía que lo hacía por miedo. Estaba aterrado por mí, y eso no lo había podido resolver desde el día de mi cumpleaños. Pensé en el viejo, intenté ponerme en su lugar y ser racional, pero me ganó mi egoísmo. Metería mano en aquellos muebles, sobre todo en la mesa y sillas del comedor, que me habían llamado demasiado la atención.

Lo bueno era que las restauraciones se hacen en los talleres, nunca en las propiedades a las que pertenecen, con lo cual no tendría que volver a esa casa más que para recoger el mobiliario con los camiones. Al salir, Kate nos dejó su número a mi padre y a mí "para mantenernos en contacto durante el proyecto". Al poco rato de haber dejado la mansión, aún camino a casa, recibí un mensaje suyo en donde me agradecía por haber aceptado el trabajo. Y la invité a cenar. Era claro que esa noche tendría el polvo memorable en el que venía pensando hacía días. Me lo merecía.

Cuando llegué a casa luego de dejar a mi padre, el dolor en los huecos de mis muelas perdidas era insoportable. Me metí en el baño y dediqué unos minutos a examinar mis encías. Todo parecía estar en orden, no había signos de inflamación y las heridas estaban cerradas. Sentí un escalofrío al pensar que aquello era obra de la maldición, es decir, un muerto me había hecho eso y no esperaba encontrar lógica en una cosa así.

Se suponía que cuando dos muelas se te caían, debías acudir al dentista para que tus heridas cerraran adecuadamente, pero yo solo había tomado analgésicos y hasta ahí llegaba todo. Las heridas estaban cerradas pero, a diferencia de los días anteriores, ahora sentía las encías hinchadas y a punto de estallar, como si no hubiera espacio en mi boca para albergar nada en esos huecos. Lo único que tenía a mano eran más analgésicos que combiné con algunas gotas (sí, claro) de mi petaca de whisky.

Pasé a buscar a Kate por su hotel del centro de St. Philippe a las siete. Iríamos a cenar y luego seguramente a mi casa. Esperaba que la noche fuera larga porque era viernes y ella volvería a la ciudad recién el domingo. Le había dicho que la llevaría al lugar en donde se servía la mejor carne asada, y allí podríamos hablar del proyecto "sin las intromisiones de mi primo, que atentan contra el negocio" (así había dicho Kate, entre sonrisas, poniendo como excusa la mansión para concertar un encuentro conmigo). Pero, inexplicablemente, la excusa no fue tal y la charla fluyó en ese sentido cuando nos sentamos en el restaurante.

—¿No crees que mi primo tiene una pésima visión de negocios? —Había comenzado con toda su munición disponible.

—Creo que es cauteloso —opiné.

—Puede ser, pero eso lo llevará a perder buenos negocios. Considero que la idea de tu padre de llevar a los visitantes a recorrer el cementerio es fantástica. Pero ya ves, Trevor casi me come viva cuando dije que era una buena idea. ¿A ti qué te parece? ¿Harías una visita al cementerio familiar?

Nunca he sido un tipo de muchas palabras, no lo sería en aquel momento. Y menos para hablar de muertos. De muertos que volvían. Aún no había pensado en los muertos Wright. ¿Volverían si restauraba algo de ellos? Después de todo, la vieja Djambé no había vuelto a buscarme después de que arrojé el diario y me negué a obedecerla. Ni habían venido los dueños originales de la cama o del juego de ajedrez. Pero, por otro lado, había perdido dos muelas. ¿Ese había sido el precio por no visitarme? Bien, intenté no pensar en nada y responder lo más coherentemente posible.

—Personalmente, no haría ninguna visita a ningún cementerio, pero como idea de negocio, no me parece mala. Las personas se sienten atraídas hacia lo macabro.

—¿Tú no? —No sabía por qué razón Kate estaba entrando en un terreno que nada tenía que ver con nuestra salida "romántica".

—No.

—¿Es por la maldición? —me preguntó directa.

A mí ya no me estaba cayendo tan bien su insolencia.

—Veo que te ha llegado la noticia, como a todos en el pueblo. Mira, no te ofendas por la palabra, pero eso de la maldición es pura mierda. Ya he aceptado el trabajo y a ti no debería preocuparte lo que diga la gente de mí. Me gustaría que no hablemos de ese tema, Kate.

Al contrario de palidecer, la mujer pareció excitarse ante mi respuesta. Punto para mí. Esperaba que la cuestión fuera zanjada allí, pero siguió con el tema. No me estaba escuchando.

—Quizá puedas buscar ayuda en alguien que sepa de esos temas. Hay personas que pueden cortar maldiciones, no lo sé, eso dicen...

El colmo. Me voy a la mierda.

—¿Te atraen estos temas, Kate? —pregunté, tratando de controlar mis impulsos de levantarme y ahogarme en una botella de whisky solo en casa.

—No es algo que me atraiga demasiado. Solo escuché lo que mi primo me contó y me ha llamado la atención. No quise ofenderte, Tanner. No soy una tonta como me pinta mi primo y no me interesa si él cree o no en la supuesta maldición. Solo te lo dije porque me caes bien y, como dice la gente "las brujas no existen, pero que las hay... las hay".

—Sí, ya veo. —Me relajé un poco. Kate parecía ser bastante centrada, al fin y al cabo—. St. Philippe está lleno de brujas, o de mujeres que se precian de tal. Pero no seré yo el que las vaya a buscar.

—¿No eres religioso como todos aquí?

—No, para nada. No tengo una religión ni nada en qué creer. Muy resumidamente, claro.

—Qué extraño. ¿Tus padres tampoco son religiosos? —Kate no tenía reparos en hacer preguntas.

—Sí, lo son. Lo eran. Y me han educado bajo la religión con todos sus delirios. Pero mi madre murió cuando yo tenía dieciséis años. —Kate se quedó callada y esperó que continuara. No estaba seguro de querer seguir hablando del tema—. Y a partir de allí ya dejé de creer en cualquier cosa.

—Oh, entiendo. —Puso una expresión de solemnidad.

—De todas formas, incluso cuando mi madre vivía, no me gustaba nada ir a misa. Me aburría, no estaba de acuerdo con muchas cosas… intuyo que tarde o temprano la cosa decantaría, más allá de todo.

—¿Has dejado de creer porque tu mamá murió?

—He dejado de creer porque mi madre murió de un cáncer que consumió todo su cuerpo. No fue cosa de un solo día. Su cuerpo se deterioró, se consumió. La muerte se la fue llevando de a poco, y la hizo sufrir. Padeció dolores durante mucho tiempo, se doblaba y lloraba. Luego, los médicos la sedaban y babeaba, pero claro, ya no sentía dolor. —Sentí que se me tensaba la mandíbula—. Si eso lo ha hecho Dios, suponiendo que exista, es un sádico hijo de puta, ¿no crees?

Kate permaneció en silencio.

—No lo sé, Tanner. Yo no soy practicante, pero creo que algo guía el mundo y existe algo a lo que encomendarnos cuando estamos perdidos, aunque mi caso no es representativo. Mamá y papá siempre nos llevaban a misa, pero cuando crecí dejé de ir. También me casé por iglesia, pero no fue algo que se haya discutido. Solo se hizo, porque sí. A veces rezo un poco, pero soy de esas personas que están ahí, en el límite, a las que la rutina les hace olvidar de muchas cosas, entre ellas la religión. Quiero decir, puedo vivir sin todo eso, nada me cambia.

—¿Sientes que algo superior te está juzgando cuando no le das dinero a alguien que vive en las calles?

—¿Algo superior?

—Sí, un dios o lo que sea.

—Pues… —Kate sonrió y se ruborizó un poco—. Sí, siento algo de culpa y que podría ser castigada por algo divino.

—¿Lo ves? —Sonreí—. Desde pequeños nos inculcan esas estupideces sobre el castigo divino porque no le damos dinero a alguien o porque no ayudamos a la tierna viejecita a cruzar la calle o porque hacemos algo que supuestamente está mal para cualquier dios. ¿No es suficiente ya cargar con la propia vida? Hay miles de cosas que no suman valor a nuestra vida, pero que las tenemos que hacer igual. Eso ya es una carga monumental. Y ni hablar de cuando tenemos una mala racha o tomamos malas decisiones. Encima de todo eso, los dioses quieren que carguemos con los despojos ajenos. Y no me refiero a ser tacaño o no ser generoso. Me refiero a que los actos de generosidad, bondad o como quieras llamarlo, deben salir de nosotros mismos. Debemos pensar por nosotros mismos. ¿Cuántas de las grandes donaciones a las iglesias crees que son genuinas? Hay muchísimas familias y organizaciones que donan dinero porque así mantienen un lugar determinado en la sociedad y no porque son bondadosos.

—Mucha gente dona porque realmente lo siente en el corazón —me interrumpió Kate—. No todo es corrupto como lo pintas.

—Bien, te doy la razón. Pero dudo de que esos que donan de corazón sean personas de mucho dinero.

—Es curioso que hables de la gente de dinero como si te fuera ajeno —dijo, punzante. Estaba sonriendo con picardía y entrecerraba los ojos. Yo me estaba poniendo algo caliente.

—No te entiendo.

—Sí me entiendes. —Se acercó un poco hacia mí y el escote le quedó apoyado sobre la mesa. No pude evitar echar una mirada a eso—. Tú no eres lo que se dice un hombre de bajos recursos, ¿o sí?

—Bueno, no. Pero… —Kate me había agarrado en esa.

—Pero nada, Tanner. —Soltó una carcajada y se alejó de la mesa. Una pena—. No me lo puedes negar, Trevor y yo hemos averiguado sobre Restauraciones Davis y tienen muchos años trabajando con proyectos grandes y caros. De hecho, con lo que nos cobran a nosotros…

—Mierda, ¿ahora te parece caro lo que cobramos? —Yo también me estaba riendo a esas alturas.

—Pues sí, pero creo que vale la pena.

Con un clima más distendido y aclarado el tema de la brujería (que casi hizo que me levantara y me fuera a casa), media hora más tarde estábamos en mi cama semidesnudos a punto de hacerlo. Y todo estuvo muy bien hasta que dos punzadas de dolor localizadas en cada hueco de las muelas perdidas me hicieron desconcentrar, al punto de tener que parar todo lo que estaba haciendo. El dolor ahora era diferente, era como si la carne de las encías se estuviera abriendo y algo estuviera emergiendo de allí. Algo puntiagudo.

Kate fingió no darle importancia a mi súbita desconcentración, pero vi en sus ojos ese dejo de malhumor que ataca a las personas cuando algún tipo de práctica sexual se corta bruscamente. Sobre todo sucede con las mujeres, ¿lo has notado? Pero, francamente, a mí me preocupaba más mi boca en aquel momento. Pasé la lengua por los huecos y descubrí dos puntas filosas que estaban asomando a una velocidad sobrehumana, acompañadas de un dolor desesperante.

Cuando Kate vio que estaba sudando y poniéndome rojo, se asustó y cambió su actitud distante. Se acercó despacio hacia mí y, luego de tocarme la frente, me dijo que estaba volando de fiebre. A esas alturas, yo ya no escuchaba nada. Balbuceó algo sobre un hospital y un paño húmedo, pero la verdad es que no recuerdo nada hasta que llegué al baño tambaleándome y trabé la puerta. Me paré frente al espejo, abrí la boca como pude y vi los dos picos de pájaro ocupando los espacios vacíos de mis antiguas muelas.

Capítulo 14

Dolor e imágenes grotescas

EL HORROR NO terminó allí. La vieja Djambé no me había castigado solo con dos picos de pájaro en mi boca. Encerrado en el baño, traté de respirar y tranquilizarme, pero no lo logré. Más picos grises y pequeños estaban creciendo uno a uno y mis dientes reales estaban desprendiéndose. Los picos asomaban la punta y rompían la encía, que sangraba cada vez un poco más. Primero un pico, luego otro y otro.

Me paré frente al espejo de forma instintiva y me llevé las manos a la boca, pero no podía detener el proceso ni el dolor. Tampoco podía dejar de mirar lo que me estaba pasando, se trataba de una especie de morbo involuntario e inevitable. El dolor era... sentía la carne de las encías abrirse, tirar, romperse; dejando un cráter que hacía pasar el aire, provocándome puntadas de dolor que subían hasta la cabeza. Luego, la pieza comenzaba a desprenderse, aunque no era un desprendimiento propiamente dicho, el diente simplemente no caía y se deslizaba por mi boca, sino que algo tironeaba de él. Eso, era un tirón. Era como si una pinza invisible estuviera arrancando los dientes sin anestesia. Ese dolor era aún peor que el que sentía cuando se abrían las encías. No eran puntadas, sino algo persistente, caliente, cegador y ensordecedor. De esos que te quitan los sentidos uno a uno.

Un pico a la vez. Un diente a la vez. Un pico por un diente. Vaya uno a saber por qué razón no me desmayé. Y quería hacerlo, créeme. Quería perder la conciencia y que ese proceso tan doloroso terminara sin que yo me diera cuenta. Pero como el castigo de un muerto no conoce piedad, permanecí consciente todo el tiempo. El dolor se mezclaba con el miedo. Ese horror me trepaba desde las entrañas y me asfixiaba. Y fueron creciendo en mí pensamientos de muerte. Mientras cada pico nacía en mi boca y cada diente original se caía, mi mente palpaba la muerte como algo inevitable. Sentía que todo aquello era el inicio de un recorrido seguro hacia mi propia tumba. Era como una enfermedad terminal: sabía que no moriría al día siguiente, pero el diagnóstico ya no tenía vuelta atrás. No sabía cuánto tiempo me quedaba ni cómo sería mi vida, pero sentía que moriría pronto.

Estaba cegado por el dolor. No podía gritar porque no me salía la voz. Llegó un momento en el que sentí que perdía la conciencia. Al fin podría desmayarme y dejar que todo pasara, pero no fue así. Seguía bien despierto, solo creía haber experimentado la felicidad de desmayarme y permanecer allí hasta el día siguiente. Cerré los ojos. Estaba sudado y sentía un calor infernal; probablemente tuviera fiebre. En un instante de lucidez escuché que Kate me gritaba del otro lado de la puerta y la golpeaba sin parar. Bajo ninguna circunstancia me vería de esa forma.

"Kate, no entres. No entres, por lo que más quieras".

No sé si lo grité en voz alta o resonó dentro de mi cabeza. Debió haber resonado solo en mi mente porque siguió gritando. Se oía asustada. Quizá yo había estado gritando y no me había percatado. Durante aquel lapso, muchas imágenes pasaron inconscientemente por mi cabeza, pero recuerdo una visión en particular con la que aún sueño: mi madre moribunda en su cama, demacrada y estirando su brazo hacia mí, y luego apareciendo en el cementerio de St. Philippe caminando entre las tumbas. Se encontraba de espaldas hacia mí, y yo caminaba hacia ella con paso apresurado, queriendo alcanzarla. Cuando estaba a escasos centímetros de tocarla, se daba la vuelta y su figura quedaba inmóvil frente a mí. Me clavaba la mirada y sus ojos eran dos globos blancos nacarados y penetrantes. Estaban cargados de malignidad y mientras me miraban mi corazón se rompía, se destrozaba.

"Kate, vete. Por favor".

Creo que eso sí lo dije porque los gritos y los golpes detrás de la puerta cesaron. Al fin. No quería que Kate viera en lo que me había convertido, tampoco era un insensible. Además, si la mujer veía semejante espectáculo, el trabajo en la casona Wright estaría perdido, aunque en aquel momento ni pensé en ello, solo en no dejar que se llevara semejante imagen en su mente. De seguro aquella visión no la abandonaría por un buen tiempo.

En un determinado momento, cuando mis ojos solo veían imágenes borrosas y cuando comencé a sentirme como dentro de una habitación insonorizada, el dolor se fue desvaneciendo de a poco. Las puntadas eran de menor intensidad y no tan frecuentes. Los latidos en las encías fueron cesando... hasta que no sentí nada más. Mis sentidos fueron reapareciendo a medida que el dolor disminuía, y solo me quedaron fuerzas para desplomarme en el piso, entre el inodoro y la ducha, sudado y con sangre desde el mentón hasta el cuello. Estuve unos minutos así, agotado y respirando agitado. No podía pensar con demasiada claridad, pero así y todo estaba totalmente consciente de lo que vería cuando me enfrentara nuevamente al espejo. Me incorporé y lo enfrenté.

En cuanto vi la boca, se me abrieron los ojos de tal manera que parecía un niño mirando a alguien que le falta un brazo o una pierna y al que la madre lo regaña por ser tan poco disimulado. Pero a mí no me faltaba nada, *solo* tenía algo diferente. Tenía los labios hinchados, los picos asomaban de una forma grotesca y parecía que todo el tiempo estaba sonriendo. Con horror, observé que no apuntaban completamente hacia abajo, sino un poco hacia adelante; y las terminaciones en punta le daban un aspecto aún más espeluznante. Me estremecí ante mi propia imagen. Pero lo peor fue darme cuenta de que no podía cerrar la boca. Si intentaba cerrarla, el filo de los picos me aguijoneaba los labios y comenzaban a sangrar.

Cuando tu subconsciente acepta el horror, viene la desesperación. ¿Qué hace uno cuando le crecen picos de pájaro en lugar de los dientes? ¿Hay un dentista para ello? ¿Vas al dentista y le explicas que aquello era un castigo por no cumplir la orden de un muerto que volvió? No iría a ningún dentista, ni a la casa de mi padre, ni a lo de mis amigos. Solo había una forma de quitar eso y seguir adelante. Ya no sentía dolor y trataría de hacer algo. Lo que fuera. Lo primero que se me viniera a la mente.

Salí al patio trasero de mi casa y abrí el armario en donde guardaba algunas herramientas de jardín y mi caja de herramientas básicas para todo uso. Sin pensarlo demasiado, tomé una pinza de las más pequeñas, entré a casa y fui directo hacia la botella de whisky que guardaba en la alacena de la cocina. Luego me metí al baño y suspiré. Tragué media botella de whisky de una vez y procedí con la cirugía casera.

Sumergí la pinza en alcohol para desinfectarla. Intenté enjuagarme la boca, pero no la podía cerrar, así que resultó en vano. Tomé la pinza y traté de quitar un colmillo. Estaba adherido con mucha fuerza a la encía y tuve que tironear muy fuerte para poder sacarlo. Otra vez el dolor. No era un dolor tan penetrante como el que sentí mientras me crecían, pero fue igualmente agudo y sangrante. Uno a uno, fui quitando los picos de mis encías hasta que mi boca quedó enteramente ensangrentada, pero libre de apéndices extraños. Libre de toda pieza dentaria, fuera humana o no. La imagen que vi ahora fue igualmente espantosa. Mi boca estaba totalmente cerrada, con los labios retraídos y escondidos formando una línea recta y fina. Como un anciano sin dientes. Eso era.

Me metí a la ducha y dejé que el agua corriera. No pensaba salir de casa en lo que quedaba de la noche, tenía la única idea de tomarme lo que quedaba de la botella de whisky y algunas cervezas, y quedarme dormido. Sabía que, de otra forma, no lograría conciliar el sueño. Un ejemplo del nivel de horror que sentía fue que, en cuanto cerré los ojos para dejar que el agua me diera de lleno en la cara, los tuve que volver a abrir. Sentía que no podía dejar de mirar a mi alrededor, por si algo sucedía. Por si la vieja Djambé volvía, por si algo estaba arrastrándose hacia mí y no me daba cuenta, por si las paredes comenzaban a cerrarse sobre mí, por si el agua de la ducha se transformaba en algo viscoso y mortal.

Kate me había enviado cinco mensajes para ver cómo me encontraba. Era lógico, a ella debí haberle parecido un loco de mierda o quizá pensó que tenía alguna enfermedad. También estaba el asunto de mi pérdida temporal de conciencia dentro del baño, con lo cual no sabía las cosas que había dicho y las que quedaron en mi mente. Kate podía haber escuchado algún desvarío y haberse asustado. Le respondí que todo estaba bien y que luego la llamaría. La realidad era que no quería preocuparla.

Me desplomé en el sillón y cuando terminé la botella de whisky, empecé a dar cabezazos al aire. Estimo que habré dormido varias horas, porque ya había amanecido cuando un dolor punzante en toda la boca me despertó. Era un dolor fuerte; quizá las heridas que me había hecho al quitarme los picos estaban cerrando. De a poco fui recuperando los sentidos y, cuando estuve lúcido, me di cuenta de que no podía cerrar la boca. Me llevé la mano a los dientes y comprobé que los picos de pájaro estaban nuevamente allí, crecidos y filosos como hojas de afeitar sin estrenar.

"Todo lo que me pase a mí, te pasará a ti".

¿Cómo había sido posible que durante la noche me hubieran crecido otra vez esos dientes espantosos sin haber sentido dolor? Solo me había despertado una puntada que nada tenía que hacer ante lo que había sentido la primera vez, soportando que aparecieran uno a uno en agonía permanente. Ahora sabía que la solución no era tomar una pinza y arrancarlos. Si era necesario, removería cielo y tierra para volver a dar con el puto diario y llevárselo al hijo de la anciana. No tenía opción.

Toda aquella euforia que había sentido en la mansión Wright cuando decidí que seguiría restaurando (a fin de cuentas no tenía garantía de que los muertos me dejaran en paz, ¿recuerdas?) se esfumó al tener la prueba física de que las advertencias de la vieja Djambé eran ciertas. Los muertos cumplían. Y la vieja quería que yo cumpliera también, porque cuando me levanté del sillón (con una resaca de película) y me dirigí al cuarto, encontré sobre la cama el diario para Tandell.

Me quedé parado en el umbral de la puerta y comencé a sudar frío, primero la frente, luego la espalda. A ver el diario imaginé a la anciana emergiendo de su tumba, reptando entre las lápidas con dificultad, quizá pasando por encima de la tumba de mi madre, luego cojeando hasta aquí. Imaginé sus ojos blancos brillando en la noche y escrutando, envidiosos, las vidrieras de las calles de St. Philippe, anhelando cosas que nunca podría volver a tener. Y luego la vi en mi mente atravesando las paredes de mi casa para dejarme el diario sobre la cama mientras yo dormía la borrachera en el sillón de la sala. No sabía si había sido así, pero pude corroborar que había entrado por la noche sin que yo me percatara, al dirigirme hacia la cama a recoger el diario y tropezar con el dedo pulgar de un pie color moreno con la uña pintada de rosa. A la pared decorada con restos de piel muerta y escamosa no le di importancia. Ya lo había visto antes y era el menor de mis problemas.

Capítulo 15

El diario para Tandell Djambé

EL PUEBLO AÚN estaba en silencio. El amanecer del sábado había sido demasiado turbulento para mí, pero para los habitantes de St. Philippe sería un día de relajación y descanso, como cada fin de semana. Un desayuno rebosante de café, mermelada y pan tostado, la televisión encendida en el canal local de noticias mostrando un resumen de lo sucedido en la semana, alguna madre regañando a su hijo pequeño por no comerse todo lo que había sobre el plato, una anciana quejándose del calor o el completo silencio familiar mientras cada uno se idiotizaba con las redes sociales en sus teléfonos. Pensaba, incluso, en cómo habría amanecido mi hermano Lee. Seguramente, Tori se habría levantado a preparar el desayuno para él y para el pequeño, los habría despertado con una sonrisa y bajarían a la cocina mientras se reían de las nuevas travesuras de Wayne. O quizá no sucedería nada de eso si habían discutido la noche anterior: Tori estaría enojada, con cara de pocos amigos, mi hermano estaría más cariñoso de lo habitual, y mi sobrino se reiría de ambos.

¿Quieres ir más allá y ver el lado malo? Bien, podría decirte que quizá alguna chica había sido violada en la noche del viernes cerca de la zona de los pantanos, que algún niño travieso había robado en alguna tienda, que al alguacil quizá le tocaría resolver algún caso de homicidio pasional o que el padre Robbins había confesado a una señora casada cuyo pecado había sido engañar a su marido con su mejor amigo. Todo eso podía haber sucedido entre el viernes y el sábado aquel, pero te aseguro que nadie en St. Philippe había tenido un amanecer de sábado como el mío. No cabía la posibilidad. Tomé conciencia de que, con toda seguridad, era el único habitante del pueblo que había despertado con un manojo de picos de pájaro pegados a sus encías, un diario sobre su cama traído por una muerta, y un dedo descompuesto reposando sobre en el piso del cuarto.

No podía salir de casa con la boca como la tenía porque no me convenía dar que hablar y porque mi rostro ofrecía una imagen demasiado desagradable como para compartirla con el mundo. Me veía como un fenómeno de circo de la década del veinte, de los que solo quedan registros fotográficos en blanco y negro, cuyas expresiones son por demás perturbadoras, mezcla de sufrimiento con resentimiento. Tampoco había razón para contárselo a mi padre o a mis amigos, o incluso a Kate; primero porque nadie me podía ayudar, segundo porque no podía hablar. Estaba totalmente imposibilitado de articular las palabras porque no podía cerrar la boca. Los picos impedían cualquier tipo de movimiento que fuera necesario para modular las letras.

Así las cosas, llegué a la conclusión de que estaba jodido para lograr mi cometido de entregar el diario a Tandell. Debía llevárselo si quería recuperar mis dientes (o eso esperaba), pero no podía hacerlo a plena luz del día porque todos verían mi aspecto. Podía taparme la cara con algo, salir con un abrigo con capucha, sí, pero hubiese llamado la atención de igual forma porque todo el que me viera relacionaría mi imagen con la maldición. Y además, hacía un calor de la mierda afuera, ese era otro detalle. Debería entregarlo de noche, con el pueblo quieto y dormido, con la brisa fresca de la madrugada como aliada.

Tandell era hijo de la vieja Djambé (Lena Thornton era su nombre de soltera) y Marcel Djambé. Tenía unos cuarenta años y era el tercero de cinco hermanos y tío de Tina, la mocosa que me había traído la estatuilla para restaurar. No se sabía mucho de él, solo que no tenía buena relación con la familia y que por eso se había trasladado a la zona más densa de los pantanos, bien lejos de los Djambé.

Se trataba de un tipo solitario; era leñador y también músico. Hasta ahí, la verdad. Luego, había muchísimas habladurías de las viejas chismosas de St. Philippe que afilaban la lengua y contaban historias tan dispares que iban desde la homosexualidad de Tandell hasta la existencia de un hijo bastardo que tenía con una abogada del pueblo. Pero nada de todo eso me interesaba, solo quería saber el camino más corto para llegar hasta su casa, dejar el diario en su puerta y largarme.

Dediqué todo el sábado a planear la entrega. Lo más seguro era hacerlo después de medianoche, cuando las calles comenzaban a verse un poco más desiertas: las personas estarían en sus casas, en el cine, en algún bar o restaurante. No iría en mi camioneta para no llamar tanto la atención, mejor tomaría mi moto porque, además, el camino hasta el bosque en donde se ubicaba la casa era largo. Todos sabíamos quién era quién en el pueblo, por más lejos que viviera, y agradecí por primera vez que así fuera. No hubiera tenido manera de preguntar a alguien por la casa de Tandell sin levantar sospechas ("¿Qué irás a hacer allí? ¿Para qué quieres saberlo? ¿Irás a restaurar algo? ¿Irás allí a medianoche?").

Imagínate que tienes que hacer algo que no quieres, que te niegas rotundamente, como un gato que se adhiere a cualquier cosa que tiene cerca cuando se da cuenta de que está por caer a la bañera llena de agua. Algo que no harías si no estuvieras obligado. E imagínate que tienes más de doce horas por delante hasta que, finalmente, puedes sacarte ese peso de encima. Bien, así fue mi sábado, encerrado en casa, durmiendo de a ratos y despertando con la esperanza de que los picos ya no estuvieran allí, soñando con cosas reptantes, pegajosas y descamadas, sudando frío y esperando.

En uno de los momentos en los que permanecí despierto, recibí un mensaje de mi padre. Haría una carne asada en su casa e invitaría a Lee, Tori y Wayne. Le tuve que decir que no estaba en casa, porque si le decía alguna mentira relacionada con mi salud, el viejo vendría sin pensarlo. Sabía de sobra que la maldición ya estaba corriendo y que tenía el tiempo en contra, y no le temblaría el pulso para acudir en mi ayuda. Pobre viejo, yo sabía que él estaba pendiente de mis movimientos, sobre todo de los que se referían al trabajo en la mansión Wright, así que no iba a preocuparlo por demás ni a arriesgar mi plan por una mentira estúpida. También recibí un mensaje de Kate, y a ella le respondí con un poco más de atención, pues había presenciado un hecho extraño conmigo y tampoco quería sembrarle dudas que me resultarían perjudiciales.

No hay mucho más para contar sobre mis actividades aquel día. Bebí un poco (como pude, imagínate mi boca abierta y el líquido entrando por allí, sin cerrarla del todo para poder tragar), leí, escuché algo de música y vi dos películas. Lentamente, a medida que se acercaba la hora, el terror comenzaba a invadirme. A eso de las diez de la noche comencé a prepararme: metí el diario en una mochila junto con algo de dinero y el teléfono celular, me duché, me vestí y me dirigí al garaje para poner la moto a punto.

La noche estaba fresca y agradable. Durante el día, la temperatura había sido demasiado alta por ser primavera, pero en St. Philippe (como en cualquier parte del mundo) ya estábamos acostumbrándonos a que cada año fuera más caluroso. El cielo estaba despejado, lleno de estrellas, y la luna se encontraba en cuarto menguante. Apoyado en la moto, intentaba tomar coraje para emprender el camino hacia la casa de Tandell, pero me daba cuenta de que estaba retrasando el momento. Luego recordé que tenía una dentadura bastante particular, gris y puntiaguda, y me bastó para subirme a la moto y sacarme de encima el problema. No tenía seguridad de que los picos fueran a desaparecer si entregaba el diario, pero estaba seguro de que, si no lo hacía, la vieja Djambé volvería por mí.

El centro de St. Philippe se encontraba tranquilo, con unos pocos transeúntes caminando a paso lento y disfrutando de la noche. Los restaurantes estaban comenzando a vaciarse poco a poco y los jóvenes aún no habían salido de sus casas para poblar los bares, con lo cual aproveché esa hora para cruzar la zona. Fuera de allí, me dirigí hacia el norte, pasé la zona de la casa de los Davis, más allá la casa de los Djambé (traté de no mirar hacia el costado) y la ruta comenzó a hacerse más oscura y a rodearse de bosques espesos.

A esa altura, solo transitaban algunos camiones que hacían sus viajes nocturnos para entregar mercadería, combustible o lo que fuera al día siguiente. No había autos y la única moto que corría por allí era la mía. Si bien iba rápido y el camino era cómodo, tuve que parar y hacerme a un costado porque se me secó la boca y comenzó a dolerme. Al no poder cerrar la boca, el viento que me daba de frente mientras conducía hizo que se resecara toda la zona y se pusiera tirante. Mientras me ponía un pañuelo cubriéndome la boca, cual forajido escapando, maldije los picos y a la vieja Djambé. Cuando retomé la ruta con la cara cubierta, me sentía mejor.

A medida que me adentraba en la zona de los pantanos, una niebla densa flotaba a los costados del camino y, en algunos tramos, atravesaba la ruta. Iba concentrado en conducir, pero déjame confesarte que esperaba que la vieja Djambé se me cruzara en cualquier momento y me hiciera desbarrancar. Mi cabeza iba a miles de revoluciones y tenía miedo. Luego de un rato largo de rodar, un cartel indicó que debía desviarme hacia la derecha; mis pulsaciones se aceleraron y comencé a sudar. Estaba cerca.

Una vez que doblé, apagué la moto, me descubrí la cara y traté de observar el sendero. Si bien aquel bosque era de libre acceso y el puesto del guardabosques estaba alejado, quería evitar hacer ruido. Imagínate el estruendo de una *chopper* en medio de la noche en un bosque pantanoso. No podía arriesgarme a que Tandell saliera de su casa con una escopeta y me disparara a quemarropa. Tenía más o menos un kilómetro que recorrer hasta la casa, lo había visto en el mapa, así que encendí la linterna para orientarme los primeros metros; luego, también debería apagarla en cuanto viera algo de iluminación.

El camino estaba marcado pero era de tierra, un poco más irregular y (aún más) oscuro. Todo estaba cubierto por árboles, en su mayoría llorones, y no se oía otra cosa más que las hojas de los arbustos moviéndose con la brisa y los pasos de mis botas sobre la tierra seca. El sendero no tenía huellas de personas que hubieran pasado caminando, se notaba que solo era transitado por vehículos cuando Tandell entraba o salía del lugar. Yo era el único desquiciado que se había aventurado a ir a pie por allí a esas horas de la noche, con una linterna en una mano y un cuchillo en la otra. Luego de haber caminado un rato, divisé un punto de luz entre la espesura. Seguramente sería el farol del porche de Tandell. Avancé unos metros más con la linterna encendida y cuando el espectro de luz se hizo más amplio, la apagué.

La casa de Tandell estaba allí, dormida y silenciosa. Solo la entrada estaba iluminada por aquel farol de luz cálida. Me quedé escondido detrás de un árbol para ver mejor el panorama. Todas las luces interiores estaban apagadas, las ventanas estaban cerradas y no se oía ningún tipo de sonido fuera de lo común. En el porche había una silla mecedora, una mesita de mimbre y algunas cajas apiladas a un costado. No se veía nada más, ni para un lado ni para el otro. Abrí la mochila y saqué el diario. Salí de detrás del árbol y caminé muy despacio hacia la entrada. No había llegado a mitad de camino cuando la puerta se abrió de golpe y un hombre de color salió de la casa armado con una escopeta de caza, apuntándome directamente y ordenándome que me quedara quieto.

Capítulo 16

Confesándome inesperadamente con un hombre y su escopeta

—¡SAL DE AHÍ AHORA! ¡Deja en el piso lo que tienes en las manos y luego levántalas! Arrodíllate y quédate muy quieto, te conviene no moverte ni un paso —chilló el tipo.

Me arrodillé, dejé mi cuchillo y el diario sobre el pasto y puse las manos en alto, muy despacio. Cuando el hombre vio que me quedaba quieto y se percató de que no haría nada, bajó la vista y la clavó en el diario. Evidentemente lo reconoció porque dio un paso atrás y se quedó inmóvil. Luego, sin dejar de apuntarme, recogió el diario y lo observó. Pero se sobresaltó por el acceso de tos que me dio en aquel instante. Sentía que las encías me picaban, desde atrás hacia adelante. Seguí tosiendo hasta que la picazón se fue y me invadió el dolor. Otra vez.

Los picos comenzaban a desprenderse de mi boca, uno a uno, tal como habían crecido. Fue el mismo dolor que la primera vez. Fui escupiendo los falsos dientes de a poco, acompañados de sangre, pero el dolor era tan insoportable que me doblé hacia adelante y luego caí de costado. Era como si me los estuvieran arrancando de raíz, una vez más. Cuando comenzaron a caer los picos de abajo, el dolor iba hacia los oídos y bajaba hasta el cuello. Tandell no se movió mientras duró aquel espectáculo, o al menos eso pude suponer, dentro de mi delirio provocado por el dolor. Por fortuna, esta vez no tuve visiones como cuando me habían crecido en el baño de mi casa.

Luego, comenzaron a aparecer mis dientes originales. También uno a uno. Pero esta vez no sentí dolor. Solo me daba cuenta de que estaban creciendo porque mi lengua los sentía salir y atravesar la encía. Tan solo asomaron como asoman los colmillos de los vampiros en las películas, sin que nadie se inmute.

Cuando todo terminó, quedé tendido en el piso, el dolor había desaparecido por completo y mis dientes originales estaban intactos. La sangre aún me brotaba de las encías, pero me importaba un carajo, había cumplido y la vieja me había levantado el castigo. Me preguntaba si no se encontraría allí, oculta entre los árboles del pantano, observando a su hijo con su diario y a su esclavo con la boca ensangrentada. Instintivamente, miré hacia la oscuridad de la espesura y lancé una carcajada al aire, sin sentido, cargada de locura y sangre.

Volví la mirada hacia Tandell, que se mantenía erguido apuntándome, sin saber bien qué hacer, si ayudarme o dispararme por loco. Al ver que me mantenía quieto, se acercó un poco y me observó con detenimiento el rostro, confundido, tratando de ver quién era. Nunca nos habíamos visto cara a cara, así que lo único que se me ocurrió fue limpiarme la boca y presentarme.

—Soy Tanner Davis, tú debes ser Tandell, ¿verdad? —No respondió—. Vine a entregarte ese diario, solo vine a eso. No sé qué contiene ni me interesa, debo dártelo y ya, ¿entiendes?

Cuando recobró la compostura, volvió a levantar el arma y me apuntó.

—¿De dónde lo sacaste? —Ahora le temblaba la voz.

No sabía qué decir. Me quedé mudo.

—¡Dilo ya! —El tipo se acercó unos pasos hacia mí. Yo seguía con las manos en alto y arrodillado, no pude más que responder lo que sabía.

—Me lo dio tu madre. Es la pura verdad, hermano.

Tandell volvió a bajar el arma y también bajó los hombros, en un gesto de abatimiento. Me observó durante un instante, con desconfianza.

—Levántate y entra. Así podrás lavarte y luego darme una explicación de toda esta… locura. Y ten en claro que no te dejaré ir hasta que le pongas el punto final a la historia.

Se cruzó la escopeta, guardó el diario en su chaqueta, tomó mi cuchillo y nos metimos en la casa. Luego de conducirme al baño y observarme mientras me lavaba (intuí que no me dejaría solo ni un segundo), nos dirigimos a la sala y nos sentamos a beber unas cervezas. El sujeto me miraba fijo y no hablaba. No me costó deducir que esperaría a que le contara cómo había sido que su madre muerta hacía años me había dado ese diario a mí, un supuesto don nadie para la familia Djambé. Sin mencionar el detalle de los dientes, claro.

No sé si fue la cerveza tranquilizadora, lo silencioso de la noche, la brisa fresca que entraba por la ventana o que esa era mi oportunidad para desahogarme (me creyera Tandell o no), pero aproveché para relatarle al tipo todo lo que había pasado en mi vida los últimos tiempos. Hasta aquel momento, no había hablado con nadie del tema de la maldición, o al menos no de aquella forma: sentado en un cómodo sofá, con una cerveza en la mano, frente a un completo desconocido que me escuchaba atentamente con una escopeta en el regazo. Cuando terminé el relato, el tipo no dijo nada hasta pasados unos minutos. Alternaba su mirada entre el diario que reposaba sobre la mesita y mi rostro, ahora imperturbable y taciturno.

—¿Sabes? —dijo, al terminar de oír mi relato—. Cuando mi madre enfermó, no me dejaban verla. Mis hermanos decían que yo la alteraba, que era una mala influencia para ella y que solo pretendía subirla a mi auto y traerla a vivir aquí conmigo. Decían que ella aquí estaría con pocos cuidados, aislada y confinada a estas paredes. Tuve varias peleas con mis hermanos, de palabra y de puño, pero nunca pude pasar la puerta de la antigua casa. Resultaba asombroso ver cómo se congregaban todos en la entrada y me echaban como a un perro callejero, incluso las mujeres de la familia. Me han llegado a ofrecer dinero para que me mantuviera alejado. En realidad, no me aceptaban porque mi imagen era la de un tipo bohemio, que no concordaba con la pulcritud y lo estirado de sus actitudes. Malditos corruptos de mierda, eso es lo que son. Lo único que hacen es comprar voluntades y morder de donde pueden; luego la mala influencia soy yo.

»Bien, como sea, supondrás que tampoco me permitieron verla cuando murió. Solo podía hablar por teléfono con ella a escondidas y ella me llamaba cuando podía, porque, ¿sabes?, ella no quería estar lejos de mí, solo que cuando se volvió vieja y enfermó, todos decidían sobre su vida. Y decidieron que yo no era una buena influencia.

»Este diario contiene toda la vida de mi madre. Siempre me decía que me lo dejaría a mí porque, como no podíamos vernos, cuando ella muriera, yo podría saber lo que ella había vivido. Cuando su abogado vino a leerme el testamento a casa (imaginarás que no me llamaron para que fuera yo a escucharlo con el resto de la familia), me informó que, además de lo que legalmente me correspondía como hijo, mi madre me heredaba su diario. Pero aquel día, el hombre no vino con el diario en la mano. Mira como son las cosas, nunca llegué a tenerlo en mis manos porque los muy hijos de puta de mis hermanos enterraron a mi madre junto con su diario. Yo esperaba que hicieran todo lo posible por dejarme sin la parte del dinero que me correspondía, que me armarían una emboscada legal para que nunca pudiera cobrar nada y que el abogado de mi madre me traería el diario algún día, luego del servicio fúnebre. Pero no. Cobré el dinero, a ellos no les importaba. Les importaba que sufriera sin poder conocer nunca los pensamientos y vivencias de mi madre.

»Agradezco que no lo quemaran, seguramente fue por el poco respeto que aún le tenían a ella. Por eso te creo. Era imposible que alguno de mis hermanos se hubiera arrepentido y hubiera contratado a alguien para desenterrar el diario y hacérmelo llegar, esos tipos son de lo peor, nunca harían algo así. Además... verás, no hay que tomarse esos temas a la ligera, hermano. Tú no creías en la maldición de tu familia, pero ahora lo crees, ¿verdad?

Fue extraño escuchar esa pregunta de un interlocutor externo, un completo desconocido que había visto por primera vez hacía solo un rato, pero no sabía la razón por la cual el tipo me inspiraba confianza. Me había contado que trabajaba como leñador para una de las grandes madereras del estado y en sus ratos libres componía canciones para luego grabarlas él mismo con todos los instrumentos, de a uno por vez. Tandell era alguien solitario y reflexivo, según sus palabras. Me sentí muy cercano al sujeto, yo también era un poco ermitaño en un punto, me encantaba mi trabajo y me concentraba en él todo lo que podía. Él también había perdido a su madre, con la diferencia de que no se había podido despedir como lo había hecho yo. No supe si sentirme afortunado o qué, al fin y al cabo mi madre había muerto a los cuarenta años, consumida por una enfermedad.

—Sí, viejo, ahora lo creo. ¿Necesito más evidencias que una dentadura adicional? —sonreí amargamente mientras me terminaba la segunda lata de cerveza.

—Mira, te daré algo. Puedes tomarlo o dejarlo, eso ya no es de mi incumbencia, pero al menos lo habré intentado.

Se levantó y volvió a los pocos minutos con una tarjeta en la mano, que me entregó luego de destapar otra cerveza. La tarjeta solo mostraba un nombre, *Sophia Candette*, y una dirección.

—Verás, tú me has traído nada menos que el diario de mi madre, y sé que sonará muy extraño, pero me siento en deuda contigo. Quizá tu idea inicial era dejarme el objeto en mi puerta y retirarte, lo cual hubiera sido peor porque nunca habría tenido idea de cómo habría llegado a mis manos de una forma tan misteriosa. Pero como no creo en las casualidades, yo supe por ti que mi madre quería darme el diario… —Hizo una pausa—. Y realmente, hermano, lamento de verdad lo que te ha pasado, sé que lo que tienes es una maldición y no me hubiera gustado ver a mi madre... así como la has descripto. Créeme que ella era una buena mujer, respetuosa y... bueno, solo no puedo creer que se haya vuelto *mala* durante las visitas que te ha hecho, no sé qué decir.

Le hice un ademán para que continuara, después de todo él no tenía la culpa de nada.

—El punto es que la persona que aparece en la tarjeta que te di, quizá (y solo quizá, no lo puedo asegurar), sepa cómo ayudarte. Es una mujer con muy buena reputación en el pueblo, de perfil bajo y que no anda por ahí haciendo hechizos de amor y esas estupideces. Ella trabaja con cosas realmente complicadas. Como tu caso.

Como mi caso. Brujas de pueblo, no tenía tiempo para aquello, aunque en aquel momento lo pensé dos veces.

—Honestamente, Tandell, no sé si la visitaré, pero gracias por tu ayuda. Gracias, de verdad. Ya se hizo muy tarde, es hora de irme.

Nos despedimos en la puerta de su casa con un apretón de manos. Él se quedó con su diario (y con un manojo de picos de pájaro esparcidos en su parque) y yo con la tarjeta de aquella bruja. Me subí a la moto y emprendí el regreso a casa envuelto en una completa negrura, con una sensación extraña en el pecho, mezcla de alivio e incomodidad. Había sido una noche muy extraña la que había pasado con Tandell en su casa de los pantanos y, si bien me había desahogado, aún conservaba el sabor agrio del miedo en la boca.

Capítulo 17

Confesándome con mi padre, al fin

HABRÁS NOTADO que a esas alturas de los acontecimientos, la maldición ya era parte de mi vida y había aceptado el hecho de que tendría que dejar de restaurar objetos o, de lo contrario, viviría acechado por los muertos que volverían de su tumba. Pero no era tan fácil. Aceptar que tienes una maldición no es como aceptar que tu novia te dejó o aceptar que eres un alcohólico frente a un grupo de rehabilitación. Una maldición como la que teníamos los Davis era para toda la vida, y no tenía certeza sobre una posible solución. Cualquier opción que eligiera era una maldición en sí misma: si seguía restaurando, viviría condenado a servir a los muertos. Si dejaba mi trabajo, viviría condenado a ser alguien sin identidad, sin alma. Lo peor de todo era que si elegía la segunda opción, no significaba que la maldición quedara sin efecto, todo lo contrario, aquello también era una consecuencia de la maldición.

Ahora bien, estaba muy tentado a seguir, porque si los muertos me pedían cosas como la que quería la vieja Djambé, era pan comido. Terminaría siendo un repartidor de pedidos entre el mundo de los muertos y el de los vivos. Es más, si las consecuencias eran tan nefastas como las que había sufrido en mis dientes, me convenía cumplir. Había comprobado que la vieja Djambé me había quitado el castigo cuando entregué el diario a Tandell; eso era buena señal.

Lo más extraño de todo era que yo rumiaba seguido sobre esas cuestiones, como si se tratara de lo más normal del mundo. Es notable como el hombre sobrelleva ciertas situaciones y se trata de adaptar a ellas, por más desquiciadas que puedan ser. Mi intención era ver cómo haría para poder llevar una vida lo más normal posible dentro de lo que implicaba estar maldito. Ya no me interesaba que la maldición fuera un delirio o algo totalmente descabellado, solo quería seguir restaurando y que no fuera tan terrible. Quería ser como esos abogados que te asesoran y, si bien no te hacen cometer un delito, tampoco te dan consejos dentro de la ley, ¿me explico? Quería encontrarle un *hueco legal* a la maldición; algo que no estuviera permitido, pero tampoco prohibido. Ya vería luego cuál era su origen, trataría de investigar un poco más sobre ella, y quizá le hiciera una visita a Sophia Candette, la bruja que me había recomendado Tandell.

Los días pasaban y yo debía seguir viviendo *con* la maldición. Mi día a día debía ser lo más cercano posible a la vida de cualquier persona, y si ello implicaba dejar para otro momento la búsqueda de la verdad sobre el asunto, así sería. Y sí, por aquellos días mi mente no trabajaba del todo bien, pero era una mente desesperada y cavilaba cosas extrañas. Las ideas sobre la muerte estaban muy vívidas en mí desde que me habían salido las muelas-pico la primera vez y fueron creciendo a medida que crecían mis dientes. Aquella sensación de que la muerte me alcanzaría pronto no se había ido, sino que había acrecentado su fuerza dentro de mí con un sentimiento de inevitabilidad, hondo y sin explicación. Trataba de no darle demasiada importancia, pero se hacía difícil porque era algo que no tenía fundamentos, y a la vez mi mente razonaba que quizá aquello se trataba de una consecuencia física de la maldición. ¿Y si realmente me estaba muriendo? ¿Y si la maldición traía consigo la muerte? ¿Y si por cumplir con los pedidos de los muertos me deterioraba y finalmente moría? ¿Y si por *no* cumplir con los pedidos de los muertos me deterioraba y finalmente moría? Todas esas preguntas estaban en mi cabeza constantemente, no podía evitarlo. Lo que en realidad se estaba deteriorando era mi cordura.

También estaban los sueños. Por ejemplo, soñaba con cosas que se abalanzaban sobre mí mientras dormía, cosas oscuras que se arrastraban y traspasaban las paredes de mi cuarto. Esas cosas eran carne humana, despojos de piel, uñas y mechones de pelo; todo mezclado y trepando por mi cama hasta llegar a envolverme por completo como una gran manta de residuos humanos podridos que olían como la vieja Djambé.

Pero lo peor era cuando soñaba con mi madre. Siempre la veía de espaldas, la perseguía entre las tumbas del cementerio y cuando finalmente la alcanzaba, esos ojos blancos sin pupila me miraban y me quedaba helado. Luego sentía una tristeza infinita e irreparable. Era similar a la visión que había tenido en el baño de mi casa en medio del dolor en mis encías, pero en el sueño, yo moría luego de alcanzarla. Al momento de dar mi último suspiro, los ojos de mi madre cambiaban, se volvían vivos y se entrecerraban en una expresión de ternura que hacía que tuviera ganas de abrazarla y volver a tener diez años, como cuando ella estaba viva y sana. Pero no podía, porque en ese instante mi cara quedaba petrificada en un rictus de horror y desesperación, y llegaba mi muerte. La perdía otra vez.

Aquellos sueños, el horror constante de volver a ver un muerto en mi habitación o en cualquier lugar, los pensamientos de muerte, la lucha interna entre dejar todo y retirarme o seguir adelante con mi trabajo y la poca claridad en mis cavilaciones, habían hecho que, luego del episodio en la casa de Tandell, mi cuerpo comenzara a deteriorarse en algunos aspectos. Pero ese deterioro no tenía nada que ver con los castigos de un muerto ("todo lo que me pase a mí, te pasará a ti"), sino más bien con mi poco cuidado hacia mí mismo. No comía bien, casi no salía, había dejado de entrenar, bebía más de la cuenta y casi no dormía, todo lo cual se tradujo en pérdida de peso y ojeras profundas. Mi padre lo había notado, como todos, y lo único que hacía era retenerme en su casa el mayor tiempo posible para alimentarme y alejarme del alcohol.

A la única persona que veía relativamente seguido, aparte de mi padre, era a Kate. Ella, a su manera, estaba pendiente de mí porque veía que no estaba bien. Me mandaba mensajes y pasaba por mi casa a traerme comida y a acostarse conmigo. Lo pasaba bien con ella y por aquellos días, si de mujeres hablábamos, era lo que necesitaba: alguien que me hiciera olvidar de mi vida y de mí mismo y que no hiciera preguntas.

—¿Qué es lo que más te gusta hacer en tu tiempo libre? —me preguntó un día.

Yo había estado callado y pensativo. Tenía un mal día y no tenía ganas de hacer mucho. Kate había venido a casa, habíamos tenido sexo, pero no había llegado a mi mejor rendimiento.

—Muchas cosas… —respondí con poco ánimo—. Construir objetos, muebles, salir con la moto a la ruta, ir a…

—Ya con eso me basta —interrumpió con un gesto de su mano—. Vamos, vístete, subámonos a la moto y salgamos de aquí. Creo que necesitas algo de aire, ¿estás de acuerdo conmigo?

La realidad era que no tenía ganas ni de vestirme, pero la idea de estar arriba de la moto con ella y en la ruta era tentadora. Podríamos ir hasta algún pueblo cercano y parar a comer algo en algún lugar en donde nadie me conociera ni me señalara con el dedo o hablara a mis espaldas.

Y así lo hicimos. Pasamos la tarde arriba de la moto, con el viento pegándonos en la cara (es una de las mejores sensaciones que alguien puede experimentar, no exagero) y bajamos en un restaurante a la vera de la ruta, en la entrada de un pueblo llamado Rocaville.

—Oye, quiero decirte algo —me dijo Kate cuando llegó la comida—. La verdad, no sé qué carajo te pasó aquella noche en que todo se puso raro y te encerraste en el baño, pero… las restauraciones en la mansión comenzarán dentro de poco y nos turnaremos con mi primo para cotejar los avances del proyecto; con lo cual estaré por aquí cada quince días, quizá menos. Podemos vernos cuando quieras y… pues, eso, quiero que sepas que de mi parte está olvidado ese asunto. No pasa nada, todo está bien. Cuenta conmigo para lo que necesites… hablar, relajarte. ¿Está bien?

En el fondo, Kate era una mujer madura. Más madura que yo. Yo era el que me había puesto raro la noche de las muelas, pero nunca le había dado una explicación. Ahora que ella me lo planteaba y sacaba el tema a la luz, me sentía poco caballero y un idiota. Estaba pasando por una racha en la que me encontraba muy vulnerable y me daba cuenta de que necesitaba de un buen polvo cada tanto y poder hablar con alguien de cosas lejanas a la maldición, a la brujería o al pueblo.

—Mierda, Kate. Lo sé, sé que debí darte una explicación. Fue algo duro lo que sucedió, pero algún día te lo contaré porque intuyo que notaste que algo raro estaba pasando y...

Inmediatamente me interrumpió, sonriendo como restándole importancia al asunto.

—Lo sé, Tanner. Mira, tú eres un tipo sencillo, que no le da vueltas a las cosas, y eso es algo que valoro mucho. Eres un buen tipo. Créeme que no se encuentran fácilmente hombres como tú en el lugar donde vivo; allí son todos insoportables, unos malditos arrogantes. —Hizo una pausa y no pude evitar lanzarle mi mejor sonrisa—. Así que, repito, olvídate del asunto.

Ella sabía que yo estaba pasando por un muy mal momento y no tenía ninguna obligación hacia mí, pero se concentraba en hacerme sentir mejor, no en indagar o en molestar. A veces, eso es lo único que un hombre necesita. Y lo valoraba.

Pero mi padre sí preguntaba. Y el momento de hablar sin tapujos llegó un día, durante un almuerzo en su casa. El viejo se puso muy serio y me habló con una sinceridad y una paciencia desconocidas para mí hasta el momento. Yo solo había aceptado salir de mi casa porque debía reunirme con él para evaluar el número final de hombres que se sumarían al proyecto de la mansión Wright, pero, francamente, no tenía ganas de salir de mi cama. Recuerdo que había estado lloviendo toda la mañana y, aunque el agua había parado de caer hacia el mediodía, el cielo estaba completamente gris. El viento azotaba los árboles del parque y los faroles del porche se hamacaban sin cesar, haciendo un chirrido molesto en cada vaivén. Otra tormenta de verano se avecinaba pronto.

—Hijo, estoy viendo con tristeza cómo te estás transformando a causa de la maldición. Ya no sé de qué manera pedirte que abandones las restauraciones y te dediques a coordinar y supervisar los proyectos que nos llegan. Sabes que hemos perdido muchos proyectos grandes, y no es tu culpa, pero la gente desconfía. Y eso va más allá del dinero. Solo mírate. Has perdido peso, te ves demacrado...

yo sé por lo que estás pasando. Estás volviéndote igual que mi padre. Yo lo vi morir por la maldición, hijo. Y quisiera ayudarte, pero debes dejarme hacerlo. —Hizo una pausa prolongada—. Estuve pensando mucho, y estoy dispuesto a ayudarte a buscar el origen de todo esto para poder intentar terminarlo de una vez. Quizás haya alguna forma, no lo sé, pero hoy por hoy quiero averiguarlo... por ti. Te repito, me importa una mierda perder dinero a esta altura de mi vida, lo que no quiero por nada del mundo es perderte a ti. No a ti, Tanner.

Mierda. Jamás me había dicho algo así. Y aquel día, sin quererlo ni planearlo, el viejo me dio pie a que pudiera desahogarme y contarle con lujo de detalles todo lo que había ocurrido con la vieja Djambé y con Tandell. Me escuchó sin decir nada y, cuando finalicé, me echó una mirada que me dejó helado. Me miró como nunca antes, y no era que antes me mirara demasiado, pero lo hacía con distancia. Ahora me miraba como un padre mira a un hijo cuando sabe que este va a mandarse la cagada de su vida, pero nada podrá hacerse al respecto porque el hijo tiene que experimentarlo por sí mismo y sufrir. Mucho.

Mi padre estaba siendo sincero conmigo y por primera vez en toda mi vida sentí que podía confiar en él y hablar abiertamente como lo hacía con mi madre. Le pedí perdón por no haberle creído al principio. Me sentía mal por él, por no haberlo escuchado y por haberlo hecho pasar por el sufrimiento de saber que me estaba dirigiendo directo a la horca. Pero a la vez estaba aliviado porque ahora tenía a mi padre de aliado explícitamente y sabía que cualquier cosa que le contara la creería. Emití un soplido sonoro. Me encontraba molido y sentía la cabeza estallar, pero ahora éramos dos. Y todas aquellas ideas sobre no querer saber nada del origen de todo se comenzaban a esfumar lentamente, aunque todavía tenía dudas.

De todas formas, ese día estuve más tranquilo y sentí que mi cabeza se había aclarado un poco. Era muy extraño, pero me sentía más fuerte. No estaba acostumbrado a sentirme acompañado en algo, siempre había estado resolviendo mi vida solo, pero me daba fuerzas el hecho de saber que mi padre me acompañaría y estaría a mi lado. Quizá era tiempo de que el Tanner duro y fuerte, con un aliado como mi padre, volviera a surgir y aplastara al debilucho en el que me estaba convirtiendo.

—Mira, viejo, no te voy a negar que me tienta la idea de saber cómo acabar con todo esto, pero el tiempo apremia con el proyecto de los Wright, y no deseo perdérmelo. Necesito seguir con mi vida, no puedo parar todo mientras veo cómo acabar con la maldición, ¿entiendes? ¡Es mi vida!

Mi padre bufó.

—¡¿Tu vida es restaurar?! ¿Solo eso? ¿Tu vida es tu trabajo? Carajo, Tanner, no has escuchado nada de lo que te dije, ¿verdad? ¡Si te hubieras ocupado de tener una mujer y una familia, las cosas serían bien distintas!

Creo que al momento se arrepintió de lo que había dicho, porque se tomó la cabeza entre las manos y no se atrevió a mirarme. En otro momento, me hubiera levantado de la silla y me hubiera ido sin más, pero estaba cansado.

—Sí, para que luego un cáncer se lleve a mi esposa y me deje solo con mis hijos. No, gracias, paso. —Yo también me estaba arrepintiendo de hablar, pero ya estaba—. Además, ¿sabes qué? De todas formas, si tuviera esposa e hijos, ¿de qué serviría que me vieran perdido, a la deriva, sin poder hacer lo que amo? ¿Te suena, papá? Apuesto a que conoces bien la historia.

No lo había planeado, pero lo había dicho. En un tono muy tranquilo, sin gritar, pero igualmente hiriente. Había roto el único momento de cercanía que había logrado tener con mi padre y que, probablemente, jamás se volvería a repetir.

El viejo me miró, con los ojos cubiertos de lágrimas.

—Sí. Conozco la historia. Yo he dejado mi profesión y gracias a ello estuve entero y no me transformé en un ser consumido por la locura, como mi padre. Y eso me permitió darle a tu madre todo el cuidado y el amor hasta el último día de su vida. Llegué a ese día como pude, con mis últimas fuerzas, sabiendo que mi otra mitad se iba a ir. Y no, no pude entrar a despedirme de ella, tú lo hiciste, pero atrévete a negar que fui un hombre entero y que le di lo mejor. ¡Niégalo si te atreves, niégalo! ¡De no haber sido porque dejé la profesión, hubiéramos muerto ambos y tú estarías solo!

Ambos nos quedamos mudos luego de eso. Sin dejar pasar mucho tiempo, el viejo me pidió disculpas. Pero, lejos de enojarme como lo hubiera hecho antes, lo miré y sonreí con amargura.

—Está bien, olvídalo. No podemos saber qué hubiera pasado si continuabas restaurando, pero si creíste que era lo mejor, está bien. Uno siempre trata de hacer lo mejor, ¿no?

—Quiero lo mejor para ti, Tanner. Y creo que lo mejor para ti es dejar esto por un tiempo, al menos hasta que sepamos si la maldición puede romperse. Pero allá tú, eres tan testarudo como yo, así que tengo claro que harás lo que te dé la gana.

No pude evitar reírme con sinceridad. El viejo también rio. En ese momento sentí que tenía un padre y no un instructor, lo cual me hacía sentir un poco menos miserable. Mi entusiasmo se vio aún más incentivado porque pasamos el resto de la tarde terminando el plan de trabajo para el proyecto de la mansión. Al respecto, lo único que rondaba en mi mente sobre ese asunto era la mesa y las sillas del comedor de los Wright.

No estaba convencido aún si poner mano en ello o no, pero de todas formas no era eso lo que carcomía mi mente, sino los muebles en sí mismos. Estaban ahí, como flotando sobre mí, sobre todo la silla que había visto mordida el día que había conocido la casa. Y cuando trataba de quitar de mis pensamientos el mobiliario del comedor, aparecían en escena los juegos del parque. Los veía como nuevos, impolutos y esperando. Luego, un escalofrío me subía por la espalda cuando pensaba qué pasaría si los Wright efectivamente se levantaban de sus tumbas una vez que restaurara la mesa. Saldrían de su propio cementerio privado, cruzarían su propio parque, entrarían a su casa y verían su comedor vacío. Seguidamente, en medio de la noche, atravesarían a pie todo el camino desde la mansión hasta mi habitación, sin escalas. Y me pedirían cosas.

Estaba cansado y no tenía la más mínima intención de ver cadáveres de regreso. Pero la peligrosa señal de renovado optimismo, producto de la conversación con mi padre, me hacía pensar que quizá no sucedía nada si restauraba alguna de aquellas cosas. Quizá los Wright eran felices enterrados uno al lado del otro, y no tendrían necesidad de acecharme. La curiosidad era grande y la tentación también. Y, como todos saben, la curiosidad mata al gato.

Capítulo 18

Comienza el proyecto para la familia Wright

ERA CASI FIN DE agosto y faltaba poco para el inicio de la restauración de la mansión Wright. Según el cronograma del proyecto, los arquitectos ya estaban por comenzar la obra de rehabilitación estructural, y nuestra tarea inicial era vaciar la casa de mobiliario, piezas de arte y todo lo que hubiera dentro, para que pudieran comenzar con su trabajo. Todo lo que saliera de la mansión iría a parar a nuestros talleres y a otros dos depósitos que había adquirido mi padre años atrás para trabajos como este. Nuestros talleres eran muy espaciosos, pero algunas veces el proyecto era tan grande que la totalidad de piezas a restaurar no cabía allí, y debíamos hacer uso de los depósitos, con lo cual la logística era algo más compleja.

Sumado a lo anterior, habíamos decidido contratar una sola empresa de transporte, Mash Logística, a la cual le teníamos plena confianza. Si bien contábamos con un número considerable de camiones para los traslados, nuestras estimaciones indicaban que debían hacerse no menos de dos viajes, con lo cual tardaríamos dos días en completar el traslado según la disponibilidad que nos había informado Peter Mash al contratar el servicio.

Peter Mash era el gerente general de la empresa y el hijo de su dueño. Pasaba los cuarenta, pero su actitud era la de un adolescente tardío. El tipo vestía con lo que estaba de moda entre los jóvenes y en sus ratos libres practicaba cualquier actividad, también de moda, que implicara lucirse en las redes sociales. Pero a la vez, era un sujeto muy celoso de su trabajo y cuidadoso de sus clientes, que no delegaba y que le gustaba estar presente en cada servicio importante que debía cumplir. Restauraciones Davis era un cliente fiel, que siempre pagaba a término y que, en general, contrataba servicios grandes. La situación para Peter se volvía más jugosa aún por el hecho de que las piezas que debía trasladar pertenecían, nada más y nada menos, que a la familia de Theodore Wright. Con lo cual, por nada del mundo se perdería semejante oportunidad de tomar fotos del momento y compartirlas en las redes sociales de la compañía.

El día señalado para los primeros traslados, Peter se presentó a primera hora en la mansión Wright vestido de una forma que hizo que Kate, también allí presente, pusiera una cara de asco monumental. El atuendo del tipo se componía de unos pantalones a cuadritos blancos y negros, ceñidos al cuerpo, seguramente incómodos e igualmente calurosos; un cinturón de cuero con una hebilla del tamaño de un sartén, y una camisa roja de una tela que desconozco, pero que si la mirabas fijo por mucho tiempo podías verte reflejado en ella cuando le daba el sol. Por supuesto, todo acompañado de un peinado con gel hacia atrás, una barba de barbería, irritantemente prolija y perfumada, y unos lentes de sol deportivos, espantosos.

No suelo detenerme en el aspecto de las personas o en sus prendas de vestir, pero cada vez que veía a Peter no podía evitar reparar en todo aquello. Los colores, las telas siempre brillantes, lo irritante de sus peinados; todo estaba mal en ese sujeto. Intuyo que alguna vez te has topado con una mosca de esas brillantes, con tonalidades verde y violeta, tornasoladas. Bien, te apuesto a que no puedes dejar de mirarla una vez que se cruzó en tu camino. Simplemente, no puedes. Con Peter Mash sucedía lo mismo que con la mosca.

Mi padre y Trevor se encontraban dentro de la casa, y yo no había querido entrar allí otra vez, con lo cual presencié los fútiles intentos de Peter de entablar una conversación interesante con Kate.

—¿Sabe, Sra. Wright? —le dijo a Kate moviéndose, eléctrico, mientras hablaba—. Los primeros negocios de Mash Logística han sido con los frigoríficos de los Wright, cuando no tenían camiones propios. Nuestra empresa también es antigua, histórica en St. Philippe, y es un honor para nosotros involucrarnos de nuevo con un proyecto de su familia.

Claramente, el tipo hacía un esfuerzo sobrehumano por intentar coquetear con Kate, y parecía un pavo real desplegando su majestuosa cola alrededor de la hembra. Solo que sus pantalones a cuadritos y su camisa brillante no causaron el efecto deseado. Kate se limitó a mirarlo con los ojos muy abiertos y a sonreírle de una forma sosa y tierna a la vez, una sonrisa propia de las mujeres acostumbradas a tener lo que quieren y cuyo mensaje implícito es "Pobre de ti, ni naciendo de nuevo podrás aspirar a alguien como yo". Por suerte para Kate, los camiones comenzaban a llegar y el proceso de carga no tardó en iniciarse. Peter Mash cambió el interruptor en su cabeza y entró en modo gerente, con lo cual lo único que hizo hasta que terminó la carga fue importunar a los hombres que hacían su trabajo con profesionalismo, sin necesidad de sus indicaciones.

Mientras los camiones estacionaban, Kate se acercó hacia mí.

—Oye, ¿qué le pasa a este tipo? ¿Piensa que podrá llevarme a su cama? ¡Pobre hombre, no tiene ni idea! —me dijo sonriendo con complicidad.

—Conozco al tipo hace tiempo y, créeme, intuyo que hace lo mismo con cualquier mujer sensual que se le presente.

—¡Ya lo creo! —resopló—. Conozco muchos de esos, no tengas dudas.

Me echó una mirada cargada de doble sentido y me dio un codazo en una costilla, como si fuéramos amigos desde la infancia.

Siempre creí que era bastante penoso buscar un escape en una persona, porque dependes de alguien más para sentirte mejor; se vuelve como una droga. Pero la maldición me estaba transformando en otro hombre, y uno de esos cambios que estaba sufriendo era el inusual apego hacia ciertas personas por una u otra razón; no importaba. Con mi padre había formado un nuevo vínculo y notaba que no quería que se rompiera; intentaba cuidarlo porque era el único que comprendía *realmente* lo que sucedía. Y con Kate no lo había notado hasta el momento en el que me dijo que todo estaba bien, cuando salimos a la ruta con la moto. Sentí alivio, tranquilidad y una cierta felicidad de que tendría alguien que podría sacarme de mi realidad al menos unas horas.

Francamente, me sentía un imbécil. Era como esos perros callejeros que nunca reciben contacto humano y a la primera caricia en el lomo caen rendidos a los pies de la persona. Lo irritante era que las emociones estaban exacerbadas y sin ningún tipo de control. Nunca había sido así, yo era el tipo más constante del mundo, créeme, y no era agradable verme cambiado. Simplemente no podía adaptarme. Lo peor de todo era que, así como me sentía muy bien en algunas ocasiones, cuando venían a mi mente los pensamientos de muerte y el miedo, las consecuencias eran igualmente devastadoras. Lamentablemente, eran más los momentos malos que los buenos y toda la euforia se esfumó cuando vi que los muchachos de Peter Mash estaban por cargar el juego de comedor de los Wright.

—¡Tengan cuidado con eso! —De forma instintiva me acerqué corriendo al camión y supervisé de cerca la operación—. Llévenlo todo a los talleres de la casa Davis.

Kate se acercó hacia donde estábamos e intentó entender qué sucedía. Me dijo algo relacionado con la mansión, creo que fue una pregunta, pero no la escuché porque me había puesto muy nervioso de un momento a otro. Esa mesa y esas sillas me llamaban tanto la atención que hacían que perdiera el control sobre mí mismo. No tenían nada extraño, pero me sentía muy atraído por aquellas marcas de desgaste, las mordidas en la silla y la esquina de la mesa notoriamente más marcada que las otras.

La primera vez que había visto el comedor, había visto a Theodore sentado a la cabecera, con su mujer y las niñas a los lados, cenando temprano y preguntándoles a las tres cómo había estado su día. Estaban comiendo alguna carne asada con papas; Theodore y su mujer tomaban vino y las niñas jugo de naranja. También había pan recién horneado y verduras para acompañar la comida. Recuerdo haberme quedado parado allí unos minutos y, por supuesto, no había nadie sentado a la mesa. Pero estaban todos en mi cabeza. Y, al intentar quitar esa escena de mi mente, los cuatro Wright dejaban de comer, me miraban fijo con un movimiento brusco de sus cabezas y se congelaban, como la imagen final de una película. Lo sentía como una visión, más que como algo que construía conscientemente. La imagen simplemente venía a mí. Y era extraño, pero quería saber más.

—Todo está bien, Kate. Es solo que esos muebles tienen muchísimos años y no quiero que se dañen. Ustedes quieren conservar las marcas originales, ¿verdad?

—Sí, así es. Bueno, en realidad es mi primo el que tiene esas ideas. Si fuera por mí, te diría que las dejes como nuevas. Como eran cuando Theodore las adquirió, ¿me entiendes? —Kate me miraba como queriendo obtener mi aprobación—. Creo que una mansión como esta debe preservarse de la mejor manera posible.

Mi padre y Trevor se estaban acercando a nosotros con Peter Mash detrás. La carga de las piezas para el primer viaje había finalizado. Peter se despidió, agradeciéndonos la confianza depositada en su empresa, y nos dejó una tarjeta a cada uno. Cada vez que nos veía, Mash nos dejaba una tarjeta, como si no supiéramos quién era o de qué forma contactarlo. Y cada vez la tarjeta que recibíamos tenía un diseño más extravagante. Luego de un apretón de manos a cada uno, se subió a su camioneta y se alejó. Nos quedamos en ronda y levantamos las cejas sin decir nada, como una señal implícita de que todos acordábamos que el tipo era, como mínimo, extraño. El único que habló fue Trevor Wright.

—Perdona, Kate, pero no pude evitar escuchar tu última frase mientras caminaba hacia aquí con el señor Davis. —Trevor hablaba frunciendo el ceño y se secaba el sudor de la frente con un pañuelo—. Si queremos que la mansión resulte atractiva para los visitantes, debemos conservar las marcas del uso cotidiano. Tanner me explicó que hay ciertas marcas que se producen por golpes o maltratos, o por ciertos parámetros climáticos como la humedad. Pero hay otras marcas que pueden llegar a conservarse en una pieza de museo, como las esquinas redondeadas de una mesa, los huecos en los peldaños de una escalera producidos por las reiteradas pisadas o el desgaste del picaporte de una puerta. Eso es preservar el espíritu de los que vivieron aquí, es como si nos contaran cosas a través de las piezas y objetos que les pertenecieron. ¿Me equivoco, señores Davis?

—En absoluto —dijo mi padre—. En efecto, la conservación y restauración es mucho más rica cuando esas marcas perduran. Sería una pena llevar todo a nuevo y perder la historia, ¿no lo cree, Sra. Wright?

—Puede que tenga razón, no discutiré a los expertos —sonrió ampliamente—. Si eso hace que vengan más visitantes, bienvenido sea.

Trevor y mi padre sonrieron resignados, sabiendo que Kate no tenía remedio. Yo permanecía en silencio y serio. Miré una vez más hacia la gran puerta de entrada de la mansión, ahora cerrada. La casa estaba en silencio y desierta, pero una visión de la familia Wright parada en la entrada y mirándome fijo invadió mi mente. Mi padre me llamaba unos metros más adelante, ya estaban caminando en dirección a la ruta, pero yo no había oído. Sin volver la cabeza, apresuré el paso y me subí a la camioneta con el viejo. Ninguno de los dos habló hasta llegar a la casa.

Capítulo 19

Mirar sin tocar no es para mí

—¿QUÉ HARÁS? —preguntó mi padre mientras destapaba una cerveza y me la entregaba—. Has pedido que pongan el juego de comedor en tu taller, ¿verdad?

Era cierto. Los hombres de Mash habían llegado a la casa y habían estado esperando que mi padre y yo los alcanzáramos. Cuando llegamos, aguardaban indicaciones, prontos a descargar lo que correspondiera. Y mi primera indicación fue que pusieran con sumo cuidado esa mesa y sillas en mi taller.

—Sí, así es. Pero eso no implica que sea yo el que vaya a restaurarlo.

—No seas descarado, Tanner, y no me tomes por idiota. Sé perfectamente lo que harás, porque lo he visto con mi padre. ¿No te bastó con la estatuilla de los Djambé? Te he visto muy mal los últimos tiempos... te has liberado de la vieja, pero ¿a qué costo, hijo? ¿Cómo sabes que no volverá? ¿Y si ya no necesitas restaurar algo de los Wright para que vuelvan? ¿Y si ya son tus muertos para siempre?

—Viejo, esto no tiene sentido. No sabemos nada de la maldición, ¿para qué estamos hablando de lo mismo, entonces? Cada vez que intentas sacarme información sobre lo que haré con mi trabajo no llegamos a ninguna conclusión, menos a una solución. Dejemos todo esto ya.

—Tanner, dime una cosa: ¿cuál es tu real interés en la mesa de los Wright? Solo respóndeme eso.

Estaba consciente de que el viejo no era tonto, pero había llegado demasiado lejos. Algo sospechaba, o sabía más de lo que yo creía. No respondí de inmediato y le di lugar a que siguiera hablando. Él bajó la voz. Algunos de los restauradores que habíamos contratado para el proyecto ya habían llegado y estaban dirigiéndose a los talleres.

—¿Sabes? Había ocasiones en las que mi padre estaba tumbado en el porche bebiendo una cerveza, como solía hacer. Yo solía acompañarlo sentado en el piso. No hablábamos mucho, pero ese era un momento especial que compartíamos padre e hijo. Ambos estábamos tranquilos y estaba implícito que no era necesario decir mucho para pasar un buen rato.

»A veces, mi padre se sobresaltaba y se echaba para atrás en la mecedora. Yo lo miraba, asustado, y veía en él una expresión de horror. Su rostro se transformaba y se le ponía rígido y pálido. Las primeras veces le pregunté qué sucedía, pero jamás respondió. Luego, ya no le preguntaba nada, solo esperaba que se tranquilizara. No había nada que yo pudiera hacer. Al pasar un rato, mi padre se metía dentro de la casa y yo me quedaba en el porche, buscando los restos de piel y carne que dejaban sus muertos... pero no veía nada. Muy dentro de mí, siempre esperaba encontrar restos, porque esa era la señal física de que mi padre no estaba loco, ¿entiendes?

»Era aún un chico, Tanner, y cuando eres chico no quieres que tu padre esté loco. Prefería que viera muertos antes de que se sumiera en la locura. Pero luego comencé a pensar que no estaba loco, sino que quizá los muertos también se metían en su mente. Sin necesidad de volver físicamente de sus agujeros en la tierra. Nunca lo supe. Y ahora que te está pasando a ti, no quiero quedarme de brazos cruzados sin hacer nada. Sé que por algo quieres esa mesa contigo, y sé que algo de los Wright te atormenta. Tanner, si ya te han visitado sin restaurar nada de ellos...

—No me han visitado —interrumpí. Era hora de decir la verdad—. No han vuelto. Son visiones, imágenes que vienen a mi mente. No sé cómo es que las veo, pero desconozco si son ellos quienes las ponen allí.

Mi padre se pasó una mano por el cabello y sacudió la cabeza.

—Mierda, hijo. Después de tantos años, había perdido la esperanza de descubrir lo que le sucedía a mi propio padre. Y ahora lo estoy descubriendo de la peor manera: en mi propio hijo. —Hizo una pausa—. ¿Qué has visto?

Le conté sobre la visión de la cena de los Wright que había tenido cuando visité el comedor de la mansión por primera vez y la de aquel mismo día, al retirarnos de la casa, con la familia completa observándome desde la puerta.

—Probablemente hayas quedado sugestionado luego de ver todas aquellas pinturas de la familia colgadas en el corredor y...

—Las pinturas estaban en el corredor de arriba, no en la planta baja. Recuerda que visitamos primero el comedor. Además, no quise mirar las pinturas, así que no hay forma de que supiera cómo era la familia mientras estaba en el comedor. Los vi, viejo, los vi en mi mente. Pero no creo que sean ellos porque, cuando un muerto acude a ti, sufres mucho, ¿sabes? Y esto es diferente, es... como un mensaje que viene desde otro lado. Mierda, nunca pensé que diría estas cosas. Nunca pensé que creería estas cosas, pero no puedo negarlo más.

Caí en la cuenta de que mi descreimiento y el hecho de llevar adelante el "ver para creer" durante toda mi vida estaban cayendo en picada de manera estrepitosa. Era otro hombre, cada vez más lejano del que siempre había sido. Era un sujeto roto, obligado a creer en cosas en las que jamás había creído, mucho más sensitivo y perceptivo que nunca, que pensaba todo muchas veces, que se preocupaba en exceso por todo, con un millón de inseguridades, con muchos más miedos y con un destino que, estaba convencido, no dependía del todo de mí porque pensaba que mis muertos me guiarían hacia donde ellos quisieran.

Lo más terrible era que, a pesar de que ahora podía considerarme un tipo que creía en algo más allá de lo que veía, aquello no servía de nada. ¿De qué serviría creer en brujas, llamar a la mujer que me había recomendado Tandell, ir a una iglesia a rezar o hacer una invocación al demonio? Eso no me devolvería mi vida anterior, aunque me quitara la maldición, yo ya era otro tipo, otro tipo al cual desconocía y con el cual no quería tener nada que ver.

Mi padre chasqueó los dedos y me sacó de mi reflexión.

—¡Hey! Vuelve, hijo, estoy aquí. —Lo miré, confundido—. No quiero que te disperses. Trata de quedarte aquí lo más que puedas, no dejes que tu mente te juegue sucio. Enfócate en algo concreto y hazlo, trata de tomar algún sedante para dormir y poder descansar mejor. Pero no te vayas lejos con tus ideas, déjalas guardadas en un cajón y ya. Y recuerda que me puedes contar todo, yo intentaré ayudarte siempre. No lo olvides.

El viejo agachó la cabeza y salió hacia su taller. Los restauradores estaban listos para comenzar el trabajo y los que estaban a mi cargo también me esperaban. Me levanté y seguí a mi padre por el parque unos pasos por detrás. Al llegar a mi taller, los muchachos estaban en la puerta esperando para entrar.

—Muchachos, disculpen la demora. Pasen al taller y les indicaré por dónde comenzaremos. Hay mucho que hacer y nos esperan varios días intensos de trabajo.

Todos tenían su cronograma impreso con las tareas que correspondían a cada uno, y que previamente les había enviado. Eran tipos de confianza que habían trabajado en otras ocasiones con Restauraciones Davis, y que siempre esperaban a que los volviésemos a llamar porque el pago era bueno y los trabajos interesantes.

Billy Palley, un joven rechoncho, bajito y muy rubio de unos veintidós años que había trabajado conmigo en dos proyectos, se me acercó sigiloso y me susurró en voz muy baja para que el resto no pudiera oír. Billy era un chico del pueblo, su familia habitaba St. Philippe desde que tenía uso de razón y sus padres eran religiosos fervientes. Mala señal.

—Oye, Tanner, ¿tú harás algo del trabajo? —Me miró expectante desde varios centímetros más abajo y aguardó una respuesta.

—Billy, ponte a trabajar, vamos, no es hora de supersticiones ni chismes, ¿eh? —Intenté sonreír para restarle importancia al asunto, pero todos en el pueblo habían escuchado el rumor propagado por el amigo de Tina Djambé aquella vez en el bar de Warren y se había hecho una bola de nieve sobre el tema.

—No, amigo, te equivocas. —Agitaba sus manos en señal de negación—. No tengo nada contra ti, hermano. Sí, mi madre trae chismes a casa, pero yo no los creo. Solo preguntaba por curiosidad.

—Eres un buen chico, Billy, y haces bien en no creer lo que hablan las viejas chismosas. —El joven abrió los ojos—. No es por tu madre, por supuesto. Pero en este pueblo, debes formarte una opinión propia de la gente, sin contaminarte por lo que hablan los demás. Ahora, despreocúpate de todo ese asunto y relájate.

El chico se alejó, no muy convencido, y yo me concentré en el fondo del taller donde aguardaba el juego de comedor de los Wright. Lo habían puesto allí porque era el sitio más despejado del taller, pero justo era donde la vieja Djambé se me había aparecido por primera vez. Miré fijo hacia aquella dirección por alrededor de un minuto; esperaba tener alguna visión de los Wright, pero nada sucedió. Algo más confiado, me acerqué.

Con un temor irracional, pasé una mano por la mesa. Tampoco vi a ninguno de los Wright irrumpiendo en mi cabeza. La mesa estaba bien conservada, solo tenía algunas marcas que debían arreglarse y no mucho más que la curación de la madera para protegerla de insectos y bichos en donde estaba más ajada. Las sillas se encontraban en un estado algo más comprometido. El tapizado era de terciopelo verde; estaba roto en algunas partes y manchado en su mayoría. Uno en particular tenía rastros de haber sido comido por alguna rata o algo. La madera de las sillas también estaba muy deteriorada y requería un trabajo más profundo.

Me detuve especialmente en la silla mordida por, intuía, una de las niñas Wright. Tomé uno de los cepillos para quitar el polvo y limpié la parte mordida. No tenía una dentadura completa marcada, por supuesto que un niño no puede dejar una marca de ese tipo en la madera, pero sí tenía la marca de dos dientes inferiores y, menos pronunciada, la de dos superiores. Eran marcas profundas, hechas con empeño y terquedad, una y otra vez. La niña seguramente se aburría en la cena y se daba la vuelta para morder la silla. Raro pasatiempo, mocosa.

Dejé el cepillo apoyado sobre la mesa y volví con los muchachos, que ya habían comenzado con sus trabajos. En cuanto me di la vuelta y comencé a caminar hacia ellos, me atacó la misma sensación que había tenido en el corredor, previo a la primera visita de la vieja Djambé. El tiempo se había detenido para mí y la opresión en el pecho había regresado. La sensación de una desgracia inminente, como si algo malo fuera a suceder muy pronto, me calaba hondo y se acrecentaba adentro con cada segundo que pasaba.

Me quedé parado entre una mesa de trabajo ocupada por un perchero y una biblioteca. Los muchachos que trabajaban en ello me miraron fijo y me obligaron a seguir caminando como si nada sucediera. La opresión en el pecho estaba comenzando a cesar, pero la sensación de que todo se iría a la mierda en lo inmediato permaneció allí. No había restaurado nada que fuera de los Wright, con lo cual no me explicaba que aquellas sensaciones fueran premonitorias de una visita como había sucedido con la anciana Djambé.

Decidí tomarme aquel día libre. Cuando teníamos algún proyecto grande en los talleres, solíamos instalar caballetes en el parque y hacíamos carne asada para el almuerzo con los muchachos. Mi padre estaba de buen talante, pues había notado que mi día no estaría ocupado por ninguna restauración y se lo confirmé antes del almuerzo. Me retiraría luego de la comida, dormiría la siesta y luego les propondría a mis amigos pasar por el bar de Warren. Un plan normal, para un restaurador normal, que tenía un proyecto enorme en sus manos, pero que no restauraría nada por el momento. Mis ganas de trabajar estaban allí, pero no era idiota. Esa sensación que había experimentado en el taller no presagiaba nada bueno.

El almuerzo transcurrió tranquilo; los muchachos eran tipos sencillos que no necesitaban explicaciones y no hacían preguntas incómodas, con lo cual logré distenderme un poco. Hacia las tres de la tarde, ya me encontraba nuevamente en mi casa, tumbado en mi cama y esperando descansar un par de horas antes de pasar por mis amigos. Cerraría la noche con varias rondas de cerveza y mañana sería otro día.

Capítulo 20

Dos niñas en mi cama

ME DESPERTÓ EL olor. No tenía idea de la hora, pero mi habitación estaba más oscura de lo habitual. Había dejado las persianas a medio bajar y las cortinas cerradas. Lo primero que vi entre las sombras, sin mover más que los ojos, fueron las cortinas agitarse por el viento; ya desde el mediodía el cielo se había nublado y oscurecido, anunciando lluvia. Miré hacia la puerta y estaba abierta. Recordaba muy bien haberla cerrado antes de acostarme. Me puse nervioso; algo no andaba bien.

La habitación estaba muy oscura como para distinguir nada más. El olor que me había despertado no era el típico olor a muerto que despedía la vieja Djambé, pero era muy similar y mucho más fuerte. Había un cierto hedor a tumba, acre y desagradable, pero se mezclaba con un aroma lejano a comida, como cuando un plato caliente y humeante está sobre la mesa. Me encontraba tendido boca arriba, ya totalmente despierto, pero no me animaba a moverme. Finalmente, respiré hondo y me incliné hacia la izquierda para encender la luz de la mesita de noche. Al darme la vuelta, choqué con un bulto. Era un cuerpo.

Salté de la cama hacia el lado contrario y tropecé con un segundo bulto. Caí al piso y me incorporé de un salto. Me fui al otro extremo de la habitación y encendí las luces de una vez. Lo que vi me dejó sin aliento. Dos niñas yacían inmóviles a ambos lados de mi cama, boca abajo. No reaccioné, solo me quedé parado ahí, como un idiota, esperando no sabía bien qué. Los cuerpos tampoco se movieron. Permanecieron tendidos en la cama, prolijos y con sus cabezas rubias hundidas en las almohadas. Tenían los brazos a los costados y las piernas estiradas. Las niñas no eran idénticas, parecía ser que una era más pequeña que la otra, pero llevaban vestidos iguales: blancos y con puntilla. Estaban podridas y sucias, llenas de pasto y tierra. Los brazos y las pantorrillas, que estaban al descubierto, eran de un color mezcla de negro, verde y violáceo. No me cabían dudas de que se trataba de las niñas Wright.

Permanecía apoyado en la pared, a unos pasos de la puerta, sin mover un músculo. Aquello no era como en las películas, ellas no desaparecerían si yo me quedaba quieto. Ellas venían a pedirme algo y no se irían hasta hacérmelo saber. Lo que más me perturbaba era que no había restaurado nada de los Wright, pero, sin embargo, las hermanas habían vuelto de la muerte. No se me ocurrió otra cosa que acercarme hacia la puerta para escapar, aunque sabía que sería inútil. Efectivamente, antes de llegar a la puerta, esta se cerró y ya no la pude abrir. Lo mismo con las ventanas. Tal como había sucedido en mi camioneta cuando la anciana Djambé se metió en el cuerpo de aquella chica; no podía escapar.

El cadáver de la más pequeña, que no aparentaba más de seis años, comenzó a moverse. Apoyó sus manos en la cama y levantó el torso, luego movió las piernas y se dio la vuelta. El hueco que había dejado en la cama tenía restos de su piel y mugre de su tumba. Miró a su hermana y le dio un zamarreo. Acercó la cabeza al oído de esta y le susurró algo que no escuché, pero esta última también se incorporó. Ahora, la mayor estaba sentada en la cama y la más pequeña había comenzado a saltar sobre el colchón como si estuviera jugando, mientras repetía mi nombre como un mantra. Su vocecita era pura, no parecía estar contaminada por ningún eco del otro mundo, más bien sonaba terrenal e irritante como la voz de cualquier niño. Pero sus ojos ya eran conocidos para mí: blancos, nacarados y secos.

—¡Señor Davis, señor Davis, señor Davis, señor Daviiiiiiiiiiiis! —repetía mientras seguía saltando y sonreía.

—¡Cállate, Mary Ann! —chilló la mayor, con una voz igual de infantil pero mucho más gélida y distante. Tenía una expresión severa en el rostro que la hacía parecer mayor, aunque en realidad no debía tener más de diez u once años al morir.

—¡Quiero jugar con usted, señor Davis! ¡Quiero jugar con usted! —La pequeña Mary Ann no dejaba de saltar.

—Mary Ann, vas a lastimarte, recuerda que no puedes lastimarte. Ya sabes cómo son las cosas, no debemos hacer nada más que ordenar y hacer cumplir. —Mientras decía esto, la mayor me miraba fijo.

—¡No, yo quiero jugar con el señor Davis, quiero jugar ahora! —Ahora ya no sonreía, y miraba a su hermana con odio.

Mary Ann quedó inmóvil por un momento mirando a su hermana, pero luego se bajó de la cama y caminó lentamente hacia un rincón de la habitación. La vi moverse y se me enfrió el cuerpo, como tantas otras veces me había sucedido. Caminaba raro, como si estuviera a punto de quebrarse. Se sentó y abrazó sus rodillas, mirando a su hermana de manera desafiante. La otra niña le devolvió la mirada por un instante y luego hizo como si no existiera.

—Mi nombre es Agnes Wright y la de allí es mi hermana, Mary Ann. Usted nos llamó. Y ahora queremos ordenarle algo. —Me habló con altanería, apuntándome con sus ojos malditos.

—Lárguense de mi casa, vuelvan por donde vinieron y entiérrense ya. Déjenme en paz.

—No queremos hacerle daño. Y no queremos que le crezcan unos dientes horribles o le suceda algo peor. ¿Usted sí? Señor Davis, ya conoce las reglas. —No me costó deducir que Agnes era quien dirigía la orquesta.

—¡No haré nada de lo que me pidan! ¡Púdranse! —grité mientras intentaba abrir la puerta una vez más, sin éxito.

Cuando me di la vuelta, Mary Ann se incorporó en el rincón y corrió hacia mí, con movimientos quebradizos. Saltó y se me colgó como una garrapata. Sus bracitos y piernas me habían rodeado, y nuestras caras quedaron a unos pocos milímetros una de la otra. Comencé a toser por el olor del cadáver.

—¡Solo queremos jugar con usted, déjenos jugar! ¡Déjenos jugar! —Me sonrió y unos dientes amarillos asomaron. Comenzó a besarme en las mejillas, como si yo hubiera sido el tío divertido al que hacía meses que no veía.

Cuando intenté quitarme el cuerpo de encima, un llanto sonoro y caprichoso inundó la habitación. No corrieron lágrimas por sus ojos sin iris ni pupila. La sostenía por los brazos, pero eran tan frágiles que los apretaba y sentía que mis dedos se hundían en su carne, como si fuera un carnicero aplastando un bife. Si seguía presionando, no tardaría en partirlos. Agnes miraba la escena seria y en silencio.

—¡Haz algo, carajo! Es tu hermana, ¿no? ¡La voy a lastimar! —le grité.

Si me quedaba alguna duda sobre mi cordura, en ese momento me di cuenta de que la había perdido completamente. Estaba protegiendo a un cadáver para que no se *lastimara*. Lo que debí haber hecho no lo hice. Me quedé allí, con la niña muerta colgada de mí, esperando que su hermana mayor solucionara la situación.

—¡Mary Ann, no te lo volveré a repetir! ¡Quédate quieta! Deja al señor Davis en paz. ¿Quieres el parque o no?

La pequeña miró a su hermana mayor y dejó de luchar conmigo. Su cuerpo se relajó y se apartó de mí con cuidado.

—¿El parque? —pregunté. Esto sería más complicado de lo que pensaba.

—Vea, señor Davis, no daremos más vueltas —se expresaba como un adulto—. Lo que queremos es que usted, y solo usted, restaure nuestro parque en la casa. No queremos que nadie más ponga sus manos allí, y usted mismo se ocupará de que así sea. Y, además, será el encargado de hacer que nadie más que mi hermana y yo usemos los juegos. Es nuestro parque, señor Davis, y usted será su guardián.

—¡Y jugará con nosotras cuando queramos! —La pequeña había vuelto a mostrar sus dientitos amarillentos, en una sonrisa infantil pero socarrona.

—¡Cállate, Mary Ann! Ahora vámonos.

Agnes tomó a Mary Ann de la mano y, cuando estaban por retirarse, la pequeña volvió la cabeza hacia mí.

—¿No nos acompañará, señor Davis? Sería lindo que nos lleve a casa. A nuestro lugar de descanso, junto a mamá y papá. Venga con nosotras, es una orden.

—¡Mary Ann, basta! ¡Tú no das las órdenes aquí! El señor Davis no vendrá hoy. Otro día lo llevaremos con nosotras, no tengas dudas de eso. —Agnes me miró y me lanzó una sonrisa llena de maldad.

Aquello no era solo una frase inventada para que la pequeña se callara. Era una promesa. Con pasos torpes y lentos cruzaron la puerta y se alejaron. No tenía idea de cuánto tiempo tardarían en llegar a la mansión Wright para hundirse nuevamente en la tierra; el camino era demasiado largo en coche y no imaginaba cuánto les llevaría a ellas en su estado de descomposición permanente. Quizá tenían algún truco para llegar más rápido, no lo sabía. Pero nadie las veía más que yo, así que ni una sola persona, en el pueblo o fuera de él, podría reparar en los cadáveres bajo ninguna circunstancia, con lo cual tenían todo el tiempo del mundo.

Así que las cosas estaban claras. Debía restaurar el parque de juegos en su totalidad sin dejar que nadie me ayudara. Y por encima de todo, debía convencer a Trevor y a Kate de que no funcionara como atracción. Es decir, el parque sería restaurado para que no quedara fuera de tono con la mansión, pero no debería ser utilizado por ningún niño. Una vez más, sabía las consecuencias que me traería no obedecer, pero esta vez no sería tan sencillo como con la vieja Djambé. Estas niñas estaban desbocadas, muertas hacía mucho tiempo más que la anciana y, suponía, con más maldad en su interior, sobre todo la mayor, Agnes. No había dicho mucho, pero lo que había hablado me bastaba para darme cuenta de la maldad que llevaba consigo. La menor no daba las órdenes, era como una niña viva y quería hacer las cosas de una niña viva: jugar, divertirse, vivir. Pero le resultaría imposible, con lo cual tampoco era buena señal.

Hacerlo o no, daba igual. Quizá si obedecía tendría consecuencias menos graves, pero no sería una solución. Comenzaba a pensar en hablar con mi padre, aunque no estaba seguro sobre cómo me podría ayudar. El asunto se ponía aún más complicado si tenía en cuenta que Trevor no era como Tandell Djambé. Él no me recomendaría ninguna bruja a la cual poder acudir, no entendería ni de cerca mi situación, con lo cual no podría revelarle la verdad en ningún momento. Debería embaucarlo.

Capítulo 21

Confesándome con mis amigos, hasta que todo se torció

CERCA DE LAS SIETE recibí un llamado de mi amigo Joe instándome a pasar por el bar de Warren y beber un rato. Mi idea original había sido esa misma, pero luego de la visita de las niñas muertas, ya no tenía ganas. Estaba muy cansado y solo quería dormir. Sin embargo, en lugar de quedarme en mi casa, acepté la invitación de Joe. Al carajo.

Cobarde.

Lo único que conseguía intentando seguir con mi vida como si no pasara nada era tapar el problema. Lejos estaba de solucionarlo y tampoco hacía nada al respecto; pero allí estaba una hora después, con Joe, Aaron y Dan, borracho como nunca y a los gritos en el bar, hablando de lo mal que iba en la vida.

Mis amigos no me preguntaban demasiado sobre mi situación, no obstante, había en ellos cierta curiosidad que no se animaban a matar. Estábamos muy borrachos, pero conscientes (ya había pasado la etapa en la que perdíamos la conciencia por el alcohol), y noté la necesidad en ellos de saber, con lo cual comencé a relatarles en voz más baja la historia de mi vida desde que había cumplido treinta años, ya varios meses atrás.

—Hombre, estás jodido. Bien jodido —dijo Dan, entornando los ojos—. ¿Qué tal si vas a la bruja que te recomendó Tandell? Tal vez pueda ayudarte.

Los tres me creían y estaban de acuerdo en que la mejor solución era una bruja. Si yo me paraba en un banco de la plaza principal de St. Philippe y exponía mi situación ante todo el pueblo, la propuesta de solución unánime hubiera sido consultar a una bruja. No hubiera habido opiniones dispares, créeme. Bueno, excepto la de la señora Fain y su familia. Y las demás familias como aquella.

—¿Tú crees que servirá de algo? —dije, sabiendo la respuesta.

—Tú mismo has visto fantasmas, muertos o como los llames. ¿Qué te hace pensar que una bruja no pueda ayudarte? Además, ¿qué puedes perder?

Lo que decía Dan tenía lógica, pero mi mente racional y descreída no lo aceptaba. Tenía pruebas irrefutables de que los muertos podían volver a caminar entre los vivos, pero desconfiaba de las mujeres del pueblo que se hacían llamar brujas. Si los muertos eran tan fuertes al volver, ¿cómo era posible que hubiese personas capaces de controlarlos e, incluso, de devolverlos a sus tumbas?

—Sabes que hay cosas que no podemos entender y, mucho menos, explicar. Tú dices que viste muertos y yo no tengo razón para no creerte —dijo Joe, luego de terminar su cerveza—. ¿Quién soy yo para determinar si algo que no puedo ver existe o no?

Mi amigo tenía un punto. Pero, aun así, las personas en general y las llamadas brujas en particular me generaban desconfianza.

—¿Tú qué piensas? —pregunté a Aaron, que se había mantenido en silencio, escuchando con mucha atención.

—No lo sé, amigo. Estoy cagado de miedo con lo que acabo de oír. ¿Realmente has tomado conciencia de que has visto muertos y que, además, te están utilizando para conseguir cosas? Es demente, hermano.

Sí, había tomado conciencia. Pero me costaba aceptarlo y trataba de evadirme todo el tiempo. Nunca, desde la primera visita de la vieja Djambé, había enfrentado realmente el problema. ¿No quería ir con una bruja? Bien, podría haberme sentado con mi padre y hablar del asunto sin tapujos ni evasivas. Probablemente yo no lo habría escuchado y no habría hecho caso a sus recomendaciones, aunque al menos hubiera tenido la oportunidad de pedir ayuda. Pero no había sido así. No me había dado la oportunidad de que nadie me ayudara realmente. Me ganaba la falta de ganas de oír algo que ya sabía, y el miedo a que no hubiera una solución. Esa era otra posibilidad: si yo pedía ayuda y nadie podía brindármela, tendría la confirmación de que la maldición se quedaría en mí, habitándome hasta que muriera, sin nada que se pudiera hacer. Pero si no hacía nada, si solo esperaba que la maldición se esfumara, sin saber si eso era posible o no, tenía alguna esperanza de que algo bueno para mí fuera a suceder. *Cobarde.*

Eran casi las diez de la noche y seguíamos allí, bebiendo y comiendo papas fritas. Warren nos invitó una ronda de un trago seco y amargo, cuyos ingredientes desconocía, pero que bebí como si fuera medicinal. Era algo muy característico de Warren invitar una ronda a quienes consumían mucho o eran clientes habituales, con lo cual podíamos considerarnos privilegiados. Por supuesto, se sentó con nosotros a beberlo.

—Y bien, muchachos, ¿qué les pareció? —nos preguntó, con la botella en la mano, esperando para servirnos otra vez.

—Directo al cerebro, hermano. Un puto cohete —dijo Aaron, a punto de cerrar los ojos.

Los demás rieron. Yo también, hasta que vi el bar totalmente vacío y oscuro. Las paredes se habían transformado en muros mohosos y húmedos, la barra estaba cubierta de tierra mojada y musgo y el aire olía a lluvia. Estaba solo, sentado en el mismo sitio; todos habían desaparecido y el ambiente se había vuelto siniestro e incómodo.

Alguien se asomó por detrás de una columna. Era una mujer delgada, cuyo rostro no podía ver porque estaba cubierto por las sombras. Cuando emergió y se dejó ver por completo, descubrí que se trataba de mi madre, que me sonreía y se acercaba hacia mí con pasos lentos. Tenía el mismo aspecto que cuando había muerto: la cabeza calva, el rostro demacrado, unas ojeras muy profundas y el cuerpo consumido, como metido hacia adentro. Pero, además, presentaba todos los rasgos del muerto que volvía: la piel descamada, algunas zonas de su carne de color oscuro, los ojos blancos y malditos, y el olor pútrido en aumento a medida que se movía. Sujetaba algo con las manos que no pude distinguir del todo, hasta que estuvo solo a unos pasos de la mesa donde me encontraba.

Sentía el olor a lluvia mucho más intenso. Un trueno resonó dentro del bar. Mi madre se frenó en seco, miró hacia arriba y abrazó aún más lo que tenía entre las manos. Luego, siguió caminando hasta que se sentó frente a mí. Ahí todo cambió. Empezó a llover dentro del bar, todo comenzó a mojarse y el piso se cubrió de agua en cuestión de segundos. En ese momento, mi madre se transformó en la que era antes de morir, una bella mujer; sin maldad. Su rostro era el de siempre, el único que yo había conocido, y sus ojos oscuros ahora tenían la mirada comprensiva e inteligente que solían tener.

—Hola, hijo. —Su voz se oía tranquila.

—Mamá, has vuelto.

—No, hijo, no he vuelto. Pero si tú quieres, puedo volver.

En el bar seguía lloviendo y el agua ya sobrepasaba mis botas.

—Ten, es para ti. Debes restaurarlo. De esa forma podría volver y estar junto a ti. Nunca debí haberme ido, ¿no crees?

—Pero no, mamá. Esto no está bien. ¿Qué es eso? —Me estaba entregando un objeto envuelto en un papel, húmedo por la lluvia.

Lo desenvolví y me encontré con una vieja caja de música de mi madre, la cual casi ni recordaba. Al levantar la tapa, una musiquilla disonante se escuchó y un escalofrío me recorrió la espalda. Dentro de la cajita, había una bailarina que giraba. La pintura que recubría el cuerpito de la bailarina estaba descascarada y el terciopelo que cubría la base estaba desgarrado. Bajé la tapa y observé el exterior. Era de madera tallada con arabescos y florituras. Estaban desgastadas, le faltaban algunos trazos en el relieve y una de las puntas de la tapa estaba rajada hacia el interior.

—Hijo, búscala y volveré, te lo prometo. Juntos podríamos hacer que esto acabe. —Me tomó de la mano. Estaba helada.

—Mamá, no, no está bien. —El agua estaba ya cubriendo la silla. Me levanté y miré hacia la salida. El bar estaba inundándose y el agua levantaba la mugre del piso. Un río oscuro estaba envolviéndolo todo.

—¡No te vayas, Tanner! ¡Tengo mucho más que decirte, hijo! Sabes que no debería haberme ido tan joven, no era justo. Debía quedarme contigo y con Lee. Tenía mucho más para dar y Dios fue tan injusto. ¡Tan injusto, maldito sea, ese cerdo!

En ese momento tomé conciencia de que aquello no podía ser real. Mi madre jamás hubiera insultado así a Dios; a su Dios. Se levantó con dificultad de su silla y su aspecto era nuevamente el de un cadáver que regresaba. Vio la caja de música flotar y alejarse a través del agua. Podrida y macabra, intentó alcanzar la caja, pero cayó al tropezar con algo sumergido bajo aquel río turbio. Cuando se incorporó, se veía solo parte de su torso y su cabeza. Me miró una vez más con sus ojos furiosos y en blanco.

El agua subía a una velocidad cada vez mayor, hasta que me cubrió por completo y comencé a ahogarme. Ya no podía hacer más esfuerzos para tener la cabeza fuera del agua. Lo último que vi antes de que mis pulmones dejaran de funcionar fue a mi madre gritar con furia al darse cuenta de que había perdido su caja de música para siempre. Su impotente grito fue prolongado y se extinguía rápidamente en mi cabeza. Mis pulmones se llenaban de agua y mi respiración fallaba cada vez más. Por más esfuerzos que hice durante todo este tiempo, no puedo recordar nada entre aquello y el día que desperté en una habitación del hospital de St. Philippe, rodeado de aparatos, flores y medicamentos.

Trece días. Ese tiempo había pasado desde aquella noche en el bar de Warren hasta que desperté. Según lo que me relataron mis amigos cuando me fueron a ver al hospital una vez que estuve consciente, me puse blanco como un papel y una expresión de horror me desdibujó la sonrisa de alcohólico que tenía en la cara. Luego comencé a convulsionar y a tener dificultad para respirar. Caí de la silla y seguí moviéndome en el piso como un pez fuera del agua, en un ataque. Me puse rojo como el demonio; me estaba ahogando. Mis amigos llamaron a la ambulancia, me aplicaron técnicas de reanimación de urgencia y me llevaron al hospital de St. Philippe. Allí permanecí trece días en cuidados intensivos hasta que desperté.

El diagnóstico fue convulsión y colapso pulmonar. Los médicos no encontraron razones aparentes para que la convulsión se hubiera producido, ni tampoco para la falta de oxígeno, porque los estudios que me hicieron no arrojaron ningún resultado anormal. Los pulmones tampoco tenían fallas y no había quedado ningún daño ni secuela. Estaba como si nada me hubiera sucedido. Iban a monitorearme durante el día y, si todo seguía normal y yo despierto, me podría ir a casa.

Lo primero que hice cuando vi a mi padre en el hospital fue preguntarle en qué estado estaba el proyecto de los Wright. La peor noticia que podría haber escuchado, el viejo me la confirmó: habían avanzado bastante con el mobiliario en los talleres y ya habían comenzado con los trabajos de restauración en el parque de juegos. Ya no era el guardián de aquel lugar, y las niñas seguramente ya estarían enteradas de ello. Lo único que me quedaba era esperarlas y soportar las consecuencias.

Capítulo 22

Vivos y muertos en el hospital

SI HABÍA PASADO por mi cabeza la idea de restaurar algo de mi madre con la esperanza de que el lazo familiar ayudara a que no volviera llena de maldad, sino como aliada, la visión que había tenido me bastaba para desistir. Sí, lo había pensado, mucho antes de que los Wright nos trajeran el proyecto de la mansión. Mientras estaba siendo acechado por la vieja Djambé y aún no le había contado nada a mi padre, había rumiado la idea de tomar cualquier objeto de mi madre y llamarla. Al no tener seguridad de que volvería para ayudarme, y al imaginarla como en mi visión, podrida y con la mirada blanca, me aterré ante la sola idea de que pudiera volver de esa manera.

No sabía qué era lo que me enviaba esas visiones horrorosas, pero parecía ser que a mi abuelo le había sucedido lo mismo. Mi padre ya me lo había advertido, pero no quedaba claro si eso era premonitorio o simplemente los muertos alteraban la mente de uno.

Lo que sí estaba claro era que estaba bien jodido. Ya no importaba si seguía restaurando o no, las niñas estarían en camino y no había nada que pudiera hacer. Mi padre se encontraba a mi lado, sumamente alterado.

—Tanner, se ha pasado un límite. Hijo, tu vida corre peligro y debemos acudir a alguien que nos ayude —dijo, casi suplicándome.

—Es que ya estoy perdido, viejo. No sé qué pensar, pero siento que estoy perdiendo la batalla. No he restaurado nada de los Wright, solo le pasé un puto cepillo de limpieza a una de las sillas, ¡eso no es restaurar! ¿Qué carajo ha sucedido, entonces?

—No lo sé. Sé tanto de la maldición como tú. Desconozco qué tanto contacto debemos tener con una pieza como para que... su dueño vuelva.

No respondí. La opción de visitar a la bruja que Tandell me había recomendado parecía ser la única salida. Mi padre no conocía a ninguna bruja, y yo menos aún, así que Sophia Candette sería nuestra única opción.

La visita de mi padre fue corta aquella mañana y se retiró apenas me quedé dormido. Había terminado con mi medicación, pero se notaba que tenía consecuencias. Dormía la mayor parte del día, sorprendentemente sin soñar, y solo me despertaba para comer o ir al baño. Cuando abrí los ojos, mi padre ya no estaba, pero, en su lugar, había un grupo de cadáveres parados en hilera a los pies de mi cama. Eran muchos y ocupaban casi toda la habitación. Me sentí como en un sótano, parecía que las paredes se estaban cerrando cada vez más sobre mí. Percibía la misma opresión que en el cuarto de mis padres cuando mamá estaba a punto de morir. Y, por supuesto, el olor agrio a mierda y tierra era más fuerte que nunca. Con espanto, los miré a todos.

Los primeros de la hilera eran un hombre y una mujer que permanecían tomados del brazo y me miraban a través de sus ojos sin vida; ninguno sonreía. El tipo era muy alto. Su rostro era alargado y tenía un bigote con los extremos en un rulo, al estilo antiguo. Llevaba el cabello corto y estaba pegado a la cabeza; la tierra y el pasto acompañaban su peinado y su traje gris. La mujer llevaba un vestido blanco, de mangas largas y cuello alto. Todo su cuerpo estaba cubierto, solo se veían las manos y su cara, en evidente estado de putrefacción. Allí parados, me recordaban a esas fotografías *post mortem* que se tomaban a las familias cuando algún miembro moría, solo que aquí ambos estaban muertos y no era una foto, era bien real.

Pude contar cinco muchachos de alrededor de quince años (unos más, otros menos) cuyo aspecto era más terrible que el de cualquier otro cadáver que hubiera visto hasta el momento. Tenían el semblante del muerto que vuelve: los ojos, el olor, la piel, y, además, parecían enfermos. Muertos y enfermos, si es que eso era posible. Estaban demacrados, con los pómulos hundidos y los ojos saltones. Sus bocas permanecían fruncidas y ennegrecidas, como pasas de uva. La piel de sus caras no solo estaba descamada, sino que también presentaba agujeros y manchas moradas. Los pijamas que vestían les quedaban enormes y las manos eran demasiado huesudas. Sus miradas, blancas y perdidas.

El último muerto de la hilera era una mujer joven. Y, en un punto, también se distinguía del resto. Su vestimenta parecía sacada de una película muda de los años veinte. Llevaba un vestido corto y suelto, y un collar de perlas enroscado al cuello que, incluso así, le quedaba por debajo del torso. A pesar del semblante, parecía ser que había sido muy hermosa en otro tiempo. Su rostro estaba muy maquillado, los colores se veían opacos, y su peinado también era propio de la época, corto, pegado a la cabeza y con ondas. Pero lo que más llamaba la atención era su cuello, que se veía negro, como si hubiera sido ahorcada o asfixiada.

Ocho muertos habían vuelto, encarnados nuevamente a su cuerpo, estaban ahí. Intuía que el matrimonio eran los Wright, los padres de las niñas; los cinco muchachos quizá eran los hermanos del abuelo de Jake Flint, que habían muerto de tuberculosis en su adolescencia; y la mujer podía ser la primera dueña de la cama que me había traído Daniel Walder. Como aquella cama había sido adquirida en una venta de garaje, no tenía idea de qué pueblo podía haber venido la mujer.

El primero que habló fue el tipo alto del bigote. Antes, se alisó inútilmente el traje arrugado por años de muerte. Un poco de tierra cayó al piso. Me estremecí.

—Señor Davis, soy Theodore Wright, y ella es mi esposa, Sarah —dijo, señalando a la mujer del vestido largo—. Aunque creo que eso ya lo sabía. Vengo a informarle que lo esperamos hoy en nuestra casa, a la puesta de sol. Diríjase directamente al parque de juegos. Allí lo estarán esperando nuestras hijas. Ellas no han podido venir personalmente a verlo.

Theodore bajó la cabeza y se quedó en silencio, pero su mujer comenzó a temblar. La furia se apoderó de ella y se acercó hasta uno de los costados de mi cama para incriminarme.

—¡Por su culpa mis hijas han tenido que volver a enterrarse! ¡Están sumidas en un sueño profundo, sin fuerzas! ¡Pero pagará, créame que pagará! —Se había acercado demasiado y noté que el olor a tumba se colaba por mi nariz. Estaba mezclado con un fuerte olor a comida, como el que despedían las niñas.

—Sarah, por favor, querida. Debemos irnos ya, solo vinimos en lugar de las niñas. Este no es nuestro pedido, respetemos a nuestras hijas. —Theodore la tomó delicadamente de un brazo.

La mujer no dejó de mirarme hasta que se dio la vuelta y desapareció junto con su marido luego de abrir la puerta de la habitación. Supuse que no atravesaron las paredes porque no querían dejar rastros, aunque el picaporte debió haber quedado impregnado de su mugre.

En ese punto, quise incorporarme en la cama, pero no pude. Me sentía algo débil y cansado. Los demás muertos se quedaron inmóviles, respetando sus lugares en la hilera, pero no pasó mucho tiempo antes de que uno de los cinco muchachos (el que parecía ser el mayor) caminara lento hasta mi cama acercándose. Apoyó una mano descompuesta sobre mi hombro y se acercó tanto que nuestras caras quedaron a centímetros. Su olor me revolvió el estómago. Intentó hablar, pero solo le salió un ronquido que sonó acuoso en su garganta. Movió la mandíbula como si fuera una vaca rumiando. Para un lado, para el otro. En el segundo intento, pude entenderle lo que me dijo, pero igualmente hablaba muy lento y entrecortado. Escucharlo era como revolver un estofado espeso.

—Soy Joshua Flint. Y esos de allí son mis hermanos —señaló con un dedo huesudo a los cuatro muchachos que esperaban. Carraspeó un poco—. El trabajo que has hecho con el ajedrez fue... maravilloso. Pero falta... algo.

Los muchachos que parecían enfermos eran, en efecto, los hermanos del abuelo de Jake Flint. Deduje que la mujer vestida como en los años veinte no podía ser otra que la dueña original de la cama de los Walder.

Todas mis especulaciones se derrumbaron. Habían vuelto todos. Los primeros dueños de las piezas que había restaurado habían venido a cobrar.

—Necesitamos que... nuestro hermano venga con... nosotros. —Hizo una nueva pausa y me miró, clavándome los ojos—. Solo falta él y ya está muy viejo como para... seguir... viviendo. Lo extrañamos... mucho.

Cuando terminó de hablar, le dio un acceso de tos tan fuerte que despidió un líquido amarillento por la boca. Cayó sobre mi bata de hospital. Se limpió con la manga de su piyama y puso una expresión rígida en el rostro.

—No será... difícil, señor Davis. Solo un... almohadón en su cara y... listo. Solo un... almohadón.

—¡No mataré a nadie, loco de mierda! —Me incorporé de golpe en la cama y me dolió todo el cuerpo. Bufé—. Ya lárguense de aquí. No puedo más con esto...

Los muchachos enfermos se fueron de la misma manera que los Wright. Abrieron la puerta de la habitación y salieron como si hubieran sido amigos que venían a verme. Solo quedaba la mujer de los años veinte y su cuello morado.

—¿Y tú qué miras? —le pregunté, cansado—. ¿Te comieron la lengua los ratones? ¿Qué me vas a pedir?

La mujer me miró y sonrió. Caminó hacia mi cama. Otra vez, un cadáver se acercaba a mí como si yo tuviera un imán (de hecho, lo tenía). Si bien no tenía aspecto de enferma, parecía mucho menos *saludable* que el resto. Parecía maltratada, como si hubiera sido golpeada muchas veces durante su vida.

—No sé lo que quiero aún. Tendré que pensarlo mejor. —Su voz tembló un poco, pero era clara y algo aguda. Intentaba tener un tono sensual forzado—. Vendré luego, galán, no te preocupes.

—Por mí, no vuelvas nunca.

—¡No me desafíes! —Sus ojos brillaron y algo siniestro emergió de ellos. Cambió el rictus y la cara se le tensó. En ese momento parecía una bestia a punto de comerme—. ¡Seré buena contigo solo si eres bueno conmigo! ¡Pero no seas insolente o lo pagarás caro! ¿No te bastó con lo que has vivido ya? ¡Qué insensato!

No dije nada. Estaba cagado de miedo ante la imagen de sus ojos. Otra vez sentí el sudor frío y el pecho cerrado. Pero, a los pocos segundos, su imagen volvió a ser la de antes. Aterradora, pero no *tan* aterradora.

—Pronto sabrás de mí, ten paciencia, ¿sí? —Me pasó un dedo por la mejilla—. Eres guapo, sí. Como tu padre. Por cierto, me llamo Diana.

—¿Walder? —pregunté. Luego recordé que la cama de los Walder había sido comprada en una venta de garaje, en otro pueblo. Probablemente no fueran parientes.

—¿Qué? —pareció muy confundida—. No, solo... Diana.

Diana no abrió la puerta como los demás. Caminó hacia la pared y la atravesó, dejando su mugre allí pegada. Cada uno tenía sus métodos para cruzar hacia *este lado*. Pero siempre encontraban la forma de llegar.

Capítulo 23

Sin fuerzas ni autosuficiencia

MI MENTE TRABAJABA pensando en alguna estrategia que emplear para escaparme. Si no me daban el alta antes de que acabara el día, no podría llegar a encontrarme con los Wright en la mansión (muy a mi pesar), pero el médico llegó a controlar mis valores una hora después y firmó el alta. Ya podía irme.

¿Podía afirmar que ver muertos ya no me aterraba? No, por supuesto que no. Pero el hombre es animal de costumbre. No era que me había acostumbrado a que me visitaran, sino más bien ya se me tornaban conocidos. Sabía que cuando venían despedían ese olor asqueroso, que su aspecto era horrible, que desprendían carne y piel. Pero a lo único que realmente le temía eran a sus ojos. No quería verlos. Me generaban espanto y horror. No podía pensar con claridad cuando los miraba a los ojos y me encontraba con esos dos globos fríos y sin expresión, pero igualmente malvados.

Y tampoco podía superar el miedo a lo que me podían hacer. Las niñas Wright no eran como un adulto; tenían cuerpos más pequeños y frágiles; y si yo había desatendido su pedido, estarían sin fuerzas para poder salir siquiera de sus tumbas y venir a vengarse de mí en persona. Por eso habían enviado a sus padres, a avisarme que nada bueno me esperaría cuando llegara a la mansión. La cita sería luego de ponerse el sol porque estaríamos solos, ellos y yo. Los muchachos ya se habrían ido y todo estaría en silencio, solo ocupado por sus habitantes originales.

Al levantarme de la cama para cambiarme y preparar mi salida del hospital, intenté dar un paso y no lo logré. Caí torpemente al suelo, golpeándome las rodillas. Había estado trece días en una cama, pero los cuidados de las enfermeras habían sido de primer nivel y, cuando desperté, había podido moverme sin ningún problema. Esto era otra cosa, se trataba de las niñas.

¡Están *sumidas en un sueño profundo, sin fuerzas!* Y yo también lo estaba.

La realidad era que las pequeñas no tenían energía. Traté de incorporarme y me tuve que sentar nuevamente en la cama. Me sentía agotado, como si hubiera corrido varios kilómetros. Le envié un mensaje a mi padre para que me fuera a buscar, no me quedaba otra opción porque mi camioneta no estaba allí y tampoco estaba en condiciones de conducir.

Mientras esperaba al viejo, me llegó un mensaje de Kate diciendo que había ido a verme en una ocasión mientras estaba inconsciente, pero que no había podido acudir cuando desperté. La noté afligida por eso, y me di cuenta de que también yo tenía ganas de verla, de sentir su contacto y de hablar con ella. Quería saber cómo estaba, qué pasaba por su mente, cómo se sentía, qué había sucedido con su marido, al cual quería dejar porque la maltrataba psicológicamente y en ocasiones la golpeaba. Sentía la necesidad de volver a mi vida anterior y, mientras pensaba en Kate desnuda en mi cama, me di cuenta de lo mucho que extrañaba mi vida. Vivía, sí, pero una vida que no era la mía. Vivía por y para los muertos.

Mi padre llegó luego de un rato y me ayudó a subir a su camioneta. No me senté en el asiento, más bien me dejé caer. Cada vez que movía un músculo era un esfuerzo sobrehumano para mí. No sabía cómo iba a hacer para ir a la mansión sin morirme antes o, por lo menos, sin desmayarme y quedar tirado en medio de la ruta.

—Viejo, debes llevarme a la mansión al caer el sol. Te lo ruego —solté, abriendo mucho los ojos.

Era una mala señal. Me costaba pestañear y mantenía los ojos abiertos por lapsos muy prolongados. El miedo y el espanto se me habían metido bien dentro otra vez. Mi padre no se sorprendió.

—¿Han venido nuevamente las niñas? ¿Cuándo ha sido?

—Volvió Theodore con su esposa. Y volvieron... otros —dije, en un susurro—. Las niñas no, ellas no pueden volver. He desobedecido, viejo. El parque está siendo restaurado por otros, no por mí. Y ahora tengo que pagar. Debes llevarme allí, no puedo solo...

Comencé a tener palpitaciones, a sudar la frente y a tener frío.

—Viejo, tengo miedo. Estoy aterrado. —Miré hacia adelante sin detenerme en un punto fijo del camino.

—Dios mío, hijo —resopló. Luego, golpeó el volante de la camioneta—. ¡Carajo! ¡Maldita sea la hora en que te dejé pisar el taller y te enseñé a trabajar en esto! ¡Debí haber hecho como hice con tu hermano Lee!

—¿Qué? ¿Qué... has hecho con Lee? —Ya no soportaba seguir descubriendo cosas acerca de mi familia.

—Lo convencí de que estudiara en la universidad porque era más fácil. Tu hermano me lo facilitó, él no sirve ni para cambiar una lamparita, pero tiene rapidez para los números. Solo aproveché eso para protegerlo. Pero contigo no pude, tú tenías un talento innato para trabajar con las manos. No podría haberte parado de ninguna manera, pero al menos... no lo sé, podría haberte convencido de...

—Papá, ya déjalo. Era imposible que yo hubiese sido otra cosa y es infantil discutirlo.

—Está bien, está bien. Maldición, mira, Te llevaré allí al caer la tarde. Pero ahora, llegaremos a casa y llamaré a esa mujer. —Lo miré con un gesto de confusión; no sabía de quién hablaba. Exasperado, prosiguió—. ¡La fulana esa de la que te habló el hijo de los Djambé!

Además de estar cansado, me costaba enfocarme y no podía prestar atención por demasiado tiempo a nada. Mi cuerpo era como de goma y, una vez más, tuve que caminar por el parque hasta la entrada de la casa de mi padre, colgado de su hombro.

El viejo me ayudó a sentarme en el sillón de la sala e inmediatamente llamó a Sophia. Parecía ser que la mujer vivía en la frontera con La Rosa y atendía consultas por la mañana. Así que, al día siguiente deberíamos dirigirnos a su casa y quizá obtendríamos una aproximación a una solución, solo era cuestión de probar. A esas alturas ya no sabía qué pensar, pero me importaba poco con tal de que alguien me ayudara a dejar atrás la maldición. Ya no podía seguir solo.

Capítulo 24

Trece días que me costaron muy caro

PASÉ EL MEDIODÍA y buena parte de la tarde durmiendo en mi antiguo cuarto, no me sentía bien ni con fuerzas para hacer nada. Solo cuando mi padre me indicó que era la hora de irnos para la mansión, desperté completamente, aunque tuve que hacer todo con ayuda del viejo: vestirme, subir a la camioneta y cualquier cosa que implicara algún movimiento.

Cuando llegamos a la mansión Wright, el sol ya se había escondido. Corría una brisa suave y el cielo tenía tonalidades entre el violeta y el naranja. Mi padre bajó de la camioneta, me abrió la puerta y me ayudó a salir. Seguía igual de débil y cada movimiento me suponía demasiado esfuerzo para lo que era. Apenas podía mantenerme en pie, y sentía que si caminaba sin ayuda me caería de un momento a otro.

Rodeamos la entrada, pero cuando quisimos dar la vuelta a una de las esquinas de la mansión para dirigirnos hacia el parque de juegos, algo expulsó a mi padre hacia atrás. Cayó contra unos arbustos y antes de que me diera cuenta ya se había incorporado y estaba limpiando su ropa de pasto y mugre.

—¿Estás bien, viejo? —Me acerqué despacio—. Temo que no podrás acompañarme. No te lo permitirán.

—Descuida, esperaré aquí. Hijo, ten cuidado.

Se acercó a mí, me puso una mano sobre el hombro y luego me abrazó. Se me hizo un nudo en la garganta. Lo abracé y sentí un poco de paz. La ironía era que llegaba en el momento de mi vida en el que, quizá, moriría pronto. O al menos eso percibí en aquel instante.

Caminé a paso lento por el costado izquierdo de la mansión hasta que di la vuelta por la parte trasera y divisé el parque. Había unos diez metros desde donde terminaba la casa hasta el área de juegos y cada vez estaba más oscuro. Antes de ver el parque de cerca, me di cuenta de que los hombres que trabajaban allí habían instalado unas luces provisorias de obra y tuve la precaución de encenderlas para poder ver mejor. No iluminaban mucho, pero era algo. Luego de retomar el camino, tuve que hacer una pausa y poner las manos sobre las rodillas para tomar aire. Estaba agotado y se me había nublado la vista.

Cuando retomé la marcha ya podía ver mejor, pero mi cabeza comenzaba a doler. Agudicé la vista para ver si identificaba a alguno de los miembros de la familia. Ya estaba a pocos metros y pude ver a Theodore y a Sarah Wright parados delante de los juegos. Me observaban en silencio y esperaban para actuar. Pero además había otra cosa. Unos metros detrás de ellos, algo se mecía en uno de los columpios. Un bulto pequeño se balanceaba hacia atrás y hacia adelante sin parar. No podía ser. No podía ser cierto.

Con la poca energía que me quedaba, corrí hasta el lugar y vi con espanto a mi sobrino Wayne desnudo, cabeza abajo, atado por los pies a las cadenas del columpio. Se mecía lentamente, sin que nada visible lo impulsara. Grité. Grité hasta que perdí la noción de tiempo y lugar. Fueron unos pocos segundos, pero cuando callé no estaba ni cerca calmado. Intenté agarrarlo para desatarlo, pero los Wright me habían perseguido hasta allí y en cuanto mis ojos se encontraron con los suyos, caí hacia adelante y quedé tendido en el suelo.

Desde el piso miré al pequeño Wayne. No podía quitarle la mirada de encima. Permanecía como dormido, con los ojos cerrados y la boca abierta. Tenía su cuerpito cubierto de tierra y mugre, tal como los muertos que veía, una vez que salían de su tumba. También estaba el olor, pero no podía distinguir si provenía de los Wright o de mi sobrino.

—Señor Davis, no podemos permitir que haya llamado a nuestras hijas y no haya cumplido con su pedido. Este niño permanecerá con nosotros hasta que usted se ocupe de atender la necesidad de Agnes y Mary Ann —dijo Theodore, acercando su rostro al mío.

—Por favor, déjenlo libre. Prometo ocuparme de todo —dije en un susurro. No me quedaban más fuerzas. Sentía que moría de a poco.

—Cuando saque a todos esos hombres de aquí y trabaje usted mismo en el parque, liberaremos al niño. Mientras tanto, seguirá dormido y a nuestra merced como estuvo estos días en su ausencia. Todo tiene un precio y las deudas hay que pagarlas, señor Davis. Si usted no paga, el niño se quedará con nosotros para siempre. Usted decide.

—¡Este parque lo era todo para mis niñas y tienen derecho a recuperarlo! ¡No lo arruine otra vez o pagará muy caro, bastardo! —gritó Sarah Wright.

Seguidamente, se acercó a Wayne, lo desató y lo envolvió en una sábana que traía con ella. El pequeño se removió un poco cuando la mujer lo tomó y pareció despertar. Luego, estiró una de sus manitos y se agarró de su vestido. ¿Los podía ver? ¿Wayne podía ver a mis muertos? ¿Cómo era posible que mi padre no pudiera, pero Wayne sí? De hecho, creía que nadie más que yo podía verlos. Me desesperé. Deseaba con todas mis fuerzas que no pudiera verlos o que, por lo menos, el pequeño no recordara nada cuando creciera.

La mujer comenzó a caminar hacia el cementerio familiar con el pequeño en brazos, a paso lento y sin volver la cabeza.

—¡Vuelve aquí, maldita hija de puta! —dije, con la voz entrecortada, e intenté levantarme. Fue en vano.

Theodore se agachó y puso una mano sobre mi cabeza. Sentí que era una aplanadora y que mi cerebro se comprimía. Pegué un alarido que sonó como de una bestia.

—Señor Davis, el trato es el siguiente. Usted cumple y nosotros le devolvemos al niño. Tiene dos días para sacar a esos hombres del parque. Debería sobrarle el tiempo. Recuerde, nadie más que usted puede trabajar allí y eso será solo para mis niñas. No quieren que ningún niño pueda usarlo excepto ellas.

—¿Por qué con mi sobrino? ¿Desde cuándo lo tienen aquí? ¡Métanse conmigo! —El dolor en la cabeza era insoportable.

—Digamos que usted necesita motivación extra. Sabemos lo que tardó para cumplir con el pedido de la señora Djambé. No podemos permitir que suceda lo mismo. Además, mis hijas podrán utilizar la energía del niño para poder levantarse. ¿Lo ve? Podría haber evitado toda esta situación, pero lo ha arruinado por no obedecer. En cuanto a su pregunta sobre el tiempo que el pequeño hace que está aquí, son solo un par de días. Los suficientes, créame.

—¡Dejen al niño, por favor! ¡Estuve en un hospital por trece días, maldita sea, no quise faltar al pedido de sus hijas! ¡Yo no quiero deberles nada, no pedí esto! ¡Déjenme llevármelo ahora y les prometo que cumpliré! —imploré llorando.

—Su palabra no vale nada para nosotros, señor Davis. Usted se merece esto y mucho más por no pagar su deuda. Ahora lo liberaré, pero le advierto: no nos provoque más de lo que lo ha hecho. No juegue con nosotros señor, Davis.

—¡No jugaré, se lo prometo, maldición! ¡Déjenlo!

Theodore Wright quitó su mano de mi cabeza y sentí un notorio alivio. Pero aún no tenía fuerzas para incorporarme del todo.

—Su padre es un buen hombre y está tratando de hacer con usted lo que no hizo nunca. Le está dando el amor de padre que nunca le dio. Y la culpa lo carcome por no haberlo advertido antes sobre esto. Y por haberlo dejado solo con su madre el día en que ella murió. Y por muchas otras cosas. Hasta pensó en tomar su revólver y volarse la cabeza. No se lo dijo, ¿verdad? Pues mire, si algo le faltaba para convencerse de que debe cumplir con nosotros, se lo diré: no defraude a su padre. Si usted sigue sin obedecer, su sobrino quedará vagando entre tumbas para siempre, y su padre se volará los sesos. Y usted será el responsable.

Una vez más, los muertos volvían sabiendo cosas. Con ese pensamiento rondando en mi mente confusa, dejé caer la cabeza sobre el pasto y me desvanecí. No supe cuánto pasó hasta que mi padre apareció allí y me reanimó.

—Hijo, hijo... ¿estás bien? ¿Tanner?

—Tienen a Wayne, papá. Tenemos que salvarlo. —Comencé a llorar de nuevo.

El hecho de pensar que el pequeño estaba con ellos me provocaba angustia y desesperación. Me daba mucha impotencia imaginar lo que podía estar sufriendo o las consecuencias que aquello podía traerle. Pero lo que más horror me producía era pensar en que podría no sobrevivir.

—¿Cómo que tienen a Wayne? ¿Qué dices? —El viejo no se sorprendió en lo más mínimo ante mi revelación.

—¡Tienen a Wayne! ¡Se lo han llevado al cementerio envuelto en una sábana, por todos los demonios!

—Tanner, mientras te esperaba, tu hermano me envió un mensaje contándome que el niño estaba comiendo pastel. Hijo, tranquilo, Wayne está bien.

Mi padre me ayudó a levantarme, pero me di cuenta de que ya no estaba tan agotado como en las horas previas. Me sentía mejor, pero temía que las niñas Wright se estuvieran alimentando de Wayne y por eso yo tenía más energía. Porque ni de cerca creía en la versión que mi padre me acababa de contar.

—Papá, debemos ir a casa de Lee. Tengo que ver al pequeño, ahora.

—Debes tranquilizarte, no quiero que asustemos a Tori con todo esto. Wayne está bien, tu propio hermano me lo ha dicho. Mira, si quieres ir a verlo, iremos. Pero primero debes tranquilizarte. No podemos ir si estás en estas condiciones.

Subí a la camioneta y respiré hondo.

—Papá, Wayne estaba en un columpio, desnudo y atado a las cadenas. Tenía sus ojitos cerrados y se mecía. —Miraba al frente, no podía mirar a mi padre a los ojos.

Mi padre encendió la camioneta en silencio y nos dirigimos a la casa de mi hermano. Durante el camino el viejo bajó a comprarme una gaseosa y unos *snacks*. También compró helado para llevar a lo de Lee. Me preguntaba cada tanto si estaba bien, pero no, no lo estaba. No hasta que viera al niño.

La casa de Lee se encontraba al sureste del pueblo, no muy lejos del centro. Al llegar ya era hora de cenar y debíamos tener una buena excusa para ir sin avisar. El viejo sería el encargado de mentirles, yo no podía pensar en nada. La que salió a abrir la puerta fue Tori.

—¡Burt, Tanner! ¡Qué sorpresa! ¿Está todo bien? —dijo Tori al verme. Mi expresión no era la mejor.

—Sí, sí, está todo bien, querida. Ehh... Tanner acaba de salir del hospital y pensamos que quizá era buena idea pasar a verlos un rato y... comer helado —dijo el viejo, levantando la bolsa y mostrándosela a mi cuñada.

—¡Oh, claro! Ya casi terminábamos de cenar, así que el postre viene como anillo al dedo. Pasen, no se queden allí parados.

Tori era de esas mujeres prácticas y directas. No se cuestionaba demasiado las cosas y si tú le decías que ibas de visita solo porque sí, ella lo creía. O al menos no lo cuestionaba. Todo salía a la luz eventualmente, decía. Y así fue. La verdad de mi estado mental de aquel momento salió a la luz cuando, luego de saludar a mi hermano, el pequeño Wayne vino corriendo hacia mí y lo vi de cerca. Tenía unas facciones que no le eran propias y era más pequeño. Sus ojos blancos y vacíos se encontraron con los míos y me pedía que lo levantara, alzando sus bracitos putrefactos que asomaban por su camiseta. Todos esperaban que lo levantara, y reían. Ese niño muerto no era mi sobrino y nadie se estaba dando cuenta de ello, excepto yo.

Capítulo 25

Un niño cambiado que solo yo puedo notar

LO QUE SIGUIÓ a partir de allí es uno de los recuerdos más vívidos de lo que me sucedió desde que me enteré que tenía una maldición encima. Levanté al falso Wayne por los brazos y comencé a ahogarlo tomándolo del cuello y presionando su garganta con una mano.

—Devuélveme a mi sobrino, pequeño hijo de puta. Te enviaron los Wright, ¿verdad? ¿De qué tumba te sacaron? ¿Cuándo moriste? ¿Eh? ¡Dilo, carajo! ¡Confiesa ante todos lo que eres!

La pequeña mierdita no decía nada, solo sonreía. Su cara estaba, por supuesto, cubierta de piel muerta a punto de caer y me miraba a través de esos ojos siniestros que tanto espanto me generaban.

Mi hermano y mi padre se abalanzaron sobre mí, pero era tanta la fuerza que ejercía contra el pequeño que no pudieron quitármelo y mi hermano me tuvo que pegar un puñetazo de frente para que lo soltara. Caí al piso y me sangraba la nariz. Levanté la vista y divisé a Tori acurrucada en un rincón de la cocina, observando todo con una expresión de horror en la cara. Cuando vio al pequeño en el piso, se apresuró a levantarlo y lo apretó contra su pecho mientras me miraba con furia.

Mi padre me agarró de un brazo y me ayudó a ponerme de pie. Se lo veía muy alterado, le temblaba la voz.

—Levántate, Tanner. Nos vamos.

—¡Tú me crees, viejo! ¡Tú sabes que esa cosa de allí no es Wayne! —Estaba fuera de mí.

—¡Cállate, carajo! ¡No hables más! —El viejo me quería sacar de allí lo antes posible.

Finalmente, logró sacarme a la rastra de la casa y nos retiramos entre forcejeos.

Me sentía una basura. Ellos realmente creían que ese cadáver era Wayne. No podía imaginar la angustia y el dolor que sentiría Lee. Su propio hermano había maltratado de una forma horrible a su hijo, pero el detalle era que ese no era su hijo. Me desesperaba ver a ese muerto que volvía para hacerme pagar por algo que no había cumplido, y que solo yo me diera cuenta de ello. Pero claro, ¿qué gracia tenía si todos lo veían? El efecto que los Wright querían provocar sobre mí hubiera sido nulo.

—Me crees, ¿verdad? —insistí no bien mi padre puso la camioneta en marcha.

—No lo sé, Tanner. Era tan... real.

—¿Lo era? Papá, ¿no te diste cuenta de que no lloraba? Lo sacudí como a una marioneta y la pequeña mierda en ningún momento se asustó o lloró. ¿Qué viste en sus ojos? ¿Cómo me miraba?

Mi padre me miró, como dándose cuenta de algo. Sabía que tenía razón, sin embargo, volvió a fijar la vista en el camino sin decir nada.

Al pasar por mi casa no se detuvo. Tampoco le dije que se detuviera. Estaba demasiado alterado como para quedarme solo y sabía que sería una noche larga hasta que visitáramos a Sophia Candette a la mañana siguiente. Tenía miedo. Miedo de cometer una locura si me quedaba solo aunque fuera un minuto. Ya no podía lidiar más con todo eso y lo más patético era que mis esperanzas recaían en una bruja de pueblo. La razón me decía que, dadas las circunstancias, era lógico que si un muerto te visitaba no ibas a ir precisamente a un médico para que lo ahuyentara, pero internamente seguía pensando que la mayoría de las mujeres que se dedicaban a ello eran unas embusteras de primera que, además, enseñaban a su descendencia femenina el arte de embaucar al desesperado.

Pasé todo el camino pensando de una forma caótica en mi situación. Iban y venían imágenes por mi mente; todas las cosas vividas hasta el momento hacían fila en mi cabeza para atormentarme por turnos. Así, con pensamientos de muerte renovados, ideas suicidas y opresión en el pecho, llegué a casa de mi padre y me desplomé en una silla de la cocina.

Hacía tiempo que no estaba en la casa paterna a esas horas de la noche y pude sentir la soledad que, seguramente, experimentaba mi padre todos los días de su vida.

—¿Cómo lo haces? —le pregunté al viejo mientras cerraba los ojos para relajarme un poco.

—¿Hacer qué?

—Aguantar las ganas de volarte la cabeza —lancé de una vez, pensando en lo que me habían dicho los Wright.

—Pienso en ti, en Lee y en el pequeño Wayne —dijo, sin alterarse. Seguramente sabría que los muertos me habían hablado de él—. La vida que me quede la quiero pasar con ustedes, viéndolos prosperar, viéndolos como hombres de bien, tal como tu madre hubiera querido. Sí, he pensado en terminar con mi vida algunas veces. Ha sido muy duro sin Martha, pero las cosas suceden como suceden, hijo. Y hay que afrontarlas.

—Sí, supongo.

El viejo depositó algunos sándwiches en la mesa y sacó una lata de cerveza y una gaseosa de la heladera.

—Anda, come. Necesitas energía y lucidez, Tanner. Quizá se avecinen momentos muy difíciles, no lo sé. Por eso debemos estar listos.

Mordí un poco del sándwich y una sensación reconfortante corrió por mi garganta.

—Nunca pensé que alguien podría soportar lo que tú estás soportando, hijo. No tengo idea de lo que estás viviendo, quiero decir, tú lo sientes en las entrañas, yo solo puedo imaginar cómo podría ser. Y lo estás haciendo bien, ¿sabes? Mi padre no lo logró, pero tú saldrás adelante porque encontraremos una solución. Tengo fe en ello.

Qué bueno que el viejo tuviera fe. Y qué malo. Ahí radicaba todo el asunto. Si todo era una cuestión de fe, estaba perdido. No tenía fe en nada desde que mamá había muerto.

—Viejo, ¿de qué me sirve la fe? La fe, en sí misma, no soluciona los problemas.

—Lo sé, pero la necesitas. ¿Para qué te levantas todos los días si no tienes fe en que algo de lo que te sucede cambiará? ¿Para qué iremos mañana de esa mujer si no tienes fe en que podrá ayudarte?

—Para serte franco... no lo sé. No sé para qué iremos de esa mujer. Es un manotazo de ahogado para mí, mi última carta, llámalo como quieras. No tengo fe ni descreo. No tengo ninguna expectativa. Viejo, ya estoy roto por dentro. No soy lo que era; ese Tanner que tenía todo claro y que hacía lo que tenía que hacer, ya no está. Y no sé si volverá ¿entiendes? Me cuesta creer que, aunque me saquen esta condena de encima, aquel Tanner pueda volver.

—Así y todo, hijo, debes intentarlo. —Los sándwiches se habían acabado y me miraba directo a los ojos—. ¿Sabes? Cuando te dije que prefería que hubieses estudiado en la universidad, lo dije sin pensar. No sabía qué hacer. Pero tú eres lo que eres. Lo llevas en la sangre. Y supongo que no hay maldición que vaya a cambiar eso.

—Sí, y por eso ahora estoy pagando el precio de no haber dejado la restauración. De todas formas, creo que la maldición actúa en cualquiera de los dos casos.

—No te entiendo.

—Piensa. Si uno de nosotros al llegar a los treinta sigue restaurando, como yo, los muertos vienen a buscarlo para exigirle cosas descabelladas y, en general, malas. Lo cual es... bueno, ya me ves. Pero si uno decide dejar de trabajar apenas se entera de la maldición, como tú, se convierte también en alguien atormentado. Lejos está de quedar libre. Por el contrario, es una pérdida de libertad en cualquier caso, ¿comprendes? —El viejo seguía atentamente mi razonamiento—. Dime, ¿cómo te sientes tú? ¿Cómo te sentiste cuando debiste dejar todo lo que eras?

Mi padre no respondió. Se tomó unos instantes y desvió la mirada hacia la ventana de la cocina. Las cortinas se movían con la brisa nocturna y la luz de la luna se mezclaba junto con la de la farola del parque formando un color amarillo brillante.

—Me sentí vacío —dijo, al fin—. Por mucho tiempo fue así, varios años. Era como un león enjaulado; si estuviera tu madre te lo explicaría mejor que yo. Pero siempre supe que me haría cargo de la decisión que había tomado y, ¿sabes?, no me arrepiento de nada porque, en aquel momento, no decidí pensando en mí. Decidí en función de tu madre y de ustedes, porque sabía que si seguía con mi trabajo, les arruinaría la vida a todos.

—Pero has arruinado la tuya propia.

—Puedes pensar que arruiné mi vida como individuo, pero cuando tienes mujer e hijos, no piensas lo mismo. Mi vida eran también ustedes. Y yo no iba a dejar que sucediera lo mismo que con mi padre. De niño he vivido aterrorizado de que esas cosas se llevaran a mi padre. Mi madre tampoco era que regalaba salud. Ver a mi padre así, tener que cuidar de él cuando le daban los ataques o cuando veía a alguno de sus muertos, la dejaron en un estado de alteración constante. No era capaz de cuidar bien de sí misma ni de mí y vivía pidiéndome perdón todo el tiempo, por no dedicarme el tiempo suficiente, por dejarme en lo de mi abuela por días si mi padre estaba muy mal, por irse a la cama sin cenar y dejarme solo un pan con dulce para que comiera. Yo no quería eso para ustedes, de ningún modo lo iba a permitir.

Permanecí en silencio. Finalmente veía lo que mi padre había hecho por nosotros. Y entendí que había tomado la decisión fríamente, no a la ligera y sin pensar, como lo había hecho yo. No me culpaba, mi caso era diferente porque no tenía una familia de la cual fuera responsable, pero de todas formas, como no creía en la maldición, seguí adelante sin detenerme a pensar demasiado en ello.

A mi padre se lo veía cansado y, cada tanto, se dormía por unos segundos en la mesa. Así y todo, pasó la noche despierto, a mi lado. Preparó dos termos de café, los llevó a la sala y encendió la televisión. A pesar de mi insistencia para que se fuera a dormir, no aceptó. En el fondo, tener alguien con quien poder hablar abiertamente del tema porque me creía y me acompañaba me hacía sentir menos miserable. Y que esa persona fuera mi padre era mucho mejor. La noche transcurrió entre charlas algo más distendidas (el viejo era el encargado de sacarme de mi ensimismamiento) y café negro, con la televisión de fondo y sin visitas de ningún muerto.

Apenas despuntó el sol, desayunamos y me fui a duchar. Saldríamos en un rato y quería estar lo más despierto posible para poder conducir. Por ningún motivo dejaría que el viejo condujera la camioneta, era preferible que durmiera y recuperara un poco de sueño. Cuando llegaron los muchachos del proyecto de los Wright, además de Charlie y Joe, mi padre les indicó que continuaran con sus trabajos programados para el día y les dejó las llaves de los talleres. Luego de decirles que volveríamos antes del mediodía, nos despedimos de los muchachos y nos marchamos. Mi aspecto debió llamarles la atención porque me miraron con expresiones entre preocupadas y sorprendidas. Respetuosos, no preguntaron nada ni a mi padre ni a mí.

La casa de Sophia Candette se situaba en el límite con el pueblo de La Rosa. Conocía bien la zona porque cerca de allí se desarrollaba la EMAC cada año y había algunos talleres de restauración de motos y autos que solía visitar. Mi padre intentó permanecer despierto y lo logró solo por un rato, a mitad de camino ya estaba dormido y no parecía ser que volviera a despertar hasta el final del recorrido. El día estaba caluroso y demasiado húmedo para ser tan temprano, pero el paisaje que tenía al frente hizo que me relajara un poco.

La frontera con La Rosa no suele tener demasiadas edificaciones y si uno va por la ruta puede ver un camino muy despejado respecto de otros en St. Philippe. Esa mañana, el cielo tenía una tonalidad entre anaranjada y amarilla y no había ni una sola nube en kilómetros. Cuando encontré el cartel que indicaba la salida hacia la gasolinera, supe que encontraría la casa pronto, según indicaba el mapa. Casi un kilómetro más adelante, después de pasar el taller de un amigo, divisé una antigua casa de campo, rodeada de una cerca de madera desgastada que delimitaba el terreno. Mi padre ya había despertado y se sorprendió al notar que había dormido durante todo el viaje.

Capítulo 26

Sophia Candette, la bruja buena del sur

CUANDO ESTACIONÉ la camioneta y bajamos, una anciana de color salió de la casa y se quedó de pie en la puerta, observando cada paso que dábamos mi padre y yo. Cruzamos la cerca y comenzamos a caminar, cautelosos, hacia donde estaba la anciana. A los costados del pequeño camino de piedras que llevaba hacia la entrada, dos árboles viejos y robustos se levantaban, y uno le hacía sombra a un aljibe que parecía tener tantos años como el pueblo. Cuando estuvimos un poco más cerca, la anciana se quitó el delantal que llevaba puesto y lo sacudió en alto como saludo.

—¡Bienvenidos, buenos hombres! Vienen a ver a mi nieta, ¿verdad?

—Si su nieta es Sophia Candette, así es —dije mientras tendía la mano a la señora—. Soy Tanner Davis y él es mi padre, Burt.

—Un placer, pero no se queden allí parados. ¡Pasen, por favor!

La anciana se hizo a un lado y entró detrás de nosotros. Luego de pasar la sala, nos guio por un pasillo hacia la última habitación y cruzó la puerta. No pasó ni un minuto y volvió a salir.

—Sophia los atenderá ahora. Pueden pasar —dijo mientras nos abría la puerta.

La habitación era sencilla, pero estaba cubierta de muchas cosas. Distintos recipientes y adornos extraños para mí, apoyados en repisas a lo largo de las paredes, armarios llenos de frascos de todos los tamaños, cintas de colores que colgaban del techo, plumas blancas, negras y rojas atadas con otras cintas, también colgando del techo, y muchas velas derretidas distribuidas irregularmente por el lugar. El cuarto olía muy fuerte, seguramente a incienso y aceites demasiado perfumados para mi gusto.

En el centro de la habitación había, casi tan tapado de papeles y vasijas como el resto del lugar, un escritorio de madera y, detrás de él, una mujer joven nos observaba mientras permanecíamos de pie. Sophia era muy parecida a su abuela, muy bella, y con una piel tan brillante que daba ganas de acercar la mano y ver de qué estaba hecha. Llevaba el cabello recogido en un rodete muy alto y dos aros con forma de hombrecito tocando una especie de lira colgaban de sus lóbulos.

—Bienvenidos a mi casa, señores. Tomen asiento, por favor. —Sonrió de costado y enarcó las cejas—. Supongo que usted es Tanner, ¿no es así?

—Sí. Un placer, señorita Candette. —No sabía la razón, pero de repente tenía la necesidad de ser formal—. Vengo porque...

—Ya sé cuál es la razón por la cual viene, señor. Y, por favor, llámeme Sophia. —Sonrió otra vez—. No es por mis facultades que sé la razón de su visita, sino porque todo el pueblo está al tanto.

—Por supuesto. —Malditos chismosos todos.

—Entiendo que quiere deshacerse de la maldición que lo acecha, pero antes de ver si puedo ayudarlo, debe proveerme algunos datos de su familia.

Permanecí en silencio y la dejé hablar.

—¿Cuál es la generación más vieja en su línea familiar, señor Davis?

—Eh... bueno, creo que... mi padre, aquí presente.

No esperaba ese tipo de preguntas, pero, qué diablos, ya estaba allí y haría lo que me pidiera.

—No tenemos a nadie más que yo para dar testimonio sobre la maldición, si a ello se refiere —intervino mi padre.

—No será necesario que me cuente nada, señor Davis. Lo preguntaba porque, cuanto más atrás podamos ir en el tiempo, mucho mejor. Sería muy apropiado que podamos tener a alguien que pertenezca a una generación previa a la suya, pero no importa. Veré qué puedo descubrir.

Acto seguido, Sophia se irguió un poco en su asiento y extendió las manos con las palmas hacia arriba.

—Tome mis manos, señor Davis. Y no las suelte hasta que yo se lo indique, ¿de acuerdo?

Mi padre asintió y le tendió las manos. La mujer cerró los ojos y permaneció en esa posición por unos minutos. Lo único que hacía, cada tanto, era apretar un poco más los ojos y relajarlos luego. Más allá de eso, todo estaba quieto en la habitación.

De repente abrió los ojos y nos miró con expresión preocupada.

—Señor Davis, vamos a repetir la sesión. Pero ahora le pido que concentre su atención en su padre y en su abuelo, si lo conoció. Si no lo conoció, de todas formas piense en algún relato o algún dato que su padre le haya contado. Enfóquese y piense en ellos una y otra vez.

Nuevamente, la mujer tomó las manos de mi padre cerrando los ojos. Esta vez, mi padre me miró con aire preocupado y expectante. Solo respondí alzando los hombros y las cejas a la vez. Ya me estaba invadiendo la sensación de horror previa a ver uno de mis muertos, y temía que se aparecieran allí.

Por fortuna, nada sucedió y continuamos esperando que Sophia terminara con lo que fuera que estaba haciendo. Intuía que era clarividente, dado que parecía ver el pasado a través del contacto con las manos de mi padre. Me resultaba increíble, jamás había pensado que eso era posible. Para mí, esas cosas solo pasaban en las películas. Unos minutos más tarde, abrió los ojos.

—Bien, señores. Lo que acabamos de hacer es intentar buscar los orígenes de la maldición. A través de los recuerdos de Burt pude indagar un poco más y debo decirles que esto viene desde dos generaciones más atrás que la de William, su abuelo.

—¿Ha visto al abuelo Bill? —dije, como un idiota.

—He visto los efectos de la maldición. A través de los recuerdos de su padre pude ver que la maldición es demasiado antigua como para que pueda hacer algo que surta efecto. Puedo intentarlo, pero no les aseguro nada; es muy improbable que lo logre. Pero, además, hay otra cosa.

Permanecimos en silencio. Por mi parte, ya no sabía qué creer. La mujer había adivinado el nombre de mi abuelo sin que le informáramos nada y eso era completamente incompatible con mi manera de razonar las cosas.

—La mayoría de las maldiciones, salvo casos específicos en donde una bruja la puede dirigir solo a una persona, se transmiten por línea de sangre. Se heredan. La que pesa sobre la familia Davis nunca se pudo deshacer y, por lo que he visto, tampoco ningún miembro ha intentado hacer algo para liberarse. Todos callaron, y ese ha sido el error por el cual hoy se me hace tan difícil poder ayudarlos. A medida que una maldición va cruzando generaciones, lejos de debilitarse, se va volviendo más fuerte, se afianza. Si no se hace nada para intentar deshacerla, con el tiempo va tomando más fuerza y se arraiga en cada víctima cada vez más. Por consiguiente, los efectos son cada vez peores.

—Pero entonces... ¿no hay solución? —interrumpí—. Sabía que era en vano venir aquí.

Sophia ignoró mi último comentario.

—Ahí está el punto, señor. Así como las maldiciones son heredadas por las víctimas, también pasan de generación en generación sobre quien la impartió.

—Continúe —dije, intuyendo lo que vendría.

—Si yo efectúo un ritual sobre usted y su padre para quitar la maldición, probablemente no funcione porque ya está demasiado dentro de su alma para que alguien ajeno a ella pueda quitarla. Es más, es probable que sus muertos se enfurezcan aún más. —Hizo una pausa y nos miró fijo—. Si hay alguien que puede ayudarlos es alguna descendiente de la bruja que impartió la maldición.

—Olvídelo. No sabemos quién ha sido —dijo mi padre. Se lo veía exasperado y con ganas de marcharse de allí cuanto antes.

—No se apresure, señor Davis. Mi parte aquí no ha terminado. Yo puedo conseguir el nombre de la bruja original que echó la maldición sobre Benjamin, el primer miembro maldito de su familia.

Ahora sí, no cabía posibilidad de que hubiera investigado registros tan antiguos de la familia.

—Venga y recuéstese aquí, señor Davis. Lo que haremos ahora es inducirlo a un estado de sueño profundo del cual usted no tendrá control, sino yo. Hace unos momentos, cuando indagué en sus recuerdos, usted estaba consciente. Ahora necesito que usted pierda la conciencia por un rato y me la deje a mí. ¿Me da su consentimiento, señor?

—Pues sí, claro. Lo que sea para terminar con esto.

Sophia señaló un sillón largo, como para que uno pudiera recostarse y relajarse. Mi padre obedeció y cerró los ojos. Yo permanecía parado, unos pasos atrás, observando todo en silencio. Al contrario de lo que había pensado, el protagonista de aquella sesión era mi padre y no yo.

La mujer se sentó en una silla al lado de mi padre y le puso una mano sobre la frente. Dijo unas palabras en un idioma que no conocía y mi padre convulsionó levemente. Abrió mucho los ojos, pero no miraba hacia ningún lugar, tenía los ojos en blanco y me recordó a mis muertos. Un escalofrío me recorrió la espalda. Finalmente, su cuerpo pareció desvanecerse y relajarse.

—Señor Davis, le voy a pedir que salga de la habitación. Necesitamos que solo se encuentren aquí las dos partes que van a interactuar, su padre y yo en este caso.

—Bien, eh... estaré afuera, entonces.

La mujer asintió con una sonrisa y volvió la cabeza hacia mi padre. Salí al pasillo y me apoyé en la pared. Estaba cansado y hastiado. No tenía nada para hacer y me puse a revisar mi teléfono. Le envié un mensaje a Lee preguntándole cómo estaba, pero no respondió. Seguramente me odiaba y no me hablaría por el resto de mi vida.

No paraba de pensar en que ese niño que mi hermano tenía en su casa no era Wayne, era otro y estaba muerto. Y no tenía otra idea en la mente más que restaurar el parque con mis propias manos y que me devolvieran a mi verdadero sobrino. No me importaba que Sophia encontrara a la descendiente de la bruja original ni cuánto tardaríamos en quitar la maldición. Mientras tanto, me concentraría en complacer a los Wright para que liberaran al pequeño. Tampoco tenía manera de contactar a mis muertos para que me dieran seguridad de que Wayne aún estaba vivo y bien; no podía atraerlos por mis propios medios, sino que ellos acudían a mí cuando lo creían conveniente una vez restaurado lo que les pertenecía.

Comencé a desesperarme nuevamente y a perder el foco. Le envié un mensaje a Kate diciéndole que quería verla. Me respondió que estaría en el pueblo el próximo fin de semana. Faltaban tres días, no quería esperar. Le dije que no me encontraba bien y quedamos en vernos esa misma noche. Aprovecharía para sacar a los hombres del parque de la mansión y trabajaría allí lo que quedaba del día en las tareas de restauración para los muertos. Luego vería a Kate y me olvidaría de todo por un rato.

Kate era una buena mujer. No tenía ninguna obligación conmigo, pero de todas formas había accedido a venir a socorrerme. Qué irónico que una descendiente de mis muertos fuera la que me ayudara a sacar de mi cabeza a sus ancestros aunque solo fueran algunas horas.

Había pasado casi media hora desde que había comenzado la sesión privada con mi padre, cuando Sophia abrió la puerta y me informó que ya podía volver a entrar.

Luego de tomar asiento detrás de su escritorio, suspiró largamente y se reclinó en su silla. Se la veía agitada y unas gotas de sudor asomaban en su frente.

—Muy bien, señores. Debo decir que me ha costado un poco dar con nuestro objetivo, pero lo he logrado. Si pueden tomar nota, les indicaré a quién deben ver para buscar la ayuda que necesitan.

Saqué el teléfono y me dispuse a anotar.

—La maldición fue impartida originalmente a Benjamin Davis, unas cuantas generaciones atrás. Por lo que he visto, son muchos años, casi dos siglos. Por eso les digo que ha costado indagar tanto en su mente, señor Davis.

—Pero ¿cómo ha sido posible? Es imposible que mi padre tenga recuerdos de hace más de cien años atrás. Él ni siquiera nacido —dije, sintiéndome un poco idiota al decir algo tan obvio.

—Señor Davis —prosiguió Sophia, sonriendo como sonríe una maestra a un niño—, lo que hice durante la sesión fue meterme, a través de la mente de su padre, en la mente de sus ancestros y en sus recuerdos. Pero sobre todo, accedí a sus espíritus.

—¿Como una médium? —preguntó mi padre.

—No, no como una médium. Yo no hablé con los muertos, solo utilicé mi capacidad como clarividente y entré en el laberinto de su mente. Buceé, por decirlo de alguna manera. Encontré recuerdos de su padre y pude entrar en el espíritu de su padre a través de usted, y así hasta llegar a Benjamin. Es como un juego de postas, ¿comprenden?

Ninguno de los dos respondimos. Sophia seguía sonriendo.

—No sé qué tan familiarizados están ustedes con mi trabajo —continuó—, pero es una tarea muy dificultosa la que acabo de hacer. Hay que buscar muy profundo en los lazos, en esos pequeños hilos de materia perdida, de pensamientos, de recuerdos, que enlazan cada una de nuestras relaciones y forman lo que conocemos como linaje. El linaje está formado de ADN, de genes, pero también de actitudes y costumbres que pasan a través de los enlaces que nuestro cerebro y nuestro espíritu se encargan de encastrar. Hay algunas cosas que no conocemos conscientemente y solo entrando en un estado superior logramos acceder. Su padre no sabe cómo hacerlo, por supuesto, entonces, yo entré en él y pude dar con quien impartió la maldición. Lamentablemente, no pude saber sus razones para hacerlo; no llegué a tanto.

No supe qué decir ante eso, simplemente no estaba listo para decir nada. Mi padre habló, pero solo para volver a lo más terrenal.

—¿Quién es la persona a la que tenemos que acudir?

—La bruja que maldijo a Benjamin era una mujer de color, una esclava o criada según pude ver. Se llamaba Domita Kune y, por fortuna, tiene descendientes lejanas. Generalmente, las brujas transmiten sus conocimientos a las generaciones posteriores porque esos dones vienen también heredados. Mi abuela, quien los atendió hoy en la puerta, me transmitió todo lo que sabe, pero yo ya tenía un don para aprender. Ella solo me guio. Con Domita ha sucedido lo mismo y, probablemente, tengan a alguna de sus descendientes más cerca de lo que creen. Al fin y al cabo, los que nacemos en St. Philippe no pasamos de aquí o de La Rosa, ¿verdad?

Había escuchado el apellido Kune en algún lugar. St. Philippe era un pueblo chico, pero no tan chico como para que todos los habitantes nos conociéramos por los nombres.

—Las Kune se han dedicado al oficio desde siempre. Y quizás ustedes no conozcan su nombre o su cara, pero yo sí. Entre nosotras nos conocemos entre todas. Hay dos Kune a las que conozco bien, y debo decir que no son de fiar. Ellas hacen lo que sea por un buen dinero.

—¿Usted no? —dije, mirándola directo a los ojos.

—No. Yo no echaría una maldición sobre nadie, ni aunque me pagaran mi peso en oro. No soy cruel. Yo hago el bien, no el mal. Y tampoco soy tan tonta como para pasar una maldición a mi familia. —Hizo una pausa—. No importa si Domita ha tenido hijas o no, si ha tenido una prima que ha tenido una hija, la maldición se transmite también por ese lazo indirecto.

—Disculpe si la ofendí. No estoy familiarizado con estas cosas, como bien dijo antes.

Me sentía un estúpido.

—Descuide. Esto para mí es un trabajo y cobro por ello. Pero también uno debe tener el alma limpia y libre de pesos que terminan saliendo muy caros, por más de que, en su momento, hayan estado muy bien pagos.

Sophia tomó su teléfono y lo revisó por unos segundos.

—Aquí está. Las Kune que conozco viven en La Rosa. Estuvieron mucho tiempo en St. Philippe, pero intuyo que algo las habrá impulsado a abandonarlo. Sus nombres son Annette y Vivianne, son madre e hija.

Anoté la dirección que me dictó Sophia.

—Señores, les dejo una advertencia. Esas mujeres van a pedirles mucho dinero a cambio. No son de fiar y suelen jugar con la necesidad de las personas. Solamente ellas pueden, quizá, quitar la maldición que ustedes tienen encima, y se van a aprovechar de ello. Tengan cuidado.

Sophia pareció dar por terminada la consulta. Pero a mí me faltaba algo, sentía que la dirección de las Kune no era suficiente. Tenía que llevarme algo más.

—Antes de irme quisiera… —dije, y no supe cómo continuar—. Yo quisiera contarle lo que pasa cuando un muerto vuelve.

El rostro de Sophia se tornó sombrío por un momento, pero luego sonrió como sonríen los médicos cuando vas con un síntoma que te parece totalmente fuera de lo normal y te termina dando tranquilidad porque sabe cómo tratar el tema.

—Por supuesto, adelante.

—Bien, eh… los veo con ojos blancos, a veces atraviesan las paredes… se ven frágiles, podridos, su carne no es la misma que la de un vivo y… —Hacía reiteradas pausas, me sentía extraño e incómodo—. *Saben.* Saben cosas que nadie más que yo debería saber.

Apoyé los codos en el escritorio, me agarré la cabeza y tomé aire.

—Hijo, ¿crees necesario hacer esto? —Mi padre me puso una mano en el hombro.

—Sí, viejo, está bien. Necesito saber que no estoy totalmente loco.

—Señor Davis, no lo está —dijo Sophia en un tono maternal—. Entiendo que se sienta confundido, pero sepa que hay muchas cosas que no tienen explicación lógica ni científica. La gente no sabe vivir con eso. Estas cosas, me refiero a mi trabajo, son negadas constantemente, pero suceden. Suceden mucho más de lo que parece. Y no es un juego. Por eso, es bueno que usted me cuente cómo se presentan estas entidades.

—Gracias, le agradezco mucho. —Le sonreí y me di cuenta de que mi mirada era triste.

—Continúe, por favor.

—Ellos vienen en cualquier momento, en cualquier lugar en donde yo esté. Como le decía, parecen estar hechos de carne podrida y piel escamada, pero, a veces, cuando me… *castigan* por algo que no cumplí… se vuelven fuertes. Me piden cosas que debo cumplir, y si no lo hago, hay consecuencias. No puedo hacer como si no existieran, ¿entiende? Son capaces de inmovilizarme, de dejarme sin fuerzas ni capacidad de movimiento. Pero hay más cosas que me confunden: cuando secuestraron a mi sobrino, pensé que él no podía verlos pero luego… me di cuenta de que sí. —Sophia amagó a preguntarme algo, pero la atajé antes—. No me pregunte cómo, pero sé que los ha visto. En cambio, mi padre no puede verlos. Solo puede ver... los restos que dejan cuando vienen.

—Entiendo. Señor Davis, lo que sucede es que usted está recibiendo las visitas de almas a las cuales usted mismo sacó de su descanso. Ellas toman el cuerpo que les había pertenecido y lo *reacondicionan* hasta donde pueden. Esto no es física, nada racional puede explicarlo y debe aprender a convivir con eso y aceptarlo. No se trata de muertos que *reviven.* Ellos siguen muertos, solo que su alma toma el cuerpo que habían tenido en vida y lo utilizan para acudir a usted. Si me pregunta la razón por la cual hacen eso y no otra cosa, puedo decirle que se trata de la maldición que pesa sobre usted. En general, cuando un alma está perdida, no toma cuerpos, sino que vaga sin materia. En su caso, se trata de cadáveres que se levantan movidos por el alma que tenían antaño.

—¿Cómo zombis? ¿Estoy siendo atacado por zombis? —Esperaba que Sophia me respondiera negativamente, por mi propio bien.

—No, no son zombis. Y sé que usted está imaginando algo relacionado con películas y mitos populares, pero un zombi no tiene nada que ver con esto. Un zombi es solo una cáscara vacía que se mueve por la orden de un hechicero y solo obedece a eso. Es una marioneta. Los muertos que lo visitan a usted se mueven por voluntad propia, toman *decisiones*, piensan por voluntad propia, llamados cuando usted restaura algo que les perteneció. ¿Comprende la diferencia?

Estaba claro como el agua.

—Comprendo. Y además deduzco que no me puede ayudar a repelerlos. Quiero decir, ellos acuden a mi llamado, no son como cualquier otra... ¿entidad, se dice? —Sophia asintió—. No son como cualquier otra entidad que anda vagando y a la que se puede repeler con algún ¿objeto? ¿Conjuro? Perdón si me equivoco con los términos...

—Está bien, no se preocupe. El punto es que no, no puedo darle ninguna receta prefabricada para su caso, porque todo parte de una maldición. Y una maldición es uno a uno. Es algo personal, es un vínculo. Y puede estar llena de particularidades. Es tarea del maldito buscar los puntos débiles de su enemigo. Lo que yo puedo decirle es que, no importa la forma en la que un fallecido visita este mundo, siempre sufren porque este no es su lugar. Y no descansan en paz. El sufrimiento los hace sentir perdidos. Pueden quedarse vagando por siempre aquí o pueden tomar a alguien para obtener energía. En su caso, la energía de esos cadáveres proviene de usted cuando cumple con sus pedidos, de lo contrario, hay un castigo.

—¿Y cuál es la razón por la cual mi padre no puede verlos y mi sobrino sí?

—Usted supone que su sobrino puede verlos, para empezar. Por otro lado, ¿qué edad tiene su sobrino?

—Wayne tiene dos años.

—Ese es un punto —dijo Sophia con tono triunfante—. Los niños perciben muchas más cosas que un adulto porque están más limpios, su alma está completamente abierta y no tienen juicios preestablecidos sobre nada. También puede suceder que los muertos se dejen ver con el niño. Ellos eligen quién puede verlos y quién no, es una capacidad que tienen. Pero me inclino por la primera opción, no creo que el niño ni nadie más que usted los pueda ver. Ellos vienen porque usted los atrae, son *sus* muertos, señor Davis.

Me recliné en la silla y suspiré largamente. Nada había salido bien, solo teníamos una dirección y ninguna garantía.

—El consejo que puedo darle —continuó— es que negocie. Ellos le pedirán cosas, cualquier cosa, pero usted puede negociar los tiempos. Estire el tiempo lo más que pueda, pero nunca, y se lo repito, nunca les prometa que cumplirá. Evite expresarse verbalmente con ellos. No los ignore, porque puede tener consecuencias, pero hable lo menos posible. Y, nuevamente, negocie.

Mierda. Estaba totalmente confundido y con más preguntas que antes. Pero estaba cansado y quería irme. Ahora fui yo quien dio por terminada la cita.

—Le agradezco mucho por su ayuda, Sophia. Tomaré los consejos y trataré de ponerlos en práctica cuando… aparezcan —dije, apesadumbrado.

—Espero de corazón que mi aporte sirva. Les deseo lo mejor para el futuro, señores, y cuenten conmigo para cualquier ayuda que puedan necesitar. Y, les reitero, anden con cuidado.

Capítulo 27

Horror en la capilla del cementerio de los Wright

—¿QUÉ HACES? —dijo mi padre cuando pasé de largo por su casa con la camioneta.

—Vamos a la mansión. Necesitamos recuperar a Wayne y para eso es preciso sacar a todos los hombres del parque de juegos.

Tenía la vista fija en el frente y no importaba lo que dijera mi padre, iríamos allí. Lo débil y cansado que estaba había quedado en segundo plano, ahora estaba muy alterado. Había estado esperando toda la mañana que terminara la sesión con Sophia para ir por mi sobrino.

—Al final del día llamaré a las Kune y haré una cita con ellas. Me importa un carajo lo que cobren o lo que haya que hacer para terminar con esto. Se metieron con Wayne y hasta aquí llegaron.

—Mierda —fue lo único que el viejo comentó, pero no puso más objeciones.

A mitad de camino, el viejo me hizo parar en una gasolinera para comprar algo de comer. Me dijo que tenía hambre, pero lo hacía para obligarme a comer. Yo no tenía hambre y en lo único que pensaba era en el tiempo que perdía. Mientras nosotros comíamos nuestras hamburguesas dentro de la camioneta al costado de la ruta, Wayne seguía en manos de los Wright, quizá sufriendo o quizá dormido, pero lejos de sus padres y de su pequeño mundo.

Me atormentaba la idea de que el pequeño tuviera recuerdos de todo lo que estaba pasando, que en el futuro todo eso que había vivido se quedara en su mente grabado a fuego y le trajera problemas. Pero lo que más temía era que muriera, no podía soportar siquiera imaginarlo. También estaba la posibilidad de que volviera distinto, cambiado, que le hubieran hecho algo para que ya no fuera el mismo. Lamentablemente, solo el tiempo lo diría.

A medida que avanzaba en el camino me ponía más nervioso por llegar y la furia me salía por los poros. Mi padre no ayudaba.

—¿Cómo harás para convencer a los Wright de sacar a todos esos hombres de allí? —dijo.

—¿Cuáles Wright? ¿Los muertos o los vivos? —vociferé—. Mira, viejo, no me importa lo que puedan decir Trevor o Kate al respecto. ¿Es que no lo entiendes? ¡Tienen a tu nieto de dos años prisionero en un cementerio! ¿O es que no me crees? Dímelo ahora, viejo, porque...

—¡Te creo, Tanner! ¡Te creo! Pero... es que yo lo vi tan real. Era él, era Wayne...

—¡No era Wayne, carajo!

—¡Lo sé! ¡Bien, ya no diré nada! —farfulló algo más entre dientes, aunque no logré entenderlo.

El calor era intenso, pero el cielo despejado con el que nos habíamos encontrado a primera hora se estaba tiñendo de gris y unas gotas comenzaron a caer cuando estábamos por llegar a la mansión.

Mi padre me acompañó en todo el trayecto hasta el parque y, para cuando estábamos cerca de los juegos, la lluvia ya era bastante fuerte. Los hombres que trabajaban en el parque estaban retirándose al interior de la mansión al no poder seguir trabajando, pero los intercepté antes de que entraran.

—Muchachos, necesito hablar con ustedes un momento. —Nos refugiamos bajo el alero de uno de los ventanales—. Por cuestiones del proyecto, deberán suspender los trabajos en el parque.

—Bien, ¿dónde nos asignarás? —respondió uno de ellos.

—Todos los demás trabajos están cubiertos, pero igualmente recibirán su paga, no se preocupen por eso. Lo que les pido es que no vengan al parque, ¿de acuerdo?

Los muchachos me miraban curiosos. Como les había aclarado de antemano que sus días estarían pagos, no habían puesto objeciones, pero de todas formas estaban sorprendidos.

—De acuerdo —dijeron, y se marcharon apresurados bajo la lluvia.

No había salido tan mal. Luego me ocuparía de inventar algo para decirles a Trevor y a Kate.

Si bien dentro de la mansión había gente trabajando en cuestiones edilicias, nadie se acercaba al parque si no era estrictamente necesario. Me acerqué al tráiler donde los muchachos guardaban las herramientas de trabajo, tomé una lija cualquiera y comencé a pasarla por el asiento de madera de un columpio. Una y otra vez. Cada vez más fuerte. Cada vez más rápido. Toda mi furia estaba siendo descargada sobre esa madera. Mi padre me miraba, unos metros alejado, pero no se animaba a decir nada. Estaba empapado, pero no me importaba. Nada importaba más que atraer a los muertos para que me devolvieran a mi sobrino.

—¡Aquí estoy, malditos hijos de puta! ¡Salgan ya! ¡Ya les dije a los muchachos que se largaran y comencé a restaurar yo mismo este parque de mierda! ¿No lo ven? ¡Salgan! ¡Salgan!

Gritaba. Lijaba. Miraba hacia el cementerio. Ya casi no quedaba nada de la pintura en la madera del columpio.

Momentos después, divisé con dificultad cuatro figuras a lo lejos. Habían emergido entre los cipreses que delimitaban el pequeño cementerio familiar, pero no habían avanzado más allá. A pesar de la cortina de agua que no me dejaba ver bien, pude distinguir claramente los cuatro pares de ojos blancos que me miraban sin parpadear.

Miré a mi padre, era obvio que él no estaba viendo lo mismo. Me acerqué a ellos casi corriendo, resbalándome por el agua que no dejaba de caer. A pesar de los truenos ensordecedores que se repetían cada pocos minutos y del ruido del agua cayendo, pude escuchar claramente la voz de Theodore Wright.

—Venga con nosotros, señor Davis —dijo, extendiendo una mano en señal de invitación.

—¿Dónde tienen a Wayne? Tráigamelo, ahora. No me iré de aquí sin mi sobrino.

—Su sobrino está a salvo, pero dormido. Si usted no lo despierta, no podrá llevárselo. —El hombre hablaba bajo, pero su voz sonaba clara y limpia.

—¡No sé de qué me hablas, pedazo de hijo de puta! ¿Qué es eso de que Wayne está dormido y yo tengo que despertarlo? ¡Habla ya!

Las niñas se cubrieron los oídos con las manos cuando escucharon el insulto hacia su padre. Luego, la pequeña Mary Ann habló.

—Lo que dice mi papá es que el corazón de Wayne está duro y frío. Han pasado algunos días, señor Davis, y solo alguien con un vínculo muy cercano podrá traerlo de vuelta. —La voz de la pequeña también sonaba clara—. Debemos apurarnos, señor Davis, no queda mucho tiempo.

Mary Ann caminó unos pasos hacia mí y me tomó de la mano. Su tacto me erizó los pelos de la nuca. Era una manito fría y reseca; podía sentir las escamas a punto de desprenderse. Anteriormente había tenido la desdicha de tocar a la niña cuando se me había colgado del cuello en mi habitación para *jugar* conmigo, pero ahora su cuerpo estaba húmedo por la lluvia y su mano estaba asquerosamente resbalosa. Esperaba que, al menos, no me quedaran restos de piel adheridos a mi propia mano.

Caminamos entre algunos árboles y llegamos hasta las tumbas. Detrás, había una capilla y hacia allí nos dirigimos. La lluvia no dejaba de caer, yo ya estaba hecho uno con mi ropa y comenzaba a tener frío. Cuando entramos a la pequeña capilla, me estremecí otra vez. Hacía frío y había un olor a humedad muy intenso. Mary Ann me soltó y se reunió con sus padres y su hermana. Se frenaron a mitad de camino del pasillo, entre los largos asientos de madera. Allí todo era polvo y humedad. Los truenos resonaban más fuerte y las gotas de lluvia sobre el techo parecían golpes de martillo. En el altar, descascarado por el tiempo, descansaba el cuerpo de Wayne tapado con una sábana sucia.

Cuando lo vi, corrí hacia él sin volver la cabeza hacia los Wright, que esperaban en silencio. En ese momento sentí su maldad mucho más que antes. Habían mantenido a mi sobrino allí, por días, sin inmutarse y haciéndole vaya uno a saber qué cosas para mantenerlo vivo pero con el corazón duro y frío, como me había dicho la niña.

"No queda mucho tiempo".

Me acerqué a Wayne y, antes de levantarlo, lo miré. Quería saber si su cuerpo era el mismo y si estaba bien, al menos en apariencia. Parecía ser que todo estaba en orden, pero estaba muy frío. Helado. Sus ojitos estaban cerrados, pero parecía descansar con tranquilidad, aunque no sabía a ciencia cierta por lo que estaba pasando. No podía saber si lo habían torturado, lastimado, invadido su mente con imágenes horribles o si habían jugado con él esas dos niñas muertas, corrompidas y putrefactas.

Finalmente, me animé a tomarlo en mis brazos para llevármelo. No reaccionaba.

—Wayne, bebé, estoy aquí. Todo está bien, ya no temas, pequeño. El tío Tanner te llevará a casa, con papá y mamá, ¿sí? —Ya no podía contener el llanto que venía conteniendo desde que lo había visto—. Vamos, chiquito, despierta. Vuelve conmigo, amiguito, por favor. Te lo ruego...

Mary Ann se había acercado y me sobresalté cuando me habló.

—Siga así, señor Davis, lo está haciendo bien.

No presté atención a la niña, solo quería que Wayne despertara. Continué hablándole suavemente, pero no fue hasta que apoyé al pequeño sobre mi pecho que comenzó a moverse. Lo acunaba en silencio y cubría su cabecita con mi mano. Poco a poco, Wayne movió sus brazos y me agarró del cuello. Luego apartó su cabeza de mi pecho y me miró. Allí estaba, era él.

—Aquí estás, amigo. Quédate tranquilo, todo está bien, ¿sí? Vamos a casa. ¿Tienes hambre? —Las lágrimas no paraban de correr por mi cara.

—¡Tío! ¡Tío! —Wayne sonreía y me agarraba del pelo, como solía hacer.

—¡Sí, campeón! ¡Aquí estoy!

El pequeño intentaba girar su cabeza y mirar hacia los Wright, pero yo seguía hablándole para distraerlo y que no se encontrara con esos monstruos que, intuía, podía ver. A pesar de mis esfuerzos,

Wayne se revolvió un poco y miró hacia la puerta de la capilla. Los Wright sonreían, pero estaban mudos. Mary Ann seguía a mi lado.

—No le hemos hecho mal al niño. —La niña puso una expresión forzada de culpa. Pero no estaba arrepentida—. El mal se lo hemos hecho a usted.

—No lo dudo, zorra. Ahora quítate, ya me has jodido bastante tú y tu familia.

Sin voltear, caminé hacia la salida con Wayne en brazos, que reía y no dejaba de estrujarme el pelo. Theodore se paró frente a mí, cortándome el paso. Sus ojos blancos y su olor a podrido me atravesaron el pecho.

—Espero que esto le haya servido de lección —me advirtió con tono severo—. El parque debe ser de mis niñas y solo usted debe restaurarlo.

—Sabe que estuve en el hospital. Sabe que no fue intencional dejar que esos hombres se pusieran a trabajar en el parque de *sus niñas*. Sin embargo, en ese tiempo usted secuestró a mi sobrino, lo tuvo prisionero aquí y no quiero saber las cosas que le ha hecho para...

—¡No le hemos hecho nada! —gritó. Luego, bajó el tono otra vez—. Solo ha sido una advertencia, señor Davis. Si vuelve a incumplir uno de nuestros pedidos... realmente sabrá lo que es que le hagamos algo a su familia. Ahora, váyase. Le recomiendo que lleve al niño con sus padres cuanto antes. Los hemos puesto en un estado de sopor para darle tiempo de dejar al pequeño en su casa, pero apresúrese. No creo que dure mucho más.

—¿Estado de sopor? ¿Qué carajo les ha hecho a mi hermano y a su esposa?

—El tiempo y el espacio se han puesto en pausa para ellos, así usted puede llevar a su sobrino con comodidad. No se darán cuenta de nada. El niño cambiado ya está de vuelta en donde pertenece. Vaya tranquilo.

"Vaya tranquilo".

—¿Ese niño muerto y vuelto a la vida reemplazando a Wayne ya no está en casa de Lee? Bien, ¿se supone que debo darle las gracias? —le espeté con ira.

Sin volver la cabeza, caminé hacia la puerta de la capilla. Ninguno de los Wright me siguió. Salí con el pequeño en brazos y la tormenta continuaba, aunque no tan fuerte. Atravesé las tumbas, caminé en dirección a la pared de cipreses que delimitaba el cementerio y me frené allí. Traté de guarecer a Wayne de la lluvia entre dos árboles y corroboré que estaba bien. El pequeño estaba molesto por el clima, pero más allá de eso se encontraba en buenas condiciones. Continué mi camino hacia el parque y vi a mi padre que se acercaba corriendo.

A medida que se acercaba, corría más rápido, La imagen para él no debió haber sido agradable: su hijo, empapado, llorando, sosteniendo a su único nieto cubierto solo con una sábana mugrienta y sin saber si estaba vivo o muerto.

—¡Hijo, no me dejaron entrar! ¡Los muy malditos no me dejaron entrar! —Cuando vio que tenía a Wayne en brazos, se desesperó—. Oh, Dios mío... Oh, Tanner... él está bien, ¿verdad?

—Sí, viejo, no te preocupes. Wayne está bien. Pero debemos llevarlo rápido a casa de Lee. No perdamos tiempo.

—Bien, vamos. ¿Estás seguro de que el pequeño está bien? —El viejo se paraba cada tanto para hacerme la misma pregunta. No lo culpaba.

—Sí, papá. Créeme, Wayne está bien.

Así, mojados y a las corridas, subimos a la camioneta y nos dirigimos hacia la casa de Lee. En el camino, el pequeño se durmió en mis brazos soñando, esperaba, con cualquier cosa que no fuera su estadía con los Wright. Quizá no los hubiera visto, quizá sí, pero esperaba que tampoco le quedaran recuerdos de aquello. Quien debía cargar con la culpa de que se lo llevaran y quien debía recordar para siempre la imagen de Wayne cabeza abajo atado a un columpio era yo y solo yo.

Capítulo 28

Todo está en paz en casa de Lee

HABÍA RECUPERADO la tranquilidad. No sé si alguna vez has pasado por la terrible situación de perder a alguien. No hablo de muerte; perder a alguien de esa forma es lo más fácil, créeme. Te cuesta superar la pérdida, por supuesto, pero tienes certezas. Muchas. Tienes la certeza de que no volverá, de que mientras tú vivas no lo verás más (bueno, al menos no de la manera que quisieras, mira a mis muertos, sino) y sabes que su cuerpo está enterrado en un lugar que conoces, en general, un cementerio. Tienes un lazo aún, tienes una tumba llena de flores, puedes ir y *hablarle*, como mucha gente hace, y hasta puedes dejar allí alguna de sus pertenencias. Mierda, para mí es inútil hacer esas cosas, pero respeto al que cree que ello lo acerca más a su ser querido. Mi punto es que tienes algo *terrenal* a lo que aferrarte que, quizá, te ayuda a superar esa pérdida.

Pero lo que había vivido con Wayne era todo lo contrario. Yo sabía que lo tenían los Wright, pero no sabía dónde exactamente ni qué le estaban haciendo. Sospechaba que lo habían mantenido cautivo en la capilla del cementerio familiar, detrás del parque de la mansión, pero no sabía a ciencia cierta si durante mi internación lo habrían llevado a otro lugar, no necesariamente saliendo de allí, ¿entiendes? Verás, los muertos que vuelven pueden hacer muchas cosas: caminar entre los vivos, por supuesto, atravesar paredes, ejercer una fuerza extrema sobre ti que no te permite reaccionar, trabar puertas y cualquier salida posible, hacerte crecer picos de pájaro como dientes y demás acciones *físicas* igualmente espantosas.

Lo anterior, lejos de ser lo peor que pueden hacer, no se compara con lo que pueden ocasionarle a tu mente. Por empezar, vuelven sabiendo cosas. La vieja Djambé sabía que mi madre había muerto, que yo había sido el único que la vio morir, y hasta conocía sus últimas palabras. Luego, Theodore me había revelado que mi padre pensaba volarse la cabeza cualquier día de esos. Eso yo no lo sabía hasta que Theodore me lo dijo, pero pude comprobarlo con mi padre cuando se lo pregunté. No creo que el viejo haya hablado de eso con nadie, así que era imposible que Theodore lo hubiese escuchado. No, tenía que haberlo *visto* en la mente de mi padre. Tenía que haberse metido dentro de sus pensamientos para encontrar semejante información, así como la vieja Djambé se había metido en mis recuerdos.

Sin ir más lejos, no solo la vieja Djambé me dijo algo privado. Diana (la muerta de los años veinte) también conocía mi entorno y mis movimientos. Me *observaba*, como los otros. Había ido al hospital y sabía que me habían crecido dientes de picos de pájaro. Me había dicho que era guapo como mi padre, la muy hija de puta. Seguro conocía a toda mi familia, a mis amigos, a Trevor, a Kate. Sabían todo.

Otra de las cosas que podían hacer los muertos cuando volvían era meterse dentro de otro cuerpo. Por ejemplo, cuando la anciana Djambé se había metido dentro del cuerpo de Claudia, aquella chica que había conocido en la muestra de motos clásicas. A pesar de estar dentro de otro cuerpo, yo veía a la vieja Djambé, no podía ver a Claudia. Eran los ojos, como siempre. Parecía ser que los ojos eran lo único realmente *vivo* que tenían aquellos seres. A través de ellos salía todo el mal, ni siquiera a través de sus palabras o sus movimientos. Si los miraba a los ojos podía verlos como realmente eran, sin velos. Por allí pasaba su alma podrida, podía sentirla y allí era donde el miedo atacaba y no me dejaba respirar. Jamás pude superar ese miedo, ni creo que pueda hacerlo.

No tengo dudas de que los muertos pueden hacer eso y mucho más cuando vuelven a caminar entre nosotros. Se habían llevado a

Wayne, con toda impunidad y eso, créeme, fue peor que una dentadura podrida de picos rotos de pájaros. Nunca sabré lo que pasó Wayne mientras estuvo con los Wright. Nunca sabré si estuvo solamente dormido en la capilla, si en ese tiempo tuvo frío, hambre, si lloró, si estuvo consciente y extrañó a sus papás o su camita o sus juguetes. No tenía manera de saber si le habían hecho daño, si le habían metido imágenes en la cabeza, si lo habían contaminado con su maldad, si le habían puesto recuerdos falsos en su mente, si se habían mostrado como eran ante él, o si habían tratado de matarlo y se habían arrepentido luego. Pero, en ese momento, me conformaba con tener al pequeño conmigo nuevamente y a salvo.

Cuando llegamos a la casa de mi hermano, ni siquiera tuvimos que forzar la puerta para entrar. En cuanto apoyé la mano en el picaporte, se abrió sola, como invitándonos a pasar. En cuanto crucé el umbral, con Wayne en brazos, me invadió la sensación que había tenido en el corredor de la casa de mi padre la primera vez que me visitó la vieja Djambé: opresión en el pecho y una terrible impresión de que todo iba a terminar muy mal. No le di la misma importancia que aquella vez porque ya sabía que eso se relacionaba con los muertos. No necesariamente con una visita, pero sí con cualquier cosa en la que estuvieran involucrados.

Era poco más de mediodía y la mesa de la sala estaba ocupada con dos platos de comida, una botella de bebida cola, una fuente con papas y varios aderezos dispersos. Tori y Lee estaban sentados, parecían charlar, pero jamás me enteré de qué hablaban porque estaban inmóviles, como una imagen congelada de un programa de televisión. Nada se movía en la casa. Parecía ser que ni corría aire. El ambiente era denso y se podía distinguir hasta las motas de polvo, fijas en un punto en el aire, que se veían en los reflejos de sol.

Nos miramos con mi padre, con un temor palpable, pero seguimos adelante. Miré al pequeño, todavía dormido, y le despejé el cabello de la frente. Su respiración era regular y en ningún momento se había sobresaltado. Toda la casa estaba igual, en suspensión, pausada. No sabía dónde estaría el niño muerto por el que había sido cambiado Wayne, así que me dirigí al cuarto del pequeño, escaleras arriba. Nuestros pasos resonaban amplificados, con eco, y se sentían con más fuerza a medida que subíamos. La puerta del cuarto de mi sobrino estaba entreabierta. Estuve unos segundos parado, dudando, temeroso de lo que me pudiera encontrar allí dentro.

Finalmente, respiré hondo y abrí la puerta. El cuarto estaba como siempre, no había nada extraño ni fuera de lugar. Y estaba igual de estático que el resto de las habitaciones. Con pánico miré hacia la camita de Wayne. Por fortuna estaba vacía. Las sábanas estaban desordenadas, como si se hubieran usado y no se hubieran vuelto a tocar. Le hice un gesto a mi padre para que revisara dentro. Todo estaba en orden cuando descorrió las sábanas. Mientras él estaba ocupado en revisar la cama, vi que el móvil con autitos que colgaba del techo también estaba frenado, como todo lo demás. Instintivamente, alcé una mano hacia uno de los autitos e intenté girarlo. Estaba frío y duro como una piedra. Retiré la mano como si el juguete me hubiera quemado y el escalofrío volvió a mi cuerpo como tantas veces había sucedido.

"Lo que dice mi papá es que el corazón de Wayne está duro y frío".

Todo estaba así. Como el corazón de Wayne antes de despertar, según palabras de Mary Ann. Sin pensar mucho más, deposité al pequeño en su cama, con sumo cuidado de no despertarlo. Lo tapé y dejé que siguiera durmiendo, esperando que para él solo fuera una siesta después de que mamá le hubiera dado de comer. Cuando estuvo de vuelta en su cama, el móvil comenzó a girar. Luego, una lámpara con forma de gatito se encendió, emitiendo una luz cálida y tenue. Parecía ser que todo estaba volviendo a la normalidad. Eso significaba que debíamos irnos lo antes posible.

Bajamos los escalones de dos en dos, casi corriendo. La televisión de la sala se encendió justo cuando estábamos por salir. Pegué un salto. Seguramente, Tori y mi hermano ya estarían de vuelta en la realidad, terminando su almuerzo. No nos quedamos para comprobarlo.

—Estás sudando como un cerdo, ven a casa y dúchate. Prepararé algo de comer mientras tanto —dijo mi padre, visiblemente nervioso, mientras conducía—. No puedo creer esto que está pasando, hijo. Iremos con las Kune, ¿verdad?

—Sí. Hoy mismo las llamaré, pero déjame en casa, viejo. Quiero descansar un poco. —Me puse tenso—. No sé cuánto más podré soportar esto. Me siento muy culpable por lo de Wayne, yo… ¿Qué hacía si Wayne moría, papá? Ahora mismo es algo que no puedo aguantar. No sé por lo que pasó, no sé lo que le han hecho. Me quiero morir, viejo, no aguanto más. Si yo muriera, todo acabaría, ¿verdad? Al menos nadie de ustedes seguirá sufriendo.

—¡No digas estupideces, carajo! ¡No vuelvas a repetirlo! —El viejo se alteró aún más—. Te lo digo en serio, Tanner. No repitas eso.

—¡Pero es la verdad! Si las Kune no nos pueden ayudar, ¿qué haremos? ¿Seguiremos padeciendo todo esto? Papá, no quiero perderte a ti ni a nadie.

—¿Qué dices? —Por un momento, sacó la vista del frente y me miró con el ceño fruncido.

—Es que no entiendes… los Wright te elegirán a ti como el próximo si yo no puedo cumplir con alguno de sus pedidos. Se van a vengar de mí contigo. Prefiero morir antes que hacerte pasar por lo que pasó Wayne, o por algo peor.

—Nada de eso sucederá, Tanner.

—¿Cómo lo sabes? —Era como un niño caprichoso, pero mi padre sabía que tenía razón.

—Solo lo sé. ¿Está bien?

No respondí. Pero la realidad era que si las Kune, que descendían de quien originalmente había maldecido a Benjamin Davis, no podían anular la maldición, nadie podría hacerlo. Y, bajo esas circunstancias, estaba pensando muy seriamente en pegarme un tiro en la cabeza si no nos podían ayudar. Rápido, sin más dolor. *Pum* y a la tumba.

Las ideas suicidas me rondaban en la cabeza hacía tiempo, pero en aquel momento se manifestaban con demasiada fuerza y lo estaba considerando. Nunca antes había pensado en quitarme la vida, pero estaba encerrado. Si no podía terminar con la maldición, viviría con los muertos toda mi vida y tendría que seguir trabajando para ellos, una y otra vez. No sabía si una vez cumplido un pedido, el muerto volvía por otros favores, pero no deseaba averiguarlo. La vieja Djambé no había vuelto luego de que le entregara el diario a

Tandell, pero no tenía certeza de que no me visitara otra vez para exigirme otra cosa. Los Wright, por su parte, aún estaban esperando que cumpliera con la restauración del parque, así que estaban en su momento cumbre para atormentarme. Al resto tampoco les había hecho caso cuando habían ido al hospital. Lejos estaban de dejarme en paz.

Mi padre me dejó en casa a regañadientes, después de mucha insistencia de mi parte. Si bien no estaba del todo equilibrado, tener a Wayne conmigo y dejarlo con sus padres me había tranquilizado un poco. De todas formas, envié un mensaje a mi hermano para ver qué me respondía. Todo parecía estar como antes de que el niño muerto reemplazara a Wayne. Lee me respondió que todo estaba bien y me preguntó si aún seguía en el hospital. Evidentemente, no recordaba nada de lo que había sucedido mientras el pequeño fue cambiado. No recordaba que habíamos ido con mi padre a su casa y que le habíamos dicho que mi salida del hospital nos había empujado hacia su casa para hacerles una breve visita. Por ende, para mi tranquilidad, tampoco recordaba que me había dado un puñetazo en la cara ni que su mujer estaba acurrucada en un rincón tratando de consolar a un niño muerto cuyo tío había intentado ahorcar.

Capítulo 29

Diana, solo Diana

UN POCO MÁS tranquilo, pude descansar un rato mientras esperaba la hora para buscar a Kate por su hotel y salir a cenar. Mientras bebía una cerveza antes de ducharme, aproveché para llamar a las brujas Kune y pedir una cita. Vivianne atendió el llamado al primer tono y noté una actitud soberbia y altanera. Solo pedí una cita a nombre de Tanner Davis y, como mi apellido es bastante común, no creí que tuviera sospechas de que yo era descendiente de alguien maldecido por una de las brujas de su familia. Su voz era la de alguien joven, así que deduje que Annette era su madre, según lo que me había indicado Sophia. La dirección que me dio para la cita correspondía a una zona boscosa de La Rosa llamada Leville, bastante despoblada según recordaba. No creía haber visto nunca una vivienda por allí. De todas formas, no me importaba donde quedaba el lugar, lo realmente importante era que Vivianne me había dado la cita con un mes de espera. ¿Un mes? No entendía cómo tenían tantos clientes. Yo no podía esperar tanto, pero su rigidez pudo más y no me quedó otra opción más que aceptar sus condiciones, entre las cuales figuraba el depósito bancario de una suma de dinero bastante jugosa, previo a la cita.

Con la cita arreglada, tenía un tema pendiente menos y entré al baño pensando si podría, finalmente, ponerle un corte a mis problemas y al hecho de vivir así para siempre. Me duché y me tomé un rato para que el agua me corriera por el cuerpo y relajarme un poco. Cuando salí, me sentía algo mejor. Crucé el pequeño corredor hasta mi habitación y cuando levanté la vista, Diana estaba parada en una esquina, con la misma ropa de los años veinte que tenía cuando me vio en el hospital. Las luces estaban apagadas y la tarde estaba cayendo, con lo cual la figura se veía solo entre sombras.

—Hola, guapo —me dijo—. Ven aquí, acércate.

Mierda, ahí vamos otra vez.

—¿Qué quieres? Vamos, habla. No estoy para jueguitos, mujer.

Una nueva irreverencia de mi parte derivó en un ataque de furia con ojos blancos brillando en la oscuridad. Caminó con dificultad hacia mí, lo más rápido que le dio el cuerpo. Me alejé un poco, pero saltó y se me colgó del cuello, como una amante desesperada. Puso las manos en mi cara con las palmas abiertas. Sentí un pegote asqueroso de su cuerpo contra el mío y cerré los ojos. Cuando volví a abrirlos, tenía enfrente una mujer hermosa, con una piel de porcelana y un perfume que te hacía no querer oler nada más que eso por el resto de tu vida. Era una Diana *viva*, bella y entera.

El cuarto era el mismo, yo era el mismo de hacía unos segundos atrás, desnudo y recién salido de la ducha, esperando la hora para buscar a Kate. La única diferencia era Diana. Intenté quitármela de encima tomándola por los brazos, y sentí la misma putrefacción que al tocar a cualquiera de los otros cadáveres. Me dio asco.

Diana me empujó hacia mi cama, pero me levanté de un salto. Tal como me había sucedido con Theodore, la mujer sacó fuerzas de alguna forma y me inmovilizó. Se me subió encima y me miró. Tenía unas facciones perfectas, los labios pintados de rojo y unos dientes blancos y alineados. Sus ojos eran azules y sensuales, entrecerrados todo el tiempo.

—Ya sé lo que quiero, señor Davis. Y lo estoy tomando ahora —dijo mientras se quitaba el vestido.

Mierda, si te digo lo que sentí en ese momento, me tomarás por un pervertido, pero así era. Quería acostarme con ella. Pero a la vez me provocaba rechazo y asco. Porque se veía como una muchacha hermosa, pero se sentía como un cadáver. Quería tocarla, meterle mano, besarla y hacerle de todo. Y también quería sacármela de encima, lanzarla contra la pared y que se deshiciera de una vez y para siempre.

De todas maneras, no pude hacer nada de eso porque Diana me lo impidió. Si yo movía un brazo, ella lo frenaba, sin más esfuerzo que una mirada. ¿De dónde mierda sacaba fuerzas si estaba muerta? Era un cuerpo muerto a punto de desintegrarse, sin embargo, allí estaba, fuerte como una tigresa, la muy puta.

Recordé a Theodore inmovilizándome en el parque de la mansión y comprendí que eran más poderosos de lo que pensaba, con o sin un cuerpo que los acompañara. Ellos tenían fuerzas cuando yo cumplía o cuando venían a pedirme lo que les correspondía. Solo se debilitaban cuando no obedecía, aunque claro, luego venía el castigo. Entre esos pensamientos, desesperado y tratando de zafarme, comprobé que se me había parado. Estaba horrorizado. Intenté sacarme de encima a la mujer, una vez más, pero ella ya estaba comenzando a cabalgar sobre mí.

Carajo, carajo.

No, no, por favor.

Sí, sigue.

Fue como meterlo en miga de pan mojada en agua. Se ve compacta, pero en cuanto la tocas, se deshace. Sentía que algo se adhería a mi miembro con cada movimiento rítmico de Diana. Mierda, estaba asqueado, pero a la vez excitado. No quería que dejara de moverse, quería terminar dentro de ella.

Cerdo asqueroso, eres el peor hijo de puta.

Sigue, nena, sigue.

Aléjate, puta de mierda, maldita cerda podrida.

No puedo más, no puedo más.

Un poco más, hermosa.

No sé si dije todas esas cosas o solo las pensé. Todo había terminado y, como una Cenicienta del submundo, Diana volvió a ser la misma. La *real*. En verdad, ella había sido todo el tiempo un manojo de podredumbre, solo que había manipulado mi mente para que la viera como en vida. Y me gustó. Me da mucho asco admitirlo, pero me gustó.

Yo también volví a ser el mismo, y ahora tenía fuerzas para hacerla a un lado y salir de la cama. La mujer se paró e intentó volver a colgarse de mi cuello. La empujé tan fuerte que cayó contra la pared y quedó de rodillas.

—¡Largo! ¡Largo ya! —le grité.

—Ya me voy, galán. —Se incorporó con dificultad—. Me voy feliz, ¿sabes? Sé que te ha encantado. Tengo pruebas y no lo puedes negar. Ese fue mi deseo, ser tu amante aunque fuera por un rato. Créeme que te ha salido muy barato.

Caminó unos pasos, se puso su vestido y se dirigió a la puerta.

—Adiós. No tengo dudas de que siempre te acordarás de mí, ¿eh? —Sonrió por última vez y atravesó la puerta.

No quise mirarme el cuerpo. Con sentir lo que tenía encima ya era bastante. Sonó mi teléfono, era Kate. Estaba retrasado y no me quedó más remedio que atenderla. Le dije que viniera a casa, luego le explicaría. Me metí a la ducha de nuevo y cerré los ojos. Estuve allí un rato muy largo, logré limpiar todo, pero la sensación de muerte sobre mí no se me fue en mucho, mucho tiempo.

Capítulo 30

Confesándome con ella, cerrando el círculo

—¿QUÉ TE HA PASADO? —me preguntó Kate, intrigada, mientras traía unas cervezas a la sala.

Mi cara reflejaba cansancio y desesperación. Estaba harto. No quería hablar de nada, pero a la vez quería desahogarme.

—Mira... no estoy bien, Kate.

—Lo sé. Sé que algo te pasa, me doy cuenta. Pero ¿qué es? ¿Te puedo ayudar con algo?

Kate era comprensiva y lógica; no se había ofendido en lo más mínimo por mi retraso. Cuando la atendí por teléfono, me escuchó mal y no dudó en ir a verme.

—Ojalá pudieras, nena. No puedes ayudarme. Nadie puede.

—¿Estás seguro? ¿Es por... esa maldición? —La miré, algo extrañado. No quería dar más información de la que ella podía absorber—. Quiero decir, ¿el pueblo habla mucho de ti? Entiendo que aquí son supersticiosos y eso puede destruir la imagen de una persona. Las habladurías y los chismes pueden destrozar a alguien.

Le di un sorbo a mi cerveza. Cuánta razón tenía Kate. A la gente de St. Philippe le encantaba hablar de los demás, sobre todo si estaba relacionado con algo tan macabro como una maldición. Fuera real o no. Esta lo era, y de allí la gravedad del asunto.

—No lo sé. La gente aquí es chismosa, siempre lo ha sido y estoy acostumbrado. Pero el trabajo ha mermado y la realidad es que el único proyecto que tengo ahora es el de ustedes.

—Qué mal, Tanner. Tengo razón cuando digo que la gente es una mierda. Somos pocos los que valemos la pena, ¿eh?

Lancé una carcajada.

—Si nosotros somos los que valemos la pena, este mundo está perdido —dije.

—¡Lo somos! ¿Qué duda cabe? Trabajamos, hacemos cosas para mejorar como personas, salimos adelante. Sin ir más lejos, me acabo de divorciar del idiota de Frank.

—¿De verdad? Es una buena noticia ¿no?

Intenté que se me viera contento por ella, pero dudo de haberlo logrado. El olor a muerto aún seguía impregnado en mi nariz y cada tanto miraba hacia los lados para ver si Diana había reaparecido.

—¡Pero claro que es una buena noticia! Ya no aguantaba más la situación. —Su rostro se volvió sombrío por un momento.

Lejos de la primera charla que habíamos tenido, en donde ella me había intentado sacar información sobre la maldición con fines que desconocía, ahora estábamos hablando sobre asuntos muy íntimos, como dos amigos. Finalmente, su marido se había ido de la casa (o más bien ella lo había invitado a retirarse) luego de que intentara tirarla por las escaleras, con lo cual se había librado de un presente lleno de golpes de puño y violencia verbal en el mejor de los casos. La policía había sacado al sujeto de la casa, borracho y lanzando patadas al aire, mientras Kate se recuperaba en una salita de primeros auxilios.

—Debiste haberme llamado, Kate. Podría haberte sucedido algo grave. Me hubiese encantado darle una lección a ese hijo de puta.

—No pasó nada, créeme, ya estoy bien. Solo fueron unos magullones. —Kate sonrió—. Pero gracias, de todas formas. En realidad… pensé en llamarte, pero no quise molestarte.

—Oye, tú puedes llamarme cuando quieras y para lo que quieras. No dudes jamás de eso. Cuentas conmigo siempre, tenlo presente.

—Gracias, Tanner. De verdad. —Me miró a los ojos y esbozó una sonrisa triste—. Es bueno contar contigo. Pero ¿sabes? Estoy mucho más tranquila ahora que ese monstruo no está en casa. Fue como si mi cabeza se hubiera reiniciado. Limpiado de mugre.

Justo había dicho una frase que me tocaba demasiado de cerca en ese momento. Limpiar mugre era lo que venía haciendo hacía varios meses. Mugre derivada de la misma muerte. Traté de sacar esas imágenes de mi cabeza y centrarme en ella.

Kate era una mujer decidida y con la fuerza suficiente para patearle el culo a un golpeador. Mientras me contaba aquello, no podía pensar qué pasaba por la cabeza de un hombre cuando golpeaba a una mujer, simplemente no lo podía entender. Yo no era lo que se decía un santo en cuestión de mujeres y casi rozaba el alcoholismo, pero jamás en mi puta vida se me hubiese ocurrido golpear a una mujer. Aunque, hacía solo un rato, había empujado contra una pared a Diana. Pero estaba muerta, carajo. No contaba. No sentía nada. No era nada.

Kate había logrado convencer a su primo Trevor de formar una sociedad y llevar ellos mismos adelante la explotación comercial de la mansión. Había logrado, además, convencer al resto de los nuevos Wright de que eso era mejor que dejar el negocio en manos de una empresa administradora.

—El idiota de Rob no quería que nosotros administráramos la mansión —dijo Kate, refiriéndose a otro de sus primos—. Para mí es una gran oportunidad, ¿sabes? Cuando me divorcie legalmente de Frank, me dará lo mismo que cumpla con su parte del acuerdo o no. Tendré mi propia forma de no depender nunca más de él y, además, es algo que me interesa como negocio.

—Es lo mejor que puedes hacer. De todas formas, será un cambio grande para ti.

—Sí, y lo asumo. Pero soy muy buena adaptándome a cosas nuevas y, además, todo sea por alejar de mi vida a ese energúmeno de Frank. Mi padre siempre me había advertido sobre él y jamás lo escuché.

—Uno se arrepiente de no haber escuchado a los padres cuando ya es muy tarde —dije, y recordé con amargura el día de mi cumpleaños. Parecía tan lejano ahora—. Pero así somos los seres humanos, ¿no? Debemos pasar por el proceso natural de experimentar y... caer cuando es necesario. Incluso si esas decisiones pudieran matarte.

Kate me miró extrañada mientras terminaba otra cerveza. No me sacaba los ojos de encima; esperaba una explicación porque sabía que por algo yo estaba diciendo aquello.

—Tanner, vamos. Hay algo que no me estás contando. Tal como tú me has dicho recién, estoy aquí para lo que necesites. Eres un buen tipo, creo que ya te lo dije. Por más de que el pueblo diga que estás endemoniado o lo que fuera.

—¿Lo has escuchado? —le pregunté, sin vueltas.

—Sí. Lo he escuchado varias veces, en un par de tiendas, entre el resto de los empleados de la mansión… pero, por mí, pueden irse a la mierda. Cuando la gente habla sin fundamentos, no tiene valor. —Hizo una pausa y yo aún no hablaba—. Vamos, cuéntame. Tienes cara de ahogado, hombre. Y puedes estar seguro de que no me asombraré de nada. Creo que son pocas las cosas que me harían levantar una ceja, créeme.

Allí fue cuando sentí la necesidad de contárselo todo. Y lo hice. Fue una charla amena y pude desahogarme con ella. Mi gente de confianza, como mi padre y mis amigos, sabían la realidad de la situación; y ahora sentía a Kate como alguien de confianza.

Para mi sorpresa, creyó en mí y en mi historia. O, al menos, eso me manifestó. Ella era una mujer de ciudad, nacida y criada en una gran ciudad, y la teoría indicaba que la mayoría de esa clase de persona no creía (o al menos le costaba creer) en fantasmas y muertos que volvían a caminar entre los vivos. Pero ella veía todo desde el lado de la sensatez y del exceso de sentido común; con la premisa de que no era quién para afirmar que algo que no podía ver no podía existir.

—Nunca me pasó algo así y nunca pensé que conocería a alguien que le hubiera sucedido —dijo—. En mi familia hubo un caso en el que jugaron con la tabla Ouija y un espíritu volvió. Yo, realmente, lo creía. ¿Por qué no creerlo? ¿Quién soy yo para tener la verdad absoluta?

—Pero es que te lo tomas tan… natural.

—No, no, espera. En este momento estoy asustada. Muy asustada. No me gusta ni un poco lo que me acabas de contar. Y me resulta muy fuerte que realmente te esté pasando esto. ¿Los muertos vuelven, Tanner? ¿Realmente vuelven?

—Sí. Realmente vuelven. Y estoy desesperado. No sé qué hacer, Kate. Por eso no te llamé, por eso me ves como me ves. No sé cómo salir de esto, no sé qué pensar. No sé si dejar todo así y que sea lo que tenga que ser...

—Tú no eres religioso, pero debes creer en algo. Si has visto muertos, tiene que existir alguna forma de... devolverlos a su lugar. No lo sé...

—¿Tú me estás hablando en serio? Digo, ¿estás tratando de buscarle una solución al asunto?

Ahora, no le creía a ella.

—¿Qué dices? ¿No quieres sacarte a tus muertos de encima? —Pareció ofenderse un poco.

—Sí, pero... ¿me crees y ya?

—¡Sí, te creo y ya! ¿Qué tantas vueltas le quieres dar al asunto? ¿Quieres que te diga que estás loco? Mira, si me lo contaste es porque confiabas en que te creería. ¿O te arriesgabas a perder el proyecto?

—¿Qué? —No entendía—. La verdad es que ni pienso en eso ahora...

—Bien, pero al decirme todo esto, te arriesgabas a que me largara de aquí, fuera a buscar a Trevor y le dijera que eres un loco de mierda.

—Ya, entiendo el punto. No, no lo pensé. Solo... me salió contarte todo.

—Mira, no sé los detalles de todo lo que te pasó, pero no es bueno. No te conozco hace tanto tiempo, pero unos meses me bastan para decir que eres otro tipo. No sé cómo ayudarte, pero tienes mi apoyo.

Sentía que un círculo se había cerrado. Tenía el apoyo que necesitaba. En realidad, no sabía que estaba tan necesitado de un apoyo hasta que terminé de relatarle todo, ahora sí, con detalles. Sabía que podía contar con mi padre, con mis amigos, y ahora con ella. Si bien ninguno podía hacer nada para revertir la maldición, el hecho de que supieran por lo que estaba pasando y me brindaran su apoyo con una palabra o un gesto, por más pequeño que fuera, a mí me daba fuerzas.

Estuvimos toda la noche juntos, y ella no dejó pasar un segundo sin hacerme reír. Hacía tiempo que no reía de aquella manera, casi ni lo recordaba. Y se sentía bien.

Capítulo 31

En el parque de juegos solo juegan los muertos

NO HABÍA TENIDO la oportunidad de contarle a mi padre todos los detalles de mi historia desde que había cumplido treinta. Tampoco había querido hacerlo. El viejo sabía la mayor parte, pero no todo. Lo mismo me sucedía con mis amigos. A ellos no les había contado ni la mitad. Pero a Kate le había contado hasta el más mínimo detalle de cada situación, de cada hecho y de cada visita de los muertos. Le había hablado, incluso, de mis sentimientos más hondos al respecto. Rápida, me dijo que no me preocupara, que ella se encargaría de decirle algo a su primo que sirviera de excusa para que yo pudiera ocuparme solo de seguir con la restauración del parque. Me sacaba un peso de encima porque aún no había delineado ninguna mentira para decirle a Trevor que justificara el hecho de haber quitado un grupo de hombres del parque y quedar únicamente yo a cargo. Era ilógico desde el punto de vista del proyecto; yo tardaría más que cinco hombres, por supuesto. Pero Kate se había hecho responsable de alejar a Trevor de allí para que no hiciera preguntas molestas. No sabía si ella se daba cuenta de la ayuda que me estaba brindando, pero para mí era una roca enorme que me quitaba de la espalda. Así, pude dirigirme tranquilo a la mansión y continuar con la restauración del parque.

Trabajé como una bestia en ese parque de juegos. Al punto de la obsesión. Me levantaba a las cinco de la mañana y me iba a la mansión. Solo paraba media hora para comer un sándwich y luego seguía hasta las seis de la tarde. Casi no hablaba con nadie porque me la pasaba en el exterior y no tenía oportunidad de cruzarme con la gente que trabajaba en el interior de la mansión. Únicamente los veía por la mañana cuando entraba y por la tarde cuando terminaba el día. Solo hablaba un poco más con Trevor, Kate o mi padre cuando les tocaba pasar por allí y aprovechaban para preguntarme cómo estaba y si necesitaba algo, sobre todo Kate y mi padre. Lo de mi padre llegaba al acoso, pero lo comprendía. No podía culparlo por preocuparse, porque tenía motivos. Vaya que los tenía. Luego, llegaba a casa exhausto y para lo único que me quedaban fuerzas era para dormir.

Un día, antes de acostarme, pasé por delante del espejo de mi cuarto y algo me llamó la atención. Aquella figura no era yo. Tuve que volver hacia atrás y mirarme de frente porque no me había reconocido. Por empezar, había perdido mucho peso. Aquel tipo grande y musculoso había desaparecido casi por completo con el correr de los meses. Mi cara estaba flaca y se me notaban los pómulos debajo de la barba. Había perdido volumen en brazos y piernas; la ropa me quedaba grande. No llegaba al punto de que las costillas asomaran, pero tampoco faltaba demasiado.

Los días previos a la visita a las Kune pasaron lento, pero me enfoqué completamente en la restauración del parque. Una tarde, tuve que volver a casa luego del almuerzo porque comencé a sentirme pésimo del estómago. Tenía náuseas y me dolía la cabeza. Sabía que me estaba esforzando demasiado; y no por la carga de trabajo, sino porque mi cuerpo no estaba bien. Estaba acostumbrado a trabajar muchas horas y, a veces, haciendo mucho esfuerzo físico, pero yo no era el mismo. Estaba débil y consumido, física y mentalmente. Con lo cual, me volví a casa y ya no retomé el trabajo aquel día. En cuanto toqué la almohada, me quedé dormido hasta el día siguiente.

Parecía ser que los Wright habían estado vigilándome sin que yo me diera cuenta porque, cuando volví al trabajo a la mañana siguiente, estaban los cuatro parados en un costado del parque, tomados de la mano; esperándome. Los miré fijo y en silencio, directo a sus ojos blancos. Me di la vuelta, comencé a trabajar y ninguno emitió sonido, pero allí permanecieron; de pie y estáticos todo el día hasta que me fui. La tarde que había estado en mi casa recuperándome había sido un alerta para ellos y no permitirían que los trabajos quedaran por la mitad. A partir de allí, se presentaron todos los días y me observaron trabajar desde las sombras, sin soltarse las manos.

Nunca les hablé mientras estuvieron allí, siguiendo el consejo que me había dado Sophia. No serviría de nada increparlos, solo haría que me retrasara y que perdiera el tiempo. Pero su presencia allí me ponía muy nervioso y me alteraba. Hasta que una tarde, cuando estaba me estaba preparando para irme a casa, Theodore me habló.

—Mis hijas quieren jugar. No pueden esperar tanto.

—Pues que jueguen. No veo el problema. La pintura de los columpios ya ha secado y el tobogán ya está listo. El resto de los juegos aún no lo termino —dije. Estaba cansado y encima tenía un cadáver cuestionándome mi trabajo. No sabía si reír o llorar.

—Bien, señor Davis. Así será. Pero recuerde: el parque siempre tiene que estar como nuevo.

No comprendí lo que me estaba diciendo Theodore hasta que volví al otro día y encontré los columpios llenos de piel y carne muertas. Incluso había un manojo de pelos rubios enredado en una de las cadenas. Las niñas habían estado jugando durante la noche y sus restos habían quedado allí. Y el parque siempre debía estar como nuevo. Malditos hijos de puta. Como todos los días, estaban allí parados y tiesos entre los arbustos. Las niñas me sonreían y me miraban con sus ojos blancos sin pestañear. Sus sonrisas eran solo una mueca.

Me puse a limpiar todo aquello para que los juegos volvieran a relucir, pero sabía lo que sucedería. Cuando comencé a refregar los asientos de madera, pude confirmar que las manchas no salían. La piel, la carne y los manojos de pelo estaban ya en una bolsa de basura, pero las manchas negras y mohosas habían quedado en los columpios, atravesando la pintura y tiñendo la madera.

—¡Esto nunca volverá a estar como nuevo! ¡Ustedes lo saben, carajo! —estallé.

Las niñas seguían sonriendo. Theodore y Sarah me observaban sin hablar.

—¡Hasta aquí llegaron sus jueguitos de mierda, pero ya no más! Si son carne y los puedo tocar, los romperé con mis propias manos, ya verán.

Sin pensar, me abalancé sobre Theodore. El tipo cayó al piso y comencé a golpearlo. Su cara de deshizo al tercer golpe y mi puño estaba lleno de carne podrida. No oponía resistencia. Solo dejé de golpearlo cuando comencé a agitarme. Miré al sujeto y su rostro era la nada misma. Solo quedaban intactos sus ojos blancos, sobresaliendo entre los tejidos expuestos. Quedé de rodillas sobre Theodore y levanté la vista hacia su mujer, quien permanecía de pie observando el espectáculo junto a las niñas.

—Señor Davis, no concentre sus esfuerzos en golpearnos —dijo Sarah, con una voz helada—. Lo que sucederá ahora es que Theodore se enterrará por unos días y su rostro volverá a ser el de antes. No es usted el encargado de mantenernos aquí, sino su maldición. No puede hacernos nada. ¿Lo entiende bien? Y ahora, por favor, continúe trabajando. Esas manchas no deben estar ahí. Remuévalas, ahora.

En ese momento, el sol del mediodía se ocultó y todo se oscureció como si fuera a llover. Solo los ojos de Sarah Wright se tornaron más brillantes mientras me miraban, destacándose sobre el resto de las cosas. Duró un segundo, pero bastó para que, incluso las niñas, se agarraran del vestido de su madre, temerosas de lo que pudiera suceder.

—Me voy a comer. Regreso en una hora —hablé al aire, pero luego les dirigí una mirada de odio a las tres mujeres—. Y ustedes, zorras, pueden irse al infierno y no volver.

Le envié un mensaje a Kate para preguntarle si quería almorzar y quedamos en vernos en el salón de su hotel. Mientras esperaba que bajara, observé el lugar. Nunca había estado ahí, y me sorprendió lo acogedor que era, a pesar de ser un hotel de pueblo.

Cuando Kate bajó, vestida con un pantalón de jean ajustado y una camiseta negra sencilla, me sentí tranquilo y sereno. Su cabello rubio estaba recogido en un rodete simple, sin demasiado cuidado, pero a ella le quedaba bien. Una vez sentados a la mesa, sin vueltas, le conté lo que había sucedido. Kate no podía creer que los muertos me vigilaran tan de cerca, pero había algo más que la preocupaba.

—¿Cómo harás para quitar esas manchas de allí, Tanner? Debes hacer que el parque quede como nuevo, ¿no te ha dicho eso Theodore?

—No lo sé; y tampoco sé qué sucederá si no logro quitarlas. ¿Te das cuenta de lo dañinos que son? Ellos saben que dejan restos, Kate. Me obligan a que haga algo imposible. Esas manchas quedan allí por siempre, nunca salen. Mi casa y la casa de mi padre están repletas de ellas.

—Dios mío, amigo, no sé cómo ayudarte en esto.

—Tú me estás ayudando mucho, ¿sabes? Me has dado una mano muy grande con tu primo Trevor y puedo trabajar tranquilo, sin que nadie me moleste o cuestione. Y además, pues, estás aquí cuando podrías estar pasando el tiempo con otra cosa. Y me agrada verte. —Hice una pausa—. No creo que nadie tenga demasiadas ganas de pasar tiempo conmigo, excepto mi padre. Y con mi padre no lo paso tan bien como contigo, por supuesto.

—¿Ah, sí? ¿Quieres explayarte un poco más? —Se movió un poco en su silla y se tocó el cabello.

—Mi padre no tiene esas tetas ni ese culo, por ejemplo. ¿A eso te referías? —dije sonriendo y la miré fijo.

—¡Por eso es que me gustas!¡Tu franqueza podría derrumbar una montaña! Oye, ¿vamos a tu casa? —respondió—. Tengo algo que puede hacerte sentir mejor. Te vendrá bien. Por lo menos estarás relajado antes de volver a la mansión. ¿Aceptas?

Si me iba con Kate, perdería más tiempo del que tenía pensado. Al carajo. No tenía demasiadas fuerzas para llevarme a la cama a nadie, pero aun así lo necesitaba. Sí, lo necesitaba mucho y ella me hacía bien. Debía reconocerlo de una vez.

Capítulo 32

Los hermanos Flint, una barra de metal y un martillo

TRABAJÉ EN EL parque de los Wright casi sin descanso, incluyendo sábados y domingos. Y todo el tiempo, los cuatro miembros de la familia me vigilaron. Luego del incidente con Theodore, trabajé aún más intensamente y sufrí las consecuencias de ello: perdí cabello, tenía la piel seca, me agitaba y me mareaba seguido. Pero el parque había quedado como nuevo. Excepto por las manchas en donde jugaban las niñas. Intenté borrarlas por todos los medios posibles, pero no se iban con ningún producto que aplicara.

—Bien, ya está —dije, a nadie en particular, al finalizar el último día de restauración. Observé los lamparones negros en los asientos de los columpios y en otros juegos—. Malditas manchas.

—Señor Davis, acérquese un momento, por favor —dijo Theodore, ubicado a unos pocos metros de mí—. Sabemos que esas manchas no se quitan. También sabemos el esfuerzo que ha hecho para que el parque quede como nuevo. No se preocupe por las manchas, no lo vamos a obligar a quitarlas si no puede. Pero comprenderá que los restos de... bueno, eso deberá limpiarlo cada vez que las niñas jueguen. Y recuerde que tampoco debe permitir que nadie más que ellas juegue aquí. ¿Está claro, señor Davis?

Theodore se me acercaba y el olor a cadáver se me hacía insoportable. Últimamente, lo estaba sintiendo más fuerte.

—¿Acaso tengo opción?

—Como siempre, señor Davis, usted elige.

No dije nada. Había resultado mucho mejor de lo que esperaba. Limpiar los restos de las niñas no era una tarea que me agradara, pero, comparado a lo que podían hacerme si no lo hacía, era pan comido. Respecto de la prohibición a otros niños (o adultos) para jugar allí, debía tener cuidado, pero no era un tema tan urgente porque aún faltaba bastante tiempo para la inauguración de la mansión, así que nadie iría allí hasta que eso sucediera.

El día anterior a la visita a las Kune, mi padre y yo cenamos en lo de mi hermano Lee. Estuve todo el rato jugando con Wayne y hasta permitió que lo acostara y le leyera un cuento. Era raro en el pequeño; esa tarea era pura y exclusivamente ejecutada por Lee. Todos se sorprendieron al ver al tío Tanner subir las escaleras con el niño en brazos, feliz de irse a dormir sin su padre. Cuando Wayne ya estaba en su cama y comencé a leerle el cuento, me percaté de que miraba y sonreía. Parecía extraño, pero nunca antes me había mirado de esa forma. Ni él, ni nadie. En los ojos del pequeño había sabiduría, conocimiento; era algo que iba más allá de un niño de dos años. No sé explicarlo mejor, créeme. Pero además, había amor. Sentía un amor infinito en esa mirada. Cuando terminé de leerle el cuento, me acerqué para darle un beso de buenas noches y me abrazó con fuerza. Cuando me soltó, se acomodó en su camita, lo tapé y se quedó dormido. Bajé y era otro tipo. Era como si me hubiesen inyectado optimismo y esperanza. Y había descubierto que una conexión distinta se había formado entre mi sobrino y yo. Es que solo él y yo sabíamos ciertas cosas. En ese momento me di cuenta de que el pequeño recordaba. Y, por algún motivo, me agradecía que estuviera allí.

Llegué a casa mucho más tranquilo, sabiendo que Wayne estaba a salvo. De todas formas, estaba agotado. No quería hacer otra cosa más que dormir. Cerré las ventanas del cuarto y dejé todo a oscuras. A veces, dormía con la luz encendida, como un niño temeroso de que algún monstruo lo fuera a visitar. Y sí, era por esa misma razón que no apagaba la luz. Pero aquel día no la aguantaba, solo quería oscuridad. Me quedé dormido en cuanto apoyé la cabeza en la almohada.

Desconozco cuánto dormí hasta que me despertó un fuerte dolor en los tobillos y en las muñecas. Abrí los ojos, pero en la oscuridad no pude distinguir nada. Sentí el característico olor a podrido. Y tomé conciencia de que el dolor en las extremidades provenía de unas manos que me los presionaban. Comencé a revolverme, pero no podía zafarme. Cada vez sentía los tobillos y las muñecas más presionados y adheridos al colchón. La lámpara de la mesa de noche se encendió sola. Y los vi. Cuatro de los hermanos Flint me sostenían y el mayor permanecía parado a un lado de la cama, con un martillo en una mano y una vara de hierro en la otra. Reconocí que el martillo era mío, uno de los que usaba regularmente.

Una vez más, los muertos venían a castigarme por no cumplir. De ninguna manera iba a asesinar al abuelo de Jake, tal como me habían pedido en el hospital. Pensé, no sin miedo, que debería aguantar lo que viniera. Pero nunca esperé lo que sucedería.

—No ha cumplido. Debí haberlo imaginado, señor Davis —dijo el muchacho, acercándose. Su aspecto de enfermo seguía intacto, pero ahora sus ojos blancos brillaban y tenía *algo* que lo hacía parecer fuerte y brutal—. Usted es muy irrespetuoso. No respeta las reglas ni las leyes de la vida o la muerte. Pero ahora pagará. Si nuestro hermano no puede venir con nosotros, usted lo hará. Pero antes, le dolerá mucho.

Sin decir nada más, el joven descargó el martillo en una rodilla. Luego en la otra. Grité con todas mis fuerzas, el dolor era algo indescriptible, me saltaron las lágrimas. Hubo más golpes en las rodillas. Uno, dos, cinco. Yo gritaba cada vez más con cada golpe, mientras sentía los huesos romperse. Gritaba tanto que me aterroricé ante el sonido de mis propios alaridos. Nunca había gritado así. Tampoco había experimentado semejante dolor.

Cuando mis rodillas estuvieron hechas polvo, el muchacho dejó el martillo en el suelo y tomó la vara de metal. Me golpeó el abdomen. Me golpeaba con violencia, pero con algunos segundos entre golpe y golpe. No eran seguidos como de loco. Eran golpes estudiados, y los disfrutaba. Cuatro, cinco, diez, veinte. Sentí un gusto metálico en la boca y comencé a escupir sangre. No podía mover más que la cabeza.

Luego, tomó la vara por el centro y me golpeó las costillas con el extremo. Una, dos, cinco veces. Ya no sabía cuánto había recibido. Tosí unas cuantas veces y estaba mareado. Los alaridos habían cesado. No tenía fuerzas para gritar.

En un momento dejó de golpearme y me miró. Sonreía, todo el tiempo. Hizo una seña a los muchachos que me tenían por las muñecas. Volvió a tomar el martillo.

—Ahora sabrá lo que es bueno —dijo.

Yo permanecía tendido boca arriba en la cama y lo escuchaba muy a lo lejos. Los dos hermanos que me sostenían por los brazos apoyaron mis manos en la pared, con las palmas hacia fuera. El mayor estaba listo para descargar el martillo y romperlas. Pero un golpe que provenía desde el frente de la casa sobresaltó a todos. En pocos segundos, mi padre y mi hermano entraron en la habitación y se me tiraron encima. Me agarraron entre los dos y me incorporaron. Los hermanos Flint se hicieron a un lado, confundidos. El mayor había tirado al suelo el martillo. Yo ya podía moverme un poco, solo me lo impedían los golpes y el dolor, pero ellos ya no podían inmovilizarme.

Estaba por desvanecerme, pero antes de eso llegué a ver cómo los cinco muchachos atravesaban la pared de la habitación y se iban. Pude darme cuenta, además, de cómo mi hermano observaba con horror la pared que, ante sus ojos, era invadida de restos humanos que aparecían de la nada.

Capítulo 33

Annette y Vivianne Kune, las brujas malas del sur

LA OPERACIÓN FUE de urgencia y duró varias horas. Tuvieron que unir tendones cortados y reconstruirme las dos rodillas agregando titanio para remplazar los huesos astillados. Se habían hecho polvo, literalmente, y no había nada que soldar. Salí del hospital varios días después, en una silla de ruedas que debería usar por un tiempo.

Un tiempo. Yo no tenía *un tiempo.*

Según los médicos, me recuperaría, pero la rehabilitación llevaría varios meses. Estaba inhabilitado para caminar solo, correr, saltar, levantar peso y varias cosas más. Pasé una semana en casa de mi padre, a sus cuidados y a los de Kate, quien se portó muy bien conmigo. Mis amigos también iban seguido a visitarme y yo no tenía nada qué hacer más que mirar la tele, navegar por Internet o dormir. Y reflexionar.

No dejaba de pensar en que, si mi padre no hubiera estado allí junto con Lee, yo estaría muerto. No había sido casualidad. El viejo había estado enviándome mensajes para ver cómo estaba y yo no respondía porque estaba profundamente dormido. Luego comenzó a llamarme y, al ver que no contestaba, no lo dudó y fue a casa con Lee, quien estaba al tanto de todo (mi padre había querido contárselo), pero sin los detalles macabros del asunto.

Faltaba poco para la visita a las Kune, y yo me iba poniendo nervioso a medida que se acercaba el momento. Un día, harto de estar sentado, me levanté de la silla de ruedas con cuidado. Los médicos me decían que solo podía levantarme cuando iba a las sesiones de rehabilitación o para bañarme y hacer mis necesidades, pero yo ya estaba muerto por dentro. A la mierda.

Me costaba caminar y debía agarrarme de algo, lo que fuera, para tener apoyo y poder dar pasos. No hice caso a los médicos y empecé a caminar por mi cuenta, antes de lo indicado. De todas formas, sentía que no tenía la misma fuerza en las piernas que antes. Le insistí a mi padre para que me llevara a casa y me dejara instalado allí, y tuve una discusión fuerte porque no quería dejarme bajo ningún motivo. El viejo tenía miedo, y lo entendía, yo también estaba aterrorizado, pero sentía que debía salir de su casa y continuar por mi cuenta.

Finalmente, Kate se comprometió a quedarse conmigo y el viejo me visitaba todos los días. Los médicos no tenían idea de que yo caminaba por mi cuenta, y de a poco fui ganando algo de fuerza, aunque faltaba mucho por recorrer en la recuperación. Los dolores eran fuertes y vivía a calmantes, pero me sentía mejor no dependiendo de nadie.

El día de la visita a las Kune amaneció soleado y sin nubes en el cielo. Kate se había quedado en casa y cuando desperté no estaba en la cama. Escuché ruidos en la cocina y la encontré preparando el desayuno. Durante la noche me había preguntado si quería que me acompañara a lo de las Kune y se sorprendió al escuchar mi respuesta afirmativa. Si bien ella estaba cuidándome en algún punto, sabía que la maldición era un tema sensible para mí y quizá pensaba que quería ir solo. No lo sé, pero me sentía tan perdido que no solamente dejé que me acompañara mi padre, sino también Kate. No comprendía la razón, pero no me sentía invadido por ella.

Kate no permitió que yo condujera, así que subí del lado del acompañante con dificultad y bastante dolorido, pero aguanté. Cuando pasamos a buscar a mi padre, el viejo no podía dar crédito a lo que estaba viendo. No dijo nada, pero su cara al ver a Kate a mi lado en la camioneta fue suficiente. Sabía que Kate y yo teníamos algo, por supuesto, pero no creo que supiera sobre la confianza y el aprecio que yo le tenía como para que estuviera allí en aquel momento.

Creo que el viejo se esperanzó sobre mi relación con Kate, aunque no sé cuántas fichas le jugaba realmente al asunto. El viejo siempre me había reprochado el hecho de no tener una mujer al lado y que solo fueran una diversión para mí; sobre todo cuando cumplí treinta. Si yo dejaba mi trabajo y encima no tenía a nadie en mi vida, me quedaría totalmente solo. Era una posición bastante egoísta para mi gusto, pero el hombre tiende a pensar que la soledad es mala. De todas formas, en ese momento estaba tan roto que no sabía si la soledad era perjudicial o no; así que tanto la presencia de Kate como la de mi padre me hacían sentir mejor.

Éramos el primer turno, así que salimos bien temprano. Mi padre tampoco me dejó conducir, me dijo que me quitara esa idea de la cabeza y tomó el asiento del conductor sin decir más. Para las siete de la mañana, estábamos en plena ruta, internándonos en el camino hacia La Rosa. Se rumoreaba que las Kune eran muy efectivas en su trabajo y tenían mucha clientela, pero yo jamás había escuchado nada sobre ellas. Quizá era porque nunca creí en nada de eso, con lo cual no tenía relación con personas que sí creían y estaban metidas en el tema; tampoco escuchaba cuando alguna chica o alguna anciana del pueblo me hablaban de esas cosas. Así que, seguramente había oído sus nombres, pero no lo había retenido.

El camino fue largo y las palabras pocas. Mi padre y Kate hablaban sobre los trabajos en la mansión y la expectativa turística que tenían los Wright. Comprendía que querían sacarme de mi ensimismamiento, pero solo lograban hacerme recordar a los muertos que habitaban el cementerio familiar y que jugaban en el parque. Yo permanecía en silencio, con la cabeza en mi mundo lleno de cadáveres, maldiciones e ideas suicidas.

El camino se hizo cada vez más desierto luego de haber atravesado el centro de La Rosa. El GPS indicaba que debíamos desviarnos hacia la derecha y señalaba como destino un punto en medio de la nada. Al doblar, un pequeño camino de tierra llevaba hasta la entrada de un bosque de cipreses por el que había que seguir a pie hasta el lugar indicado.

En la entrada al bosque había varios autos estacionados. Seguramente, de los clientes de las Kune. Bajamos de la camioneta y nos metimos entre los árboles. Ahora entendía la razón por la cual no entraba ningún auto allí. Todo era árboles, hiedra y arbustos; era imposible transitar por ese lugar con ningún vehículo; al menos por esa entrada. Había un estrecho camino por el cual seguimos y, poco a poco, se fue divisando una casa a lo lejos. Al llegar, algunas personas esperaban ser atendidas frente a la puerta principal. Era una casa humilde, pero bastante grande y tenía aspecto de haber sido construida a los apurones; parecía una casa de paso, provisoria. Dentro de mi poca lucidez, me pregunté en qué tendrían invertido su dinero las Kune. No parecía ser en aquella casa.

Cuando la puerta se abrió, una mujer mestiza salió del interior. Aparentaba unos sesenta años, era rolliza y llevaba un vestido color turquesa. Estaba cubierta de collares, pulseras y aros; y cada paso que daba era un tintineo de joyas. Tenía en la cara una expresión de hastío y exasperación.

—¡Pasen todos al recibidor, por favor! ¡A partir de ahora abrimos las puertas! ¡Soy Annette Kune y les doy la bienvenida a nuestra casa! —gritó al aire, mirando entre las personas que esperaban—. ¡Tanner Davis, el primer turno, sígame por aquí!

Comencé a caminar entre la gente. Un terror me invadió de forma súbita y le tomé la mano a Kate. Cuando la mujer me vio, cambió su expresión de fastidio por una de repentino interés. Esbozó una media sonrisa y se me quedó mirando unos segundos. Me estudiaba; seguramente estaba viendo algo. Se frenó en seco y se acercó hacia nosotros. Habló en un susurro y un escalofrío me recorrió la espalda.

—Nunca pensé que los descendientes de Benjamin Davis tardaran tanto en venir. Pensaba que vendrían a ver a mi abuela, pero no sucedió. Luego, durante mi juventud, los esperé mucho tiempo y tampoco han venido —alzó la voz—. ¡Pero no nos quedemos en el pasado! Finalmente, el primer valiente ha llegado, ¿eh? ¿Hace cuánto que has cumplido los treinta?

La mujer, evidentemente, sabía todo.

—Hace algunos meses —dije, nervioso.

—No temas, muchachito —respondió, riendo entre dientes y burlándose de mí—. Haremos todo lo posible por quitarte la maldición que Domita Kune ha impuesto sobre tu antepasado Benjamin. Síganme por aquí.

Me alteraba que se tomara el asunto con tanta liviandad.

La casa estaba tan deteriorada por fuera como por dentro. Estaba poco iluminada, poco ventilada y la humedad se colaba por cada recoveco, volviendo los ambientes fríos por más sol que hubiera fuera. Subimos unas escaleras de madera que se caían a pedazos y crujían con cada paso. Atravesamos un pasillo lleno de cuadros de gente de color y mestiza, con diferentes ropas según pasaba la época. Supuse que eran los antepasados de las Kune y me pregunté si Domita estaría allí, mirándome desde el otro lado, atrapada en algún lienzo.

Llegamos a una habitación amplia que olía como a iglesia; a vela quemada mezclada con incienso. Se me revolvió el estómago. Había un escritorio viejo, un par de sillones y un mueble con libros y frascos. Recordé el despacho de Sophia Candette; era similar, pero este no me hacía sentir bien, en lo más mínimo.

—En unos minutos llegará mi hija Vivianne y empezaremos. Les adelanto que no me deberán contar nada, aquí se sabe todo. Las maldiciones pasan por la sangre, ¿saben? Y además, yo veo a través de las personas. Aquí no hay ningún objeto mágico ni pociones raras. Solo, sí, alguna que otra ayuda con un ritual, pero la mayor parte de todo nuestro poder está aquí y aquí —dijo, señalando primero su cabeza y luego su corazón. Se me hacía falsa y mentirosa—. ¡Aquí estás, querida Vivianne!

Una mujer mestiza que pasaba los treinta había entrado al cuarto. Al contrario de su madre, ella era esbelta y muy alta. Llevaba el cabello suelto y una especie de túnica verde que le marcaba la figura. No tenía joyas que la adornaran, al menos no en exceso, y su expresión era de altanería. Se sentó al lado de su madre, frente a nosotros.

—Ella no es una Davis, ¿verdad? —dijo, señalando a Kate—. No debería estar aquí.

—Viene acompañando al muchacho, querida. Él tiene miedo y no hay nada mejor que una mujer al lado de un hombre que teme, ¿no crees? —respondió su madre.

Eran dos mujeres repulsivas. Me causaban desconfianza y tenía ganas de irme de allí. Pero sabían, y eso era lo único que hacía que me quedara.

—Soy Vivianne —dijo, ignorando el comentario de su madre—. Intentaremos ayudarlos a deshacer la maldición que Domita impartió sobre Benjamin Davis y sus descendientes. Pero no les garantizamos ningún resultado. Esta es una de las maldiciones más antiguas de las Kune y, cuanto más antigua es, más difícil se torna deshacerla.

—Veo que tienen bastantes maldiciones en su haber. Sé de brujas que no imparten maldición alguna, que tienen ética, vamos —dijo mi padre, algo impaciente.

—¿Lo dice por Sophia Candette? —respondió Vivianne—. Esa mujer es una cobarde. De todas formas, le advierto algo, señor Davis: no se meta con temas que no conoce. No hable por hablar. Siga esa simple regla y estaremos más que bien, ¿de acuerdo?

Nadie dijo una palabra. Vivianne prosiguió la conversación en un tono arrogante y enigmático.

—Ahora, necesito que esta mujer se retire del cuarto. Es una interrupción en la línea de sangre. Aquí solo tiene que haber Davis y Kune.

Kate me apretó la mano antes de levantarse. Luego, le dio una palmada en el hombro a mi padre y salió en silencio. Desconocía la razón por la cual Kate no debía estar allí, pero ahora todo estaba listo para comenzar con el intento de deshacer la maldición. Había llegado la hora de la verdad.

Vivianne se levantó de su asiento y me indicó que me sentara en uno de los sillones. Lo mismo le indicó a mi padre. Luego, se sentó frente a mí y lo mismo hizo Annette con mi padre. Finalmente, me tomó de las manos y Annette, una vez más, replicó la acción con el viejo. Y lo vi todo.

Capítulo 34

El origen de todo

—ERES LA MUJER más bella que he conocido —dijo un hombre joven a una muchacha mucho más joven que él, de color—. Eres hermosa. Hacía tiempo que no pasaba un cumpleaños así. Nunca esperé llegar a los treinta años con una mujer como tú al lado.

Ambos estaban desnudos, tendidos en una cama con dosel. Parecía ser la habitación de una gran casona. Ella acariciaba el pecho del hombre, que tomaba su mano con aparente dulzura. Eran amantes desde que ella había ingresado como criada a la casa de los Davis, a los quince años. El señor la había comprado porque le había parecido atractiva y la vio muy joven. Su esposa ya era madre de dos niños y él necesitaba un cuerpo fresco e inocente con el que poder hacer lo que quisiera.

La primera noche que Domita pasó en la casa, fue seducida por su dueño y, a partir de allí, él la tomó todas las veces que quiso, sin resistencia de parte de la joven, quien nunca antes había conocido ningún hombre íntimamente. Todas las cosas que él le hacía para ella eran normales, aunque algunas le parecieran asquerosas y dolorosas. Ella aguantaba porque él la amaba, eso le decía siempre, "Te amo, Domita". Y ella también lo amaba, con lo cual todo estaba bien así.

Esa noche ella tenía algo para contarle y estaba muy nerviosa. Había dejado pasar un tiempo, para estar segura, y el momento había llegado. Él no se dio cuenta de sus nervios porque fue complacido como siempre y en silencio, pero, cuando todo terminó, la joven juntó valor y habló.

—Benjamin, tengo que decirte algo, mi amor. —La muchacha se incorporó y el hombre le pellizcó un pezón. Ella se tapó con la sábana, avergonzada—. Espera, es en serio.

Benjamin Davis se levantó despacio, pero seguía sonriendo lascivamente. Se acercó a ella y la besó, mientras le metía mano, sin prestar atención a las palabras de la joven.

—¿Es algo tan interesante como esto, querida? —seguía manoseando a la muchacha, pero esta se soltó con violencia. Benjamin dejó de sonreír—. ¿Qué te ha picado? ¡Cálmate!

Ante el grito del hombre, ella bajó la cabeza. Benjamin volvió a la carga y sus dedos volaron nuevamente hacia la muchacha. Domita no dijo nada y aguantó. Siempre solía pasar un buen momento con él, incluso cuando algunas cosas que le hacía no le agradaban, pero ahora, aunque él estaba siendo muy hábil con sus dedos, la joven se sentía mal e incómoda.

Él, ahora sí, se dio cuenta y dejó de tocarla. Sin siquiera pensar en lo que le podía estar sucediendo a la joven, le abrió las piernas e intentó penetrarla. Domita se zafó y allí fue cuando Benjamin se alteró.

—¿Qué es lo que te pasa, muchacha? Te estás portando como una niña tonta. Tú no eres una niña tonta, ¿verdad?

La chica seguía en silencio y el hombre se enfureció. La tomó de un brazo violentamente y la atrajo hacia sí.

—¡No te compré para que te portes como una esposa! ¡Tú debes complacerme siempre! —La muchacha estaba aterrada. No le gustaba cuando a Benjamin le daban esos ataques—. Yo sé que te gusta lo que tengo aquí abajo para ti, a todas les gusta. Y sé que andas viendo a algunos muchachos cuando sales a la tienda. No puedes negarlo. ¡Pero eres mía! Para eso te compré y…

—¡Estoy embarazada! —chilló la chica, interrumpiéndolo, y salió rápidamente de la cama para comenzar a vestirse.

Benjamin Davis se levantó como un rayo y la tomó de un brazo, otra vez, haciéndole daño.

—¿Qué estás diciendo, Domita? ¡Qué estás diciendo!

—¡Me lastimas! —lloriqueó la chica—. Pensé que... te alegrarías. Yo te amo, Benjamin.

—¿Alegrarme? ¿Pero es que eres estúpida? Tengo esposa e hijos, Domita, y tú lo sabes. Tú no puedes tener un hijo mío, no eres mi esposa y no puedes tener descendencia conmigo. Eres una maldita esclava, ¿en qué estabas pensando? ¿Realmente crees que te amo?

—Pero... pero... tú me dijiste que... —El hombre largó una carcajada de incredulidad—. Está bien... me haré cargo yo sola, nadie sabrá que es nuestro, te lo prometo. ¡Te lo prometo! ¡No me lo saques, Benjamin! ¡No me lo saques!

—¡Ya deja de llorar y hacer escándalo como una niña estúpida! ¡Déjame pensar!

Domita se tragó el llanto. Allí mismo se dio cuenta de que no podría tener el hijo de Benjamin Davis, a quien tanto amaba. Se sentía una idiota. Ella había entregado su cuerpo por primera vez a ese hombre que parecía tan caballero y tan sensible. Realmente lo amaba. Y también creyó que era correspondida. Qué ilusa.

Luego de unos minutos de un silencio frío y aplastante, Benjamin le tomó la mano y le acarició el rostro. Ella se rendía otra vez. Las lágrimas le corrían, incontenibles, por las mejillas.

—Mira, Domita, sabes que no puedes tener este hijo, ¿lo comprendes? —dijo él, con un falso tono amable—. Es ilegítimo. Dios no estaría de acuerdo con esto.

—Pero no quiero quitármelo, Benjamin. Sé que desde ahora ya no querrás verme nunca más, lo comprendo. Pero al menos déjame tener al niño y criarlo. Ya se me ocurrirá alguna mentira para decirles a todos.

—No, querida, tú no dirás nada. Te quedarás bien callada. Yo me ocuparé del asunto y tú harás lo que yo te diga. Debes confiar en mí porque tú no puedes decidir nada aquí. Yo soy tu amo, ¿lo has olvidado? Eso no cambia, querida, ni siquiera con un niño. —Benjamin hizo silencio y luego resopló—. ¡Un niño bastardo! Qué gracioso ¿verdad?

—Pues... ¿sí? —Domita no sabía qué responder. No entendía de ironías, ella solo amaba.

—¡No! ¡No es gracioso! Ay, Domita, querida mía… qué estúpida eres. Pero eres tan bella… —Benjamin abrazó a la joven y le acarició el cabello—. Mira, encuéntrame hoy a la medianoche en los establos. Allí, tranquilos y a salvo de que nos vean, te informaré lo que he decidido. Procuraré que sea para el bien de todos. Te espero allí a medianoche.

La muchacha asintió en silencio. Tenía esperanzas de que Benjamin recapacitara y la dejara seguir con su embarazo. Más tranquila, salió de la habitación de su amo. Nadie la vio porque la señora estaba fuera. Así lograban verse con Benjamin. Cuando la señora salía, él la iba a buscar a las cocinas y bastaba un gesto para que ella subiera al cuarto y lo esperara desnuda como le gustaba. Pero ahora ya no habría más encuentros ni palabras dulces de parte de Benjamin. No más.

Benjamin Davis cenó temprano con su esposa ese día. Una vez que la mujer se durmió, él esperó despierto la hora señalada y se vistió para ir a los establos. Se perfumó en exceso, sabía que eso le gustaba a su esclava, y enfundó su cuchillo escondiéndolo hábilmente en sus ropas. No podía creer como había sido tan idiota en dejar embarazada a la muchacha, pero no se preocupaba. Pronto terminaría todo.

Domita estaba esperándolo cuando él llegó. Apenas lo vio se le echó a los brazos. Él la besó con falsedad y se la sacó de encima.

—Bien, aquí estoy. ¿Has podido… pensarlo? —dijo la chica en voz baja. Ahora sí que tenía miedo.

—Sí, Domita. Lo he pensado.

Sin más palabras, Benjamin sacó el cuchillo y demostró su habilidad para usarlo. Cinco puñaladas directas, rápidas y en los lugares justos, hicieron que Domita cayera entre los fardos sin hacer ni un ruido. Benjamin se agachó en cuclillas y quedó frente al cuerpo de la joven.

—Lo siento, querida. Te dije que decidiría lo mejor para todos. Y lo mejor es quitar el problema de raíz.

Domita escupía sangre mientras agonizaba. Benjamín no supo de dónde sacó fuerzas la muchacha, pero lo tomó de la camisa y lo acercó hacia ella. Sus palabras sonaron bien claras.

—¡Yo, Domita Kune, te maldigo a ti, Benjamin Davis, y a todos tus descendientes varones, de aquí en adelante! ¡No pasarán los treinta años sin sufrir tormento! ¡No podrán trabajar nunca más, porque eso... atraerá a los muertos! ¡Así pagarán! ¡Tú y todos los varones Davis pagarán lo que me has hecho!

Todos los caballos se despertaron a la vez y relinchaban nerviosos, haciendo un ruido insoportable. Los ojos de Domita se volvieron hacia atrás, quedando en blanco. Benjamin sintió su cuerpo helarse cuando vio que los ojos en blanco de la joven moribunda brillaban en la oscuridad como dos perlas. Finalmente, la muchacha comenzó a ahogarse en su propia sangre y, segundos después, murió.

Benjamin Davis se incorporó, aterrorizado, y se persignó tres veces. No le alcanzó. Cuando retomó su trabajo al día siguiente, las paredes de su taller se cubrieron de restos humanos que iban dejando, uno a uno, los muertos que comenzó a cargar. Así, día tras día.

Su vida, desde aquel momento, se volvió un tormento repleto de olor a tumba, ojos nacarados y trozos de piel y carne de cadáveres. Murió a los pocos años, encerrado en una habitación de hospital, en las peores condiciones y repitiendo a quien quisiera oír que no estaba loco.

Por fortuna, su hijo mayor, de ocho años, a quien estaba enseñando el oficio, recordó lo que Benjamin le había dicho cada día de su vida antes de morir: "Nunca trabajes luego de los treinta. Por lo que más quieras, no lo hagas. Hazle caso a tu padre. Honra a tu familia, sé buen padre y un esposo devoto. Pero, te lo repito, hijo, no restaures nada luego de los treinta años. Los muertos se apoderarán de ti y no volverás a ser el mismo. Morirás a su merced".

Capítulo 35

Pensando en mi propia muerte, rápida y sin dolor

ESTABA MAREADO y con ganas de vomitar. Vivianne me ofreció un vaso de agua, pero me negué educadamente. Lo que había visto era terrible y aberrante. Mi antepasado era un asesino. Había matado cruelmente a una niña embarazada. Domita no pasaría los dieciocho años cuando murió, embarazada del hijo bastardo de Benjamin, quien no tuvo el más mínimo reparo en matarla de una manera salvaje y a traición. Estaba asqueado.

—¿Creen que es muy alto el precio que Domita les cobró, señores? —Vivianne hablaba con esa soberbia a la cual no me podía acostumbrar.

—No tenemos la culpa de que nuestro antepasado haya sido un maldito hijo de puta —respondí, indignado—. ¿Para ti está bien que estemos pagando más de cien años después? Esta discusión es inútil, ¿no crees?

—No, no lo es, mi querido —dijo Annette, ofreciendo agua a mi padre que estaba igual de mareado que yo—. Si tú muestras misericordia y dejas el rencor de lado, quizá podamos ayudarte. Pero si te pones en una posición de resentimiento y odio, no llegaremos a nada bueno.

—¿Así que el que está maldito soy yo y, además, debo ser misericordioso? —Me levanté de la silla, dispuesto a irme a la mierda.

—Espere, señor Davis —intervino Vivianne, dibujando una sonrisa siniestra—. Lo que mi madre quiere decir es que si usted pudiera perdonar a Domita, quizá podamos contactarla con más facilidad y hacer que quite la maldición. Al fin y al cabo, la primera víctima fue ella.

—¿Y ustedes no pueden quitar la maldición? ¿Hay que contactar a Domita? No lo entiendo. —Mi padre se había animado a hablar.

—No, no podemos quitar la maldición por nuestra cuenta. Se trata de algo muy antiguo y muy fuerte, como pudieron comprobar, y no podemos hacerlo sin ella. Domita la pronunció con su propia sangre de por medio. Sangre derramada por el ser que amaba. Y con un hijo en su vientre. Eso no se puede deshacer con unas pocas palabras de dos descendientes tan lejanas como nosotras, señor Davis.

Un silencio se apoderó del cuarto. Debía perdonar a alguien que me había cagado la vida. A mí y a todos los varones restauradores de mi familia. Pero, pensando en ella, logré comprender que solo era una niña cuando murió. La mató la persona que amaba, en la que más confiaba y con quien había logrado un vínculo, o al menos eso había creído. Domita tenía la esperanza de poder tener ese hijo, pero no le habían dado ninguna oportunidad de elegir. Ni siquiera se le había ocurrido escaparse lejos y huir de ese monstruo. Pero ella no lo veía como un monstruo. Confió y el muy cretino la mató, a sangre fría, sin mostrar arrepentimiento. Él creía que lo que hacía estaba bien. Sí, bien para él; para no manchar su nombre ni el de sus hijos y no perder el respeto de nadie. Si lo pensaba bien, era un abuso de poder. Domita jamás había tenido oportunidades siendo una esclava. Y dudaba de que hubiese llegado muy lejos si tenía ese hijo. La pobre había tenido mala suerte y se había cruzado con un tipo inescrupuloso. Era solo una pobre muchacha en inferioridad de condiciones.

—Bien, la perdono —dije por fin—. ¿Ya está?

—Si en realidad lo siente, es suficiente —respondió Vivianne—. Intentaremos contactar con Domita. Quédense muy callados y no hablen hasta que se los ordene.

Las dos mujeres cerraron las cortinas y la habitación quedó casi en penumbras. Se ubicaron en una pequeña mesa redonda, en una de las esquinas del cuarto y se tomaron de las manos. Mi padre y yo permanecimos sentados en los sillones, un poco alejados. No tenía idea de cómo se contactaba un muerto, pero parecía que nada extraño sucedía aún.

De un momento a otro, los objetos empezaron a temblar sobre las repisas, el escritorio y la mesita redonda. Nada se caía, pero todo se tambaleaba en su lugar. Vivianne convulsionó un poco, luego siguió su madre. No se soltaban las manos. Creí distinguir una sombra que se movía rápida entre los muebles, pero nunca supe si algo sucedió realmente o si el miedo me estaba jugando una mala pasada. Mi padre estaba duro a mi lado; ninguno de los dos emitía sonido.

—Domita Kune, ven hacia nosotras. Somos Vivianne y Annette, tu familia, y necesitamos de ti. Ven y habla con nosotras, Domita. Ven.

Los objetos cada vez temblaban más, esta vez cayeron algunas cosas al piso, sobresaltándonos. Luego de un rato de que Annette y Vivianne hicieran llamados alternados a Domita, todo se calmó. Las mujeres se soltaron y se las veía agitadas; agotadas.

—No pudimos hacerlo —dijo secamente Annette—. Lo lamentamos muchísimo, señores, pero no logramos dar con Domita.

—Realmente lo sentimos mucho. No pudimos hacer que Domita viniera hacia nosotras —dijo Vivianne—. Es más, no pudimos siquiera verla. Es como si hubiese desaparecido de su plano.

Mi padre y yo hicimos silencio. Para mí fue como si una pared de cemento de me hubiera caído encima. Ahora sí, no había más que hacer. Todo estaba perdido.

—Pero ¿no sucedió nada? ¿Cómo que desapareció? ¡Inténtenlo otra vez! ¡No estuvieron ni diez minutos haciendo el intento! —Mi padre estaba juntando furia—. ¿Les hemos pagado para esto? ¡Nuestra vida estaba en sus manos, maldita sea! ¡Ustedes son las responsables de terminar con esto! ¡Ustedes llevan esa maldición en la sangre y deben quitarla! ¡Deben quitarla!

Mi padre lloraba. Las Kune estaban petrificadas en sus sillas y mudas.

—Vámonos, viejo. Ya está, vámonos. —Quería salir de allí, no lo soportaba más—. Por favor, esto se terminó. Ellas no pueden hacer nada.

—¡Ustedes son unas embusteras! ¡Se quedan con el dinero de la gente honrada! ¡Son un fraude! —gritaba mi padre, imposible de calmar.

Kate entró, atraída por el escándalo. Mi padre seguía a los gritos y yo no lo podía contener. No me daba más el cuerpo ni la cabeza. Quería salir de allí y morirme en la ruta.

—¿Qué sucede aquí? —dijo Kate, asustada—. Tanner, ¿estás bien?

—Vámonos ya, Kate. Ayúdame con papá.

—¡Déjenme! ¡Estoy en perfectas condiciones! ¡Solo quiero irme de aquí, pero antes le dejaré en claro a toda esa gente que está afuera esperando que ustedes dos son unas malditas mentirosas!

Annette y Vivianne permanecieron en sus lugares, impasibles. No tuvieron la delicadeza de calmar a mi padre ni la mínima decencia para defender su trabajo. Evidentemente, tal como me había advertido Sophia, quizá no quisieron deshacer la maldición. Tal vez no era imposible para ellas, pero era muy difícil o arriesgado. Así que prefirieron cobrarnos, embaucarnos y quitarnos el dinero sin arriesgar nada. Como fuera, la oportunidad con ellas estaba perdida.

Salimos de allí y mi padre seguía a los gritos en la puerta de la casa. Atravesamos el bosque casi corriendo y nos metimos en la camioneta.

—¿Qué pasó allí dentro? —dijo Kate, algo nerviosa—. Sentí ruidos. Como objetos chocando entre sí.

—Las Kune intentaron contactar con Domita, la criada que mi ancestro dejó embarazada. Dicen que no han podido dar con ella.

—¡Mentira! —gritó mi padre—. Seguro que no han querido hacerlo, como bien dijo Sophia Candette. Ella nos advirtió que esas mujeres no eran de fiar. ¿Recuerdas, Tanner? Nos había dicho que las Kune podrían ayudarnos, pero... ya ves. ¡Nos mintieron! ¿Qué haremos ahora, hijo?

No respondí. ¿Qué haría ahora?

Durante aquel viaje pensé en mi vida como nunca antes lo había hecho. Convivía con muertos hacía meses. Me habían amenazado, torturado, obligado a cumplir cosas irracionales. Y yo vivía para ellos. Mi cuerpo estaba deteriorado y mi mente no funcionaba bien.

No sabía si las visiones que tenía eran algo que los muertos me insertaban para jugar conmigo o si realmente me estaba volviendo loco. Ya no salía, no comía, no pensaba en nada más que no fuera en mis muertos. Y quería terminar con todo aquello.

Había varias posibilidades para que ese tormento terminara. Una era dejar de restaurar y volverme un don nadie, sin vocación ni rumbo en la vida. No sabía hacer otra cosa que no fuera restaurar, y tampoco quería hacer nada más. Además, nada me garantizaba que si dejaba mi trabajo los muertos que ya me habían visitado no lo hicieran nuevamente.

Otra opción era matarme. Todo sería más fácil. Ya no sería una preocupación para mi padre y hasta quizá podría vengarme de los muertos en el más allá, si es que había uno. Ahora ya dudaba de todo. Quizá había un cielo en donde las almas descansaban. Quizá había algún lugar en donde íbamos cuando moríamos. Tomando aquello como verdadero, hasta podría encontrarme con mi madre. Un disparo en la cabeza y todo resuelto.

Otra alternativa era seguir restaurando; seguir tomando trabajos y recibir a los muertos en fila, atendiendo sus reclamos como si mi taller fuera una oficina pública para cadáveres que tenían trámites pendientes. También terminaría muriendo, pero lo haría heroicamente, haciendo lo que amaba. Mi lápida sería la mejor de todas en el cementerio de St. Philippe y diría algo como "Aquí yace Tanner Davis. Director de la Oficina de Reclamos de Difuntos atraídos por sus restauraciones".

En ese momento, si me preguntaban, creía que la opción más saludable era morir. Tenía todo a favor para ello: no dejaba hijos, no dejaba una mujer sin marido, no dejaba nada. Mi padre debería acostumbrarse a tener un solo hijo que, sin duda, era el que más valor tenía para estar vivo. Si Lee moría, Tori y el pequeño Wayne quedarían sin padre ni marido. Si Tanner moría, nadie perdía nada. Yo no le debía nada a nadie y nadie me lloraría tanto tiempo.

Tenía ganas de estar en mi cama, con el cuerpo lleno de alcohol y con Kate a mi lado. Y dormir. Dormir hasta morirme. Pero, en lugar de ello, paramos en lo de mi padre y no nos fuimos de allí hasta darle un tranquilizante con un té de tilo y verlo dormido. Pasaron un par de horas hasta que volvimos a casa. Era casi mediodía y Kate me propuso ir a almorzar para sacarme de allí. No tenía ganas. Si iba a almorzar a un restaurante, debería ser cuatro pueblos más allá de St. Philippe en donde no conociera ni al camarero. No quería sentarme en un lugar lleno de gente conocida, que seguramente me preguntaría por qué estaba tan delgado, y me indicaría medicamentos y cosas por el estilo para que estuviera mejor.

Fui a mi habitación y Kate me siguió, preocupada. Me senté en la punta de la cama y me tomé la cabeza con las manos. Me dolía la cabeza. Me dolían las piernas y las costillas remendadas en la operación. Lloré en silencio por largo rato. Caí en la cuenta de que tenía muchas ganas de terminar con esa vida (el método sugerido era un tiro en la sien), pero sentía que todo era muy injusto. Kate me levantó el mentón y me miró.

—¿Qué es lo que quieres, Tanner? —dijo.

—Quiero morirme.

—No, no me refiero a eso. Piensa. Si tú pudieras revertir la maldición, acabar con ella y seguir con tu vida normal. ¿Cómo quisieras que fuera esa vida?

Pensé por unos segundos la respuesta y contesté con toda sinceridad.

—Quisiera seguir restaurando, continuar con la empresa familiar y tomar proyectos grandes como los de la mansión. Me gusta restaurar objetos individualmente, pero mi pasión son los grandes trabajos, que implican una organización mayor y son un todo. Una casa museo, una biblioteca, un bar antiguo, una casa como la de los Wright. —No podía parar de hablar—. Quisiera ver crecer a mi sobrino y enseñarle el oficio, a pesar de que mi hermano quiera hacer de él un aburrido contador. Quisiera que mi padre pueda retirarse tranquilo, sabiendo que yo estaré al frente de la empresa. Quisiera seguir pasando tiempo contigo, llevarte a conocer más por aquí, mostrarte las cosas que hago, que viajemos lejos en mi moto y luego volvamos y estemos en la cama todo el puto día. Quisiera volver a ver a mis amigos, relajarme en el porche con una cerveza… Eso quisiera, Kate.

Kate me miró con compasión. Quizá no llegara a ver realizado todo aquello. Quizá ya era tarde para mí.

Capítulo 36

Profanador de tumbas

CUANDO TIENES un gran problema y no encuentras la solución por más de que te esfuerces en buscarla, finalmente te rindes y dejas que el problema te aplaste. A veces, cuando llegas a ese punto, la solución llega sin buscarla. Sucede. Es como prender la luz en medio de la oscuridad y que todo se ilumine de repente. Y allí viene la euforia. Por más descabellada que sea la alternativa, por más difícil de ejecutar que resulte, sabes que existe una mínima posibilidad de terminar con el problema, y eso te basta para excitarte y ponerte a trabajar en la ejecución sin pensarlo demasiado.

A la vez, cuando estás muy jodido, tapado de problemas, duermes y pareciera que todo se disipa. Al momento de despertar, los primeros segundos luego de abrir los ojos son gloriosos porque aún no recuerdas todo lo que te pasa y la vida de mierda que llevas todavía no la *sientes*.

Aquel día, me había acostado a dormir sin almorzar, con las piernas estallándome de dolor, y había echado una larga siesta. Y luego, al despertar, ese tipo de solución loca, descabellada, complicada y con pocas posibilidades de éxito, llegó. Sentado en la cama, medio dormido aún, en penumbras, comencé a pensar de a poco en la maldición, en los muertos, en las torturas, en las visiones y en los ojos de los cadáveres que me visitaban. Luego, cuando ya estaba totalmente consciente de la vida de mierda que estaba llevando, vino a mi mente un pensamiento totalmente loco y obvio a la vez, que me hizo pensar en la típica frase gastada y cursi de "¿Pero cómo no se me había ocurrido antes?".

Salí de la cama, lo más rápido que el cuerpo me dio, y miré el reloj: las cinco de la tarde. Perfecto. Cuando el sol se pusiera, tomaría mi moto y saldría hacia el Cementerio de St. Philippe a ejecutar la solución a mi problema. No sabía si funcionaría o no, pero *podría* funcionar. Y con eso estaba hecho.

Me duché, me vestí con dificultad y salí del cuarto. Kate estaba en la sala, con su computadora abierta y algunos papeles desparramados en la mesa. Levantó la vista de la pantalla y bajó sus lentes.

—¿Cómo estás? Has dormido por más de tres horas.

—Estoy bien, me siento mucho mejor ahora. —Sonreí como un idiota—. Kate, tengo que contarte algo.

Me senté en una silla y corrí los papeles. Estaba nervioso y muy acelerado. Lo más espeluznante era que no podía parar de sonreír. Kate me miraba con desconfianza.

—¿Seguro que estás bien, Tanner? ¿Cómo sigues de los dolores en las piernas?

—Deja las piernas de lado, estoy bien... —Kate abrió los ojos, sin creerme—. Bueno, está bien, me duelen, pero escucha: creo que encontré la solución al problema. Si lo que voy a hacer resulta bien, quizá pueda terminar con esto. ¡No puedo esperar!

Solté una risotada siniestra e incontrolable. Sentía que mi mente estaba desbocada, no controlaba mis pensamientos ni mis reacciones.

—¿Lo dices en serio? Pues bien, ¡cuéntame ya!

—Bien, bien. ¡Es que no sé cómo no se me ocurrió antes! Bueno, aquí voy. ¡Necesito restaurar algo de Domita Kune para traerla de vuelta! Cuando venga a buscarme, le pediré que deshaga la maldición.

Seguía sonriendo y, ahora, se sumaba una mirada expectante hacia Kate que, intuyo, la perturbó un poco.

—Tanner, espera, espera. No quiero pincharte el plan, pero, ¿de dónde sacarás un objeto de una mujer que murió hace más de cien años?

—¡De su tumba, por supuesto! —Ahora sí, Kate tenía miedo—. Tengo que ir al cementerio, buscar su tumba y revolver allí. Algo tiene que haber. Una cadena, un anillo, incluso quizá encuentre algún objeto como una muñeca o algo así. Esas cosas no se deterioran, Kate. ¡Estoy seguro de que algo habrá!

—¿Cómo sabes que ella accederá a quitar la maldición?

Un baldazo de realidad se me cayó encima y la euforia se disipó un poco. Ya lo había pensado, pero dejaba aquel pensamiento en segundo plano porque no sabía la respuesta.

—No lo sé, Kate. Pero tengo que intentarlo. Ya no tengo nada, no soy ni la mitad del tipo que era. No tengo nada que perder.

Kate se quedó en silencio y bajó la cabeza.

—Oye, no lo digo por ti, nena. Lo digo porque ya tengo muertos encima que me piden cosas, así que no pierdo nada trayendo uno más, ¿no crees?

—Entiendo, aunque... ¿no es demasiado peligroso?

—Sí, lo es. De todos modos debo hacerlo. No olvides que aún sigo trabajando para los Wright. Debo limpiar los restos de las niñas cada vez que jueguen en el parque. Y ¿quién sabe si no me pedirán más cosas? ¿Quién sabe si la vieja Djambé no regresará por algo más complicado que llevar un simple diario a la zona de los pantanos? Y eso no es lo más grave... me aterra que los Flint vuelvan por mí. Esta vez no fallarán...

Kate reflexionó unos instantes.

—¿Cómo entrarás al cementerio? Tanner, tus piernas aún no están sanas.

—Lo sé, pero, te insisto, tengo que hacerlo. No veo otra salida. No me importa romperme las piernas otra vez si puedo salvar mi vida.

—Mierda. —Kate pensaba en silencio—. Iré contigo. Necesitarás alguien que vigile por si te descubren. No olvides que profanar una tumba es un delito federal.

—Deberías saber que a esta altura los delitos federales me importan una mierda. Y no, no vendrás conmigo. Si es necesario, te dejaré aquí encerrada. Ni tú ni mi padre, antes de que lo propongas.

—Oh, Tanner... te harás pedazos las piernas. Debes buscar la forma de entrar sin lastimarte... —Le puse cara de fastidio—. Está bien, está bien. Tu vida está en juego y si esto sirve para salvarla, adelante. Pero debes tener mucho cuidado. ¿Necesitas que te ayude con algo más? ¡Pero, claro! Ven, vamos a buscar la tumba de Domita en los registros del cementerio.

La miré y sonreí. Luego la besé.

—Por eso me gustas —dije—. Y por eso supe que podría contarte mi idea descabellada. Sabía que podía contar contigo. Gracias por eso, nena. Gracias por toda tu ayuda.

—Ya cállate. —Sonrió y luego señaló un punto en la pantalla—. Mira, aquí se muestra la ubicación exacta de la tumba. Está muy lejos de la capilla central, casi finalizando el cementerio.

—Es lógico. A los esclavos se los enterraba lo más lejos posible de la capilla, en anexos. Incluso, dudo que esas parcelas en donde están todos los esclavos enterrados fueran parte del cementerio en épocas de Benjamin Davis.

—Tanner —dijo Kate, en tono preocupado—, ten mucho cuidado. Si esa mujer vuelve, vendrá con toda la ira que tenía cuando murió. Ella murió embarazada, embaucada por un ancestro tuyo. Tú eres sangre de Benjamin, y temo que ella no entienda que no eres como él.

—Lo sé. Pero quédate tranquila, la esperaré preparado.

—¿A qué te refieres?

—Si no puedo hacer que entre en razones, me encargaré de desmembrar su cuerpo. Ya pensé en eso. —Kate estaba horrorizada—. Cuando tú los golpeas o atacas sus cuerpos, ellos deben volver a enterrarse y necesitan un tiempo para volver. Si Domita no entiende razones conmigo, la golpearé hasta deshacerla. Para cuando vuelva, yo ya estaré muerto. Porque lo haré. Si esto no funciona, ya no tengo razones para seguir viviendo.

—¡Oh, Tanner!

Kate se tapó la boca y ahogó el llanto.

—Ven aquí, nena. —La abracé—. Yo también estoy aterrado, ¿sabes? Pero lo haré y quizá resulte bien después de todo.

A partir de allí me quedaban unas pocas horas libres hasta que se pusiera el sol. Comimos unos sándwiches y le dije a Kate que se fuera para su hotel y durmiera un poco. Se negó y me dijo que se quedaría en casa despierta hasta que volviera y con el teléfono al lado por si necesitaba algo. Le prohibí que dijera nada a mi padre y le indiqué que no hablara con nadie durante mi ausencia.

Cuando ya estaba oscuro, a eso de las nueve, me dirigí al garaje. Metí una pala, un pico, unas pinzas, unos guantes de trabajo, una linterna y una lona en un saco, me subí a mi moto y emprendí el camino al cementerio de St. Philippe. Llegar al cementerio no era difícil; debía atravesar el centro y dirigirme hacia el este luego de pasar la casa de mi padre. El cielo estaba despejado y lleno de estrellas. No había mucha gente por allí, pero, de todas maneras, dejé la moto algo alejada. El trayecto hacia la parte posterior del cementerio lo caminé con miedo. Si bien conservaba algo de la euforia inicial por haber tenido semejante idea, el pánico era quien me acompañaba ahora.

No se veía mucho, pero no quería encender ninguna luz, así que caminé con cuidado y tratando de no hacer ruido. Desde que era adolescente no pisaba la zona del cementerio, y no sabía si la parte posterior del camposanto, en donde estaba la tumba de Domita, contaba con guardias o no. La única reja de entrada que había era por el frente, y tenía guardia nocturna, con lo cual debería rodear el cementerio y saltar el muro posterior.

El muro pintado de blanco se alzaba, silencioso, ante mis ojos. No era alto, no pasaría los dos metros y medio, pero tenía alambre de púas en toda su extensión. Me calcé los guantes de trabajo y arrojé la lona al muro, para cubrir los alambres. Luego, lancé el saco con las herramientas y escuché un ruido sordo cuando cayó. Junté fuerzas, di un salto y me colgué del borde de la pared. Por fortuna soy alto y pude trepar con facilidad, aunque mis fuerzas no eran las mismas que hacía unos meses atrás y las piernas me dolieron como cuando recién había salido del hospital. Pasé por encima de la lona, salté y a los pocos segundos estaba del otro lado; exhausto.

Caí sobre la tierra, dura y reseca. Puse las manos para amortiguar la caída, pero igualmente me dolía todo el cuerpo al levantarme, sobre todo las piernas. Me tuve que apoyar en el muro unos momentos para poder recuperar el aire y recuperarme un poco de la caída. Había hecho un esfuerzo demasiado grande para un par de rodillas operadas recientemente. El dolor era muy fuerte, pero lo aguanté porque estaba enfocado en mi objetivo, aunque, si lo pensaba dos segundos, la idea era demente por donde se la mirara.

No había nadie que hiciera guardia en esa zona, lo cual me pareció lógico. No creía que la zona de los antiguos esclavos y reos estuviera custodiada como la entrada principal o el área de panteones familiares. Algunas cosas nunca cambian. Y menos en un cementerio de pueblo. No sabía si los vigilantes harían recorridas, pero no arriesgaría a averiguarlo. Debía actuar rápido.

Saqué la linterna y la encendí. El panorama era aterrador. Nunca había estado en aquella parte del cementerio y tampoco quería permanecer allí por mucho tiempo. Según había visto en el mapa, debía caminar unos cuantos metros a la derecha para encontrar a Domita. Casi ninguna tumba tenía lápida, solo cruces de madera, torcidas por el paso del tiempo y el abandono. Algunas ni siquiera tenían nombre. Me costó encontrarla porque los nervios me jugaban en contra. Pero cuando di con ella, todo fue peor. Empecé a temblar y a escuchar sonidos en la noche. Pájaros a lo lejos, algún ulular sordo, ruido de hojas secas al crujir. Miraba en todas direcciones, pero nada sucedía. Todo estaba en mi imaginación, que me traicionaba cada vez más.

La cruz de Domita solo decía su nombre, tallado con torpeza en letras mayúsculas. No observé fechas de nacimiento ni de muerte. Toqué la superficie de la tierra y, si bien estaba seca, no parecía tener piedras o algún otro material duro. Comencé a cavar. Lo hacía de manera mecánica, con movimientos rápidos y precisos. Estaba aterrado porque no sabía si se aparecerían allí mis otros muertos, solo para molestarme y no dejarme terminar con mi tarea. Cada tanto, levantaba la vista de la tierra y miraba hacia los costados, atemorizado. Al fin, luego de un rato de cavar sin pausa, la pala dio con algo duro.

Con mis últimas fuerzas, quité toda la tierra y la caja de madera quedó al descubierto. Me metí dentro del pozo y quité la tapa, casi sin esfuerzo. Era evidente que nadie se preocupaba por darles un entierro digno a los esclavos. Desconocía quien había enterrado a

Domita, si su familia o sus dueños, pero no le habían puesto mucho empeño al asunto.

Un cadáver descompuesto por los años, devenido solo en huesos y tejidos secos, hizo su aparición. Ataviada con un vestido blanco raído y ya mugriento, Domita Kune me mostraba los dientes que asomaban desde su calavera. Sorprendentemente, no tuve miedo ni asco al comenzar a tocar el cuerpo para buscar algún objeto que me sirviera para restaurar. Parecía ser que la desesperación por dar con algo sobrepasaba cualquier reacción de repulsión que pudiera atacarme.

No había nada. No llevaba un colgante, ni un par de aros, ni un prendedor. Nada. Maldita muchacha, ¿no tenía una madre o una abuela que le hubiese puesto su objeto favorito a su lado en el momento del entierro? Mientras revolvía el cuerpo, desesperado, toqué sus manos, puestas una sobre la otra a la altura del bajo vientre, y me percaté de que sostenía algo. Enfoqué mejor la luz del casco y vi una cadena con un medallón. Se lo quité con torpeza de entre los huesos de sus dedos y lo observé con más detenimiento. Era un cabujón de una turquesa, engastado en un marco, aparentemente, de plata. Una joya demasiado valiosa para una esclava de color.

En ese momento, una duda tremenda me asaltó: el único objeto que había encontrado podía no ser de Domita. Aquel medallón podía haber sido algo que, quizá, había dejado su dueña, la esposa de Benjamin, en el féretro. Quizá la mujer desconocía que su marido la engañaba con la esclava y, menos aún, el asesinato que había cometido. Quizá Domita era una buena esclava y la señora le tenía aprecio, lo que llevó a que le dejara alguna joya propia.

El medallón era el único objeto que había con el cuerpo y, ahora, tenía dudas de que realmente fuera propiedad de Domita. La única forma de averiguarlo era restaurándolo y esperar a su dueña. Nunca deseé tanto algo en la vida como que esa joya fuera de la muchacha que había maldecido a los Davis. Y nunca había esperado tanto la visita de una mujer como esperé la de ella.

Capítulo 37

Domita Kune

GUARDÉ EL MEDALLÓN en el bolsillo interior de mi chaqueta y comencé a enterrar el féretro nuevamente, intentando dejar el lugar lo más prolijo posible. Me estaba invadiendo una ansiedad irracional. Quería volver y restaurar aquel objeto cuanto antes. No sabía si estaba en buen estado o no, pero en cuanto pusiera una herramienta sobre él, en cuanto lo puliera o lo limpiara, en cuanto enderezara un eslabón de la cadena, sabía que alguien vendría.

Llegué a casa en tiempo récord. Kate me estaba esperando en la sala, recostada en el sillón. En cuanto entré, se paró y se me echó a los brazos.

—¡Estaba tan asustada! ¿Estás bien? ¿Encontraste algo?

—Estoy bien, nena. Encontré un medallón, pero no sé si es de ella. Tendré que probar para saberlo… y esperar.

Nos sentamos en el sillón y le mostré la joya.

—Quizá sea de Domita. Un regalo de alguien. Quién sabe… —dijo Kate, pensativa y nerviosa.

—Debo trabajar en el objeto, Kate. Te llevaré a tu hotel para que duermas allí. Debo pedirte que no salgas de tu habitación y que no me contactes hasta que yo te envíe un mensaje. Es peligroso que te quedes aquí. Sea quien sea la dueña del medallón, acudirá donde yo esté.

Kate suspiró y cerró los ojos. Movió la cabeza en señal de desaprobación, pero sabía que era lo más acertado. No podía quedarse.

—Bien, de acuerdo. Vamos —dijo, resignada.

Al llegar al hotel, nos despedimos con un abrazo largo. De esos en los que cierras los ojos. La realidad era que no sabíamos si esa sería la última vez que íbamos a vernos. Mi padre no sabía nada, tampoco mi hermano, pero era bueno tener a alguien a quien abrazar antes de enfrentar, en el mejor de los casos, a Domita Kune.

Ya en casa, me encerré en el garaje y me senté en mi mesa de trabajo. Tenía el cuerpo destrozado. Me tomé dos analgésicos de los fuertes, abrí la pequeña heladera y saqué una cerveza. Si otro muerto iría a casa, lo recibiría bien entonado. Deposité el medallón sobre la mesa y tomé un pincel. Quité la tierra superficial y lo observé. Era hermoso. La piedra estaba intacta. La limpié con un paño y relucía. La cadena estaba algo más deteriorada, con algunos eslabones a punto de salirse. Tomé una pinza y los ajusté. Si bien no tenía todas las herramientas que tenía un joyero, podía considerar ese pequeño trabajo superficial como el inicio de una restauración. Ahora sí, solo me restaba esperar.

Varias cervezas pasaron antes de oír el picaporte de la puerta chirriar. Lo sentí moverse varias veces, hasta que volvió el silencio. La puerta estaba cerrada, pero un cuerpo comenzó a traspasar la pared.

Que sea ella. Que sea ella. Que sea ella.

Repetía la frase como un mantra.

Que sea ella. Que sea ella.

Una joven de alrededor de veinte años, quizá un poco menos, estaba de pie al lado de la puerta del garaje, mirándome a través de sus ojos blancos. Era una muchacha de color, ataviada con un vestido blanco raído y sucio, muy parecido al que tenía el cadáver de Domita. Mi corazón se aceleraba cada vez más. Estaba algo ebrio, pero, aun así, no me atreví a hablarle.

Podía sentir la amenaza. El ambiente se llenó de maldad en cuanto cruzó la pared. Sentía que ella me controlaba, sentía un poder en ella que me hacía poner, como mínimo, incómodo. Me miraba con mucha ira. Ni la vieja Djambé, ni los Wright, Diana o los Flint me habían mirado de esa manera. Incluso, cuando me animé a mirarle el rostro directamente, no vi *tanta* carne podrida ni restos de piel. Al menos no como en mis otros muertos. Estaba como más *rozagante* que los demás. No sonreía, no movía el rostro, no tenía ningún tipo de expresión pero, así y todo, sentía su furia.

—Nunca pensé, Tanner Davis, que alguno de ustedes se atrevería a llamarme —dijo en voz alta, indignada, y su tono resonó amplificado en el garaje—. Esto es más de lo que hubiese esperado. ¿Cómo te atreves? No tienes derecho a traerme de vuelta, a profanar mi descanso, a sacarme de mi lugar de paz. ¡No dejaré que otro Davis se aproveche de mí! ¡No lo permitiré! ¿Tú sabes quién soy yo, Tanner Davis? ¿Conoces mi poder?

Ahora me gritaba. Su voz sonaba profunda y aterradora. Pero tenía que sacar fuerzas de donde no las tenía para poder enfrentarla y convencerla de que quitara la maldición.

—Domita, te llamé porque necesito que quites la maldición. Por favor, por lo que más quieras. Tus descendientes no pudieron, o no quisieron, ayudarme. Por eso te llamé. Benjamin Davis ya pagó lo que te hizo, tú lo has maldecido y estoy seguro de que ha pagado.

Mi tono era bajo, pero resuelto.

—¡Vaya que pagó! ¡Ha muerto en la miseria! Desde que lo maldije, nunca pudo mantener a su familia porque no sabía hacer nada más, y sus hijos lo odiaban. ¡Su esposa murió luego, de la manera más horrible, de una horrible enfermedad! ¡Yo sabía que él era un artesano muy virtuoso y que si le quitaba eso lo mataría por dentro! ¡Y así sucedió! ¡Enfermó y la tristeza lo consumió!

—¡Pues, eso es lo que me estás haciendo a mí, Domita! ¡Él era un cerdo! ¡Y yo no soy él!

La joven calló. Pensó por unos segundos en lo que le había dicho.

—¡No me importa! ¡Tú no tenías derecho a sacarme de mi descanso! ¿Cómo has podido?

No entendía lo que me estaba diciendo. Aún no me había pedido nada, ni había vuelto con altanería y aprovechándose de mí como habían hecho los otros.

—¡Por tu culpa ya no descansaré! —prosiguió. Luego, echó un alarido al aire que me heló la sangre—. ¿No te das cuenta de que, cuando alguien como yo vuelve, se transforma en alguien atormentado?

—¿Atormentado? Pero… —No sabía qué decir. No me esperaba aquello.

—¡Tanner Davis, qué iluso eres! ¿Tú crees que los muertos que te visitaron están en paz? ¡No! ¡Ellos ya no pertenecen aquí! —gritó—. ¡No importa lo que te pidan, no importa si cumples o no, ellos ya no vuelven a descansar nunca! ¡La maldición también es para ellos! ¡Ellos también son víctimas!

—¿No te importó que…?

—¡No me importó nada, Tanner Davis! ¡Solo quería descargar mi poder contra Benjamin Davis, el hombre que me asesinó a mí y a mi hijo no nacido! ¡Y vaya que lo descargué! —Se rio en una carcajada sonora—. Me encantaba verlo trabajar y luego verlo como un infeliz cumpliendo con sus muertos. Unos le pedían cosas sencillas, otros le pedían asesinar personas. Pero él nunca aprendía. Hasta que no pudo más y murió en la pobreza, sin trabajo y loco. ¡MUY LOCO!

—Domita, por favor, sé lo que Benjamin te ha hecho. Era un maldito hijo de puta. Cuando tus dos familiares nos mostraron a mi padre y a mí lo que ese bastardo te hizo… me dio asco. No tenía derecho y podía haberte dejado libre con tu bebé o cuidar de ti a escondidas de su familia. Pero yo no soy él, muchacha, y mi padre tampoco. Tampoco lo es mi sobrino Wayne, ni mi hermano Lee.

—¿Ah, no? ¿No eres como él? —Se me acercaba cada vez más, con pasos lentos y pesados. Sus ojos estaban muy abiertos—. ¿No eres tú el que dice que tener una familia es estúpido? ¿Qué tener hijos es demasiada responsabilidad? ¡Tú has tratado a las mujeres como mierda durante toda tu vida! ¡Te acostabas con ellas y las dejabas allí, sin más! ¡Las convencías para que se acuesten contigo y les mentías! ¡No has respetado nunca a una mujer, ni siquiera a tu madre cuando te dijo que nunca dejaras de creer! ¿Ya lo olvidaste? ¡Mira cómo te ha ido por no creer! ¡Y si solo hubieras escuchado a tu padre cuando te dijo que dejaras tu trabajo, yo hoy no estaría aquí y seguiría descansando! ¡Te odio, Tanner Davis! ¡Y pagarás por haberme quitado el descanso!

—¡Suficiente! —le grité, hastiado—. ¡No eres nadie para juzgarme! ¡No sabes nada de mí! ¡Nada!

La muchacha se retiró un poco hacia atrás.

—¡Mira, te diré algo! —proseguí—. ¡Si quieres volver a descansar, deberás quitar la maldición que pesa sobre mí y sobre mi familia, de lo contrario, deberás comenzar a pedirme cosas para no deshacerte y pudrirte en tu propia carne! Dime, a ver, ¿qué sucede si has vuelto y no me pides nada?

Domita no respondía. Comenzó a mover el pecho aceleradamente, como si se *agitara* y estuviera teniendo un ataque de ira muy *humano*. Finalmente, habló.

—Si eso llegara a suceder... no volvería nunca más a mi lugar de descanso. Mi cuerpo se pudriría, y cuando no tenga un cuerpo del cual sostenerme, mi alma... no volvería nunca hacia donde estaba. Quedaría aquí, suspendida... pero ahí, tú lo pagarías muy caro. ¡Jamás podrías librarte de mí! ¡Eres un cerdo, igual que Benjamin!

Lanzó otro grito al aire, más agudo aún que el anterior. Tenía los puños apretados y, cuando aflojó la presión, vi sus uñas caer al suelo. Se observó las manos y me miró.

—¡No quiero pedirte nada! ¡Quiero volver a mi lugar!

—¿Por qué los otros me han pedido cosas? ¿No podrían haber dejado que su cuerpo se pudriera y...?

—¡Mira que eres idiota! ¡Te he dicho que cuando el cuerpo se pierde, el alma queda aquí, estancada en este mundo de mortales, lleno de injusticias e inmundicias! Tú me has sacado de un lugar hermoso, pacífico y... silencioso. Nada me perturba allí, todo es paz. Todo...

—¡Pues quita la maldición y vete, entonces! —Si era tan fácil, no comprendía su ira.

—Crees que todo es tan simple, ¿eh? ¡Si quito la maldición, lo que ha pasado no se revierte! ¡Ningún muerto que hayas traído antes descansará en paz! ¿Te das cuenta ahora lo que me has hecho? ¡Ya no puedo volver!

—Eso es mentira, señorita Domita. —Una vocecita de niña resonó en el ambiente. Entre las sombras, emergía la silueta de Mary Ann Wright—. Si usted quitara la maldición, nuestros cuerpos se desharían, pero nuestras almas podrían volver a descansar en paz. Hágalo. ¿Acaso no le ha dicho al señor Davis que usted quería descansar?

Domita se dio la vuelta y se abalanzó sobre la niña, furiosa. Me había mentido. Si la chica quitaba la maldición, ellos podrían volver a descansar y yo quedaría libre. Cuando Domita estaba a punto de alcanzar a la niña, el resto de la familia Wright estaba entrando al garaje. Por una pared lateral, entraba también la anciana Djambé. Los cinco hermanos Flint y Diana también habían vuelto. El olor era insoportable.

Los once cadáveres rodearon a Domita y sus ojos blancos brillaban en la oscuridad como nunca antes los había visto. No supe qué estaban haciendo, pero la luz que irradiaban los ojos era cada vez más fuerte. Domita comenzó a retorcerse.

—¡Déjenme en paz, ustedes, idiotas! ¡Él se merece la maldición y no la quitaré!

—La quitará porque, de lo contrario, le arrebataremos su cuerpo, y si eso sucede sin que usted haya pedido nada al señor Davis… ahí sí que no descansará nunca. —Theodore había tomado la palabra—. Su alma quedará por siempre, aquí.

—¡No! ¡No, váyanse! —Domita se retorcía en el centro del círculo. La carne de su cuerpo estaba comenzando a desprenderse de a poco de sus huesos—. ¡Está bien! ¡Quitaré la maldición, pero ya déjenme!

Yo permanecía de pie en una esquina, sin emitir ningún sonido. Domita, con dificultad, se acercó a mí. Cuando estuvimos frente a frente, a escasos centímetros uno del otro, la joven posó una mano sobre la parte superior de mi cabeza, iluminó sus ojos con un halo blanco y habló.

—¡Yo, Domita Kune, quito la maldición sobre ti, Tanner Davis! ¡Te la quito a ti y a todos los varones de tu familia, vivos y por venir, de aquí en adelante! ¡Yo, Domita Kune, considero paga la deuda de Benjamin Davis! ¡Yo, Domita Kune, te libero ahora de mi poder, para siempre!

Estaba mareado y me sentía a punto de caer al suelo, pero logré mantener la conciencia para poder ver que los cuerpos de Domita y del resto de mis muertos se deshacían y, literalmente, *se desvanecían* en el lugar. No podía más. Me dejé caer en una silla y no pensé en nada. Pero luego, pensé en todo. Me vinieron a la mente mi sobrino Wayne, mi padre, mi hermano, Kate, mis amigos, la gente del pueblo, mis clientes, las viejas chismosas de St. Philippe. Quería verlos a todos. Quería salir y contarles a todos que era un tipo feliz y que era el mismo de antes. Quería besar a Kate y hacerle el amor hasta que se durmiera. Luego quería ir a jugar con Wayne y levantarlo en el aire como a él le gustaba. Luego, iría a lo de mi padre y le prepararía la cena, comeríamos juntos y hablaríamos todo el rato. Quería ir con mis amigos al bar de Warren y ponernos borrachos hasta el punto de incomodar a todos los presentes. Pero, por sobre todas las cosas, quería encerrarme en mi taller y trabajar. Tocar los objetos y trabajar. Volver a la mansión Wright sin miedo a encontrarme con sus moradores allí. Recibir clientes y poder trabajar en sus pedidos sin temor a ser visitado por un muerto. Quería recuperar mi vida, la cual no había valorado tanto como hasta aquel momento.

Todo había terminado. Me levanté de la silla luego de que la euforia inicial pasara. Necesitaba enviarles un mensaje a Kate y a mi padre. Ellos debían ser los primeros en enterarse. Al dar los primeros pasos, observé el garaje. Estaba como si nada hubiera sucedido allí. El piso y las paredes estaban limpios y sin rastros de carne o piel. Mi corazón explotaba de ansiedad.

Corriendo, sin importarme que las piernas se me reventaran de dolor, atravesé la puerta que daba al interior de la casa y busqué mi teléfono. Antes de llamar a mi padre, no pude contener las ganas de meterme en mi cuarto y observar. No había ninguna mancha mohosa por donde habían pasado las niñas Wright, ni tampoco estaba el lamparón negro en el piso en donde la anciana Djambé había estado. Ni rastros de los Flint o de Diana. Realmente, todo había terminado.

Mi padre no respondía los llamados. Era lógico, era de madrugada y estaría exhausto luego de la visita a las Kune. Debería llamarlo a la mañana siguiente. Kate respondió al primer tono, había estado despierta desde que la dejé en el hotel y me pidió que fuera por ella porque quería verme.

—¡Al fin estás aquí! ¡Estaba aterrada! —Me abrazó y ambos lloramos en silencio.

—Kate, te quiero. Te quiero muchísimo. —Mis palabras salieron ahogadas.

—Yo también te quiero, Tanner Davis. ¡Sabía que todo saldría bien!

—¿Vamos, nena?

—Vamos.

Abrazados, subimos a la camioneta y nos perdimos en la noche, camino a casa.

Epílogo

Tres anillos y una frase: "Nunca dejes de creer"

LOS CUERPOS DE mi padre, mi hermano y mi sobrino fueron encontrados sin vida en la casa de Lee a la mañana siguiente. Por alguna extraña razón, Tori se encontraba en casa de su madre la noche anterior; había muerto un tío o algo así, y Lee se había quedado en la casa cuidando a Wayne y decidió invitar a mi padre a cenar. Cuando mi cuñada regresó, los encontró desplomados en el suelo del comedor. Lo primero que hizo fue llamarme a mí, desesperada. Yo fui el encargado de llamar a emergencias. Emergencias llamó a la policía cuando confirmó las muertes.

Según las pericias, los tres habían muerto a causa de una comida en mal estado. Sus caras estaban redondas, sus gargantas cerradas y tenían manchas rojas en todo el cuerpo, como de alergia. Un *shock* anafiláctico los había matado.

Ese día, Kate me acompañó en todo momento. Cuando terminamos con el papelerío y arreglamos los entierros para la mañana siguiente, dejamos a Tori en lo de su madre, destrozada y en estado de *shock*, y volvimos a mi casa. Yo estaba pálido y mudo. No había llorado. No había gritado. Solo pensaba en los tres cuerpos tendidos en el piso del comedor de Lee, con la mirada perdida. Y también pensaba en la silueta que había visto de pie, justo al lado del cuerpito de Wayne, que me miraba y me sonreía.

Domita Kune, ahora etérea y diáfana, me miraba a través de unos ojos pardos y maliciosos. Ya no era un cuerpo real y no tenía los ojos blancos. Ya no despedía ningún tipo de olor. Transparente e incorpórea, me había hablado sin mover los labios y me había dicho que ese era el precio por haberme hecho un hombre libre.

Ya no tengo ninguna maldición encima; ahora tengo una condena: la capacidad de ver y escuchar a los muertos que aún siguen aquí. Averiguaré cómo transformar esa condena en un arma, y la usaré para vengarme de Domita, Vivianne, Annette y de cualquiera, vivo o muerto, que use su poder para hacer el mal en este pueblo o en otros.

El anillo del jabalí continúa en mi mano derecha. Ahora, llevo también el de mi padre en la mano izquierda y el de mi hermano colgado del cuello con una cadena. De mi madre, me quedan como legado sus últimas palabras, las que repito como un mantra cada vez que el miedo o las ganas de rendirme me invaden: "Nunca dejes de creer".

Ahora creo en lo que veo y en lo que no veo. Creo en las brujas, hechiceras o como quieras llamarlas. Ya no las llamo más embusteras. Creo, también, que el mundo de los vivos no debe mezclarse con el de los muertos, pero, de todas formas, sucede y las consecuencias son las peores.

Sé que debo recuperarme y salir adelante. Mi cuerpo aún no está listo, quizá mi mente tampoco, pero las ganas de vengar a mi familia son más fuertes. Y me prepararé. Tendré paciencia; entrenaré la mente, el espíritu y el cuerpo. Aprenderé sobre el enemigo, como una estrategia de guerra.

Volverás a saber de mí cuando la cacería comience. Hasta entonces, quédate con este pequeño consejo de parte de alguien que sabe del asunto: disfruta de la vida y sé feliz con los tuyos. Nunca sabes cuándo un par de ojos blancos pueden hacerte una visita.